魅丽文化 飞言情工作室

# 将军恰恰甜

箫四娘 著

江苏凤凰文艺出版社
JIANGSU PHOENIX LITERATURE AND ART PUBLISHING, LTD

**图书在版编目（CIP）数据**

将军恰恰甜 / 箫四娘著. -- 南京 : 江苏凤凰文艺出版社, 2019.4
ISBN 978-7-5594-3430-2

Ⅰ. ①将… Ⅱ. ①箫… Ⅲ. ①长篇小说－中国－当代Ⅳ. ① I247.5

中国版本图书馆CIP数据核字（2019）第048382号

| | |
|---|---|
| **书　　名** | 将军恰恰甜 |
| **著　　者** | 箫四娘 |
| **选题策划** | 郭玲玲 |
| **责任编辑** | 张　倩　王　青 |
| **文字编辑** | 刘冬鸣 |
| **出版发行** | 江苏凤凰文艺出版社 |
| **出版社地址** | 南京市中央路165号，邮编：210009 |
| **出版社网址** | http://www.jswenyi.com |
| **印　　刷** | 湖南新华精品印务有限公司 |
| **开　　本** | 880 mm×1230 mm 1/32 |
| **字　　数** | 190千字 |
| **印　　张** | 9 |
| **版　　次** | 2019年4月第1版，2019年4月第1次印刷 |
| **标准书号** | ISBN 978-7-5594-3430-2 |
| **定　　价** | 36.80元 |

# 序

作者：薄骨生香

## 幸甚相遇，不胜欢喜

某个上午，胖子突然找我，要我帮她的新书写序。我的心情半是激动半是忐忑，激动的是她的第一本书让我来写序，忐忑的是我这个从未写过序的人来写序，写不好那岂不是坏事了？在胖子一口一个“没事没事”的安慰下，我敲下了第一个字。

文字真是一个很奇妙的东西，它可以把两个天南地北、互不相识的人联系在一起。我还记得我刚认识胖子那会儿，她出现在我们一个编辑群里，当时看到她的笔名——“箫四娘”，我自动脑补了一个带着俩孩子风韵犹存的辣妈的形象，我从未想过这位“俩孩子的妈”后来会跟我“纠缠不清”。

等我后来勾搭上她，才发现“俩孩子的妈”其实是一个美貌与才华集一身的美少女！因为我跟她性格相投，我们一拍即合，组了个CP。在写序的时候，我才发现，我跟胖子已经认识了差不多三年。这三年里，我们有过无数情侣头像，有过为了制造聊天的巨轮，超过六十多天没间断过聊天，有过在深夜为安慰情绪失控的对方到凌晨三点多，有过互相分享过稿的喜悦，努力在同一期刊物上发表……我们虽然是被文字联系在一起的两个人，却已经熟稔得像多年老友。我们的梦想是写文，如今看她坚持初心，一步步地越来越出色，我总是露出一副“吾家有女初长成”的自豪感。

胖子在我心目中真的很完美，既是学霸又是高颜值美女，写文还出彩！我经常梦里笑出声，暗叹自己当初咋那么“慧眼”认识了她！《将军恰恰甜》是胖子出版的第一本书，因为要写序，所以我找她要了全文来看，在看得过程中我遇到好笑或者甜蜜的段落就会截图发过去夸她，而此时一向豪爽的东北妞虽然打得字是“哈哈哈”，但隔着屏幕我都能感受到她是害羞了，就像是她笔下“亲吻了谢湛害羞而逃的沈婳”一样可爱。

我很喜欢文中像小媳妇一般委屈地吃着自家媳妇醋的“谢五岁”，也很喜欢沈婳爱一个人的奋不顾身，看完胖子的《将军恰恰甜》，我的心口也像是藏了一块糖般甜丝丝的。无论是沈婳、谢湛，还是沈婳的那七个哥哥，每个人都会遇见自己心悦之人，择一城终老，遇一人白首，这是大多数人心中期待的爱情。

谁都无法预料“缘分”这件事情，就像是沈婳没想到，在晋国皇子中，她最终会与从未见过面、未有任何交集的谢湛命运纠缠在一起，从此以后，与她年年岁岁长相伴。所有江湖偶遇，都是宿命相逢，爱情正因为无人能预知操控，所以来的时候总是令人心动不已。

我很喜欢胖子曾说过的一句话——“幸甚相遇，不胜欢喜”，希望看到《将军恰恰甜》这本书的小可爱们都能感受到她每一个字下的用心，何其幸运与开心，她用她最爱的写作抒写最动人的故事与你们相遇，结下佛家所说的“眼缘”，这难道不也是一种缘分吗？

这是我跟胖子认识的第三个年头，《将军恰恰甜》是她出版的第一本书，以后还会有第二本、第三本……希望许多年后，我依旧能提着一壶酒，听她娓娓地讲着她笔下的故事，一如现在般美好。

# 目录

CONTENTS

# 目录

CONTENTS

# 第一章 颜值惊人五殿下

打从我记事儿的那一天开始，我爹就总拉着才到他膝盖高的我，浓眉粗气，一脸严肃地说："我沈家人，流血流汗不流泪，打仗打人不打老婆。你要是犯了沈家家规这一条，老子抽你信不信！"

每当这时，我那娇美的娘就会一巴掌拍在我爹的脑门儿上，再把我抱起来："婳婳是闺女，沈青山你再这样我就揍你！"

我虎背熊腰的爹顿时蔫了，但年岁渐长之后，我其实是理解我爹的。

武安侯沈青山，征战沙场几十年，可谓威名赫赫震四方。能与我爹战绩比肩的是他生儿子的数量，在我之前，我娘一连生了七个儿子，后来被统称为"长安七煞"。

所谓熟能生巧，七个儿子排排队地教着，再轮到教我这个姑娘，我爹一时间摆正不了心态也是正常的。

我七个哥哥长得各不相同，却都有一颗"妹控"的心。但凡是我想要的，他们上天入地都会给我弄来，虽然最后的结果可能是我们兄妹八人齐齐站在大门前，每过一个人就鞠一躬，大喊一声："我们知错了！"

我近乎无忧无虑地长到及笄之年，收了一屋子礼物后，我爹把我们兄妹八人叫到了沈家祠堂，冷肃着一张脸道："我沈家几代为将，一门忠烈。自为父太爷爷那一辈起，就有一条不成文的规定：若是战乱之年，凡沈氏子孙皆要投军，为我大晋征战沙场。如今河清海晏，则每一辈至少要有一人参军。"

此话一出，我们八人面面相觑，随后齐声喊："一切听凭爹爹安排！"

我爹宽慰地老泪纵横地道："不愧是我沈家的好儿女啊！"

在这个不太宁静的夜晚，我背着包袱准备从后院墙根的狗洞钻出去，就此浪迹天涯。去军营这种事，我不下地狱……谁爱下谁下！

我在经过花园池塘时看见我三哥四哥潜入水中往院外游，走到厨房时，又看到五哥六哥七哥三个人叠罗汉似的在往墙外爬。我最后停在狗洞前，见大哥二哥正撅着屁股抢着谁先过。

场面可谓是一道独特的风景线。

最后，我们谁都没能跑得掉，府外面我那年轻时迷倒半个长安城的娘正跷着脚坐在圈椅里等着我们自投罗网。我爹见我们一个个灰头土脸地爬出来，一巴掌拍掉了圈椅的把手，又忍不住挤出一脸憨笑半蹲着身子对我娘“嘿嘿”两声道：“娘子，没吓着你吧？”

参军面前没有亲情，我们兄妹八人就此进入了相互坑害的相处模式，这样过了小半年，我主动跟我爹娘说，我愿意去投军，且越远越好。

我爹自是不甚欢喜：“不愧是……”

“滚远点儿！”我娘一把将他推开。

她定定地看着我道：“婳婳，你是女儿身，娘最不想你去受苦。”

我乖巧地点头，道：“我知道。”

“所以你为什么要一改常态，自告奋勇地去参军？”

……

故事讲到这里顿住了。

“将军怎么不讲了，到底为啥来参军？”

山风习习，带着西北特有的泥土气息拂面，耳畔副将李常和昔年我娘的声音重叠在一起，将我的神思从回忆里抽出来。我吐出嘴里叼着的狗尾巴草，摆摆手道：“我那七个哥哥能有‘长安七煞’的恶名，你以为是吃素的？我一妙龄美少女经受不住摧残，寻思着要是乖乖地去参军，运气好混个功名回去，就能啪啪啪打他们的脸了。”

我左右开弓冲着假想的人抡了几巴掌，这才感觉有些解气。我抬头看看天，快到日落时分，讲故事可以说是消磨时间最好的方法了。

“李副将，一切都安排好了吗？”

李常道：“都好了，请将军放心！”

我点点头，揉揉蹲麻了的腿站起来，看着对面的那座山头，慷慨激昂地指点江山道：“一会儿内应的暗号一响，一队打头阵从东边包抄，二队紧跟着从西边包抄，成合围之势而上，将那山匪王大一干人等一网打尽。切记，一定要保证人质安全！少了他们，谁会送银子给咱们！”

李常抱拳道：“将军所言极是！”

及笄那年的深秋，我离开长安城到西北投军。大晋军营素来没有女子参军的先例，但是我爹是谁，那可是追随两代帝王南征北战的战神，战神连闺女都能丢出来参军，他们不努力就算了，哪还有那个脸来阻拦！

我就在所有人都睁只眼闭只眼的情况下女扮男装进了军营，这一待就是四年。西北边境苦寒得很，再加上如无仗可打，朝廷调拨的粮草总是不能及时到位，兄弟们饥一顿饱一顿的。

谁夺我盘中一块肉，我必毁他整个天堂。

不想挨饿、受冻，只能自己想办法。西北盛产山匪，我找了份地形图圈出附近所有山匪的聚集地，打算带着人各个击破。

我们每到一个山头，剿灭一个匪巢，放了一批家里除了银两啥都没有的人质后，人质家中送来的赎金都会作为谢礼转送给我们。

——不不不，我们是军中人，不需要什么谢礼。

——那就收一半吧，意思意思就好。

——既然您这么坚持，那我就全收下了。

每次客套几句之后，剿匪所得就可以过上小半年的好日子。由于我的机智，在前任将军调走之后，他们集体写万人书寄回长安城，一定要沈婳做将军。

言辞之恳切，之催人泪下，被我爹知道了，他欣慰不已。

我做将军这三年，可谓是风光无限，潇洒赛神仙……直到两个月前，从长安城来了位监军，官大一级压得我不存在的胸都疼，自那开始我的风光，我的潇洒，都散在了这大西北的风里。

想到这儿，我抠了抠眼角，抠出一滴泪来。恰是此时，前面山头一朵烟花蹿上天，炸开一个大大的“帅”字。我目光一凝，手一扬，道：“上！”

有规划有内应，再加上平山头的丰富经验，仅用了半个时辰就结束了战斗。再经过半个时辰李副将等人打扫好战场，作为主帅的我这才施施然登场。

这跳崖都不会死的山头，竟然也窝着上百号山匪，叫“星火帮”，大当家的叫王大，人如其名，脸大得目测洗脸时若是太投入，卡进水盆里都出不来。

我在王大平日给小弟们训话的大堂里绕了几圈，这才坐在铺着虎皮靠垫的椅子上，训斥道：“有光明大道你们不走，非得钻进这黑暗小树林里。本将军秉承皇上旨意，惩奸除恶，还这世间朗朗太平！”

话音落，李副将等齐刷刷地鼓掌。

我摆摆手示意他们低调，王大的水盆脸已经有些惨白了，我沉着的表情一松，转而引诱道：“不过本将军也理解你们，人嘛，总要有钱填饱肚子养着老婆孩子。按照我大晋律法，凡入山为寇匪者，至少要蹲三五载牢房。我可以和衙门说说刑期减半，你这就给人质家里送信儿过去，让他们来接人。待会儿人质的家属给本将军送谢礼，我也给你们留一半，等出狱时拿着好好过日子吧！”

王大抬头，小绿豆般的眼中泪光闪烁：“将军……”

“大哥不要听她的！”自人群中窜出来一个人，虽已被绑了双手，但挤到王大身旁的动作倒是灵活得很，“大哥忘了前面山头李四从北义县衙门重金托人传出来的话吗？‘沈婳泼皮，假仁假义。我在牢里，祝她暴毙。’如此可见，这沈婳就是个小人。您前脚给人质家里送信，后脚她就会叫人和县衙知县打招呼，把大哥关到地老天荒。”

哟呵，这厮是从哪里冒出来的，居然能看透本将军复杂隐秘的心思？！

我站起身，缓步往下走。下弦月刚挂上天边，朦朦胧胧的月光淡淡地笼着这片大地。西北虽比不上长安城的繁华，但月色与荒山，组合起来却有一番别致的美。

更何况如今还要再加上一抹靛蓝。

因为我娘倾国倾城，我几个哥哥自然也都生得俊美无比，尤其是我四哥沈及，简直俊到天上有地下无。因着他我的审美也被提到了一个极高的水平上，可如今见到牙尖嘴利的这个人，我还是没忍住短暂地失了神。

白若羊脂玉的脸，英挺的鼻，微弯的眉，一双俊眼明亮，眸底竟然泛着靛蓝色，像是一湖碧蓝的春水，看一眼就想跳进去愉快地畅游。

忽而那春水动了动，他厉声喝道："大哥你看，她还如此色心毕现地看着我，如此小人，断不能信她啊！"

我回过神，王大那动容之色已经被这春水小哥的话搅和得褪了大半。山匪中亦有胆子大的，窃窃私语道："二当家说得也有道理。"

看来这春水小哥平日被教育得够可以，再留他事情就麻烦了。想到这儿我眼一眯，手已经先一步探出去拎着春水小哥的衣领把他拖了出来。

"你要做什么？"小哥强自摆出一张镇定脸，可眼里的神色却十分慌张，真正是我见犹怜。

我邪邪地笑了笑，道："既然二当家说本将军色心毕现，那我就给你现一现。还有你们——"我转过头看着王大，"如果不写信，那就等着本将军挨个给你们现一现。你们可能不知道，我在长安城的名号叫'战百郎'，一夜过去，能在我手底下还喘气的人怕是不存在的。"

春水小哥脸色发青，额上已经布满细汗，被我半拖半抱地带出大堂，还梗着脖子往回喊："大哥！下辈子我还做你小弟！星火！永不言弃！"

听他聒噪影响心情，我干脆利落地使出巧劲儿，他便落在我肩头，我冷笑道："你再喊再叫啊，你叫破喉咙也不会有人来救你的！"

我十足话本里欺辱温顺俏寡妇的员外郎形象。

大堂中的蠢蠢欲动被我抛在身后，我扛着人寻了个空房间，踹开门直接进去，自有手下为我掩好门，贴心得有点儿过分了。

我将肩上人放下，他整了整发皱的衣襟，走到窗前。

如今四月间，虽是发闷，山间倒凉。窗户开了条缝儿，从这个角度刚好可以看到大堂那边的一举一动，他抿抿唇开口道："王大年轻的时候在一个员外家做长工，员外死后，其夫人对王大心生歹意，王大饱受身心折磨后逃了出来，落草为寇。他最怕的不是官府，是对他身体垂涎的人。"

对那大水盆垂涎，这员外夫人的口味也是不一般啊！

不过也难怪他透露消息给我，让我扮女色魔，原来如此啊。反正这几年在西北，我的口碑和我的脸皮早就入了土，再多条罪名也无妨。

果然，不一会儿李副将就快步走过来，隔着窗户汇报道：“王大低头了，说愿意给人质家中写信，只求将军速速将他送进大牢，不要再和他用身体交流了。”

我一口口水差点儿把自己呛到，瞥见身旁笑吟吟的眼神，轻咳一声道：“你去安排人速去速回，明日天亮之前务必解决所有事，打道回营。”

李常应声道：“是。”

脚步声渐远渐消，我心头一块石头落了地，折身走到榻边，将被子铺好。

“你这是要做什么，‘战百郎’？”

我小腿一软，差点儿就跪下。堪堪扶着床边，我深呼吸转过头，挤出个尴尬又不失礼貌的笑：“这不过是随便扯出来的，五殿下不要笑话末将了。那什么，天色不早了，殿下将就睡一晚，明早就可回营了。”

两个月前被派到西北的监军，当今皇上的第五子谢湛，就是我眼前的这一位了。这一位就目前来讲，除了长得好看之外其他方面都有点儿一言难尽。

他亲自到山头卧底不过三日，就和王大成为推心置腹的兄弟，真是难以置信。

当然，这种话我是不可能说出来的。

谢湛点点头，解开头顶勒得发际线靠后，谁看谁头皮发麻的发髻，落下来的墨黑长发绒绒卷卷的，再配上他那双靛蓝的眼，我真想捋一捋他的卷发，再揉一揉他的脸。

被这想法吓了一跳，我后退几步，抱拳躬身行礼道：“五殿下早些歇息，末将先出去了。”

“沈将军。”谢湛开口把我叫住，他歪着头眼睛眨了眨，问道，“我方才演得怎么样？”

我状似仔细回想了片刻，道：“身形优美，台词动人，情感逼真，末将自愧不如。”

谢湛斜斜靠在榻边，表情很是怀念，说道：“将军也不必自卑，我毕竟之前经历过有经验，所谓熟能生巧，就是这个道理了。”

我觉得他说这话是想搞事情。

他那“经历过，有经验”，正是本将军所为，为免他借此找我碴儿，我还是闭嘴比较好。我这人优点数不胜数，但最优的便是识时务。

半晌，谢湛见我没接他这碴儿，自觉无趣，摆摆手就让我离开了。出去时，我假装入戏很深地伸了个懒腰，说道：“这白面书生的体力真的是不行，还没怎么样就晕过去了。”

伸长耳朵听到话的兵士们，表情顿时变得无比精彩。

一切按照计划进行，这一晚，人质陆陆续续都被接走，银票一张一张都被我揣进怀里。趁着天还没亮，李常带着一队人马亲自押着王大一行人去北义县衙。

临走前王大还低着头问我：“我家二当家呢？”

他问就问吧，这生怕和我对视一眼就会被我霸占身子的模样是什么意思？

我摆了摆手道：“本将军看上他是他命好，日后自是不会亏待他。我虽然口碑一般，但良心还是有的。”

王大像是想到了什么不堪回首的过往，哆嗦了一下，叹着气走远了。

回去的队伍浩浩荡荡，最中间簇拥着一辆马车缓缓而行，我骑着马跟在一旁。我方才去叫谢湛起来时，他睡得迷迷糊糊，卷发乱飞遮在脸上。

看模样他应该是比我要小一些，我上头有七个哥哥，打小就希望我娘再给我生个弟弟或妹妹。可我爹娘一看终于得了我这个姑娘，说什么他们也不想再生了。

瞧着熟睡的谢湛，我心一软，唤人拿着软轿把他小心抬下山，再抬上马车。

西北军驻扎在沧州以北，离此处不过三十里路，但因为谢湛这尊大佛在，走到日落才回到营中。中间谢湛醒过来一次，掀开车帘眼神带着刚睡醒的惺忪直愣愣地看着我道：“战百郎，我不是在床榻上？怎么在马车里？”

我心想，您还真记住这个名号了。

身边有年纪小的小兵忍不住往这边瞅，被我一眼瞪了回去。我深呼吸一口气，凑近了谢湛，低声道：“回五殿下，您梦游，嘀咕着说床榻太硬，就像只鱼儿自己游上了马车。”

“我怎么不知道我有梦游之症？”

我真诚地微笑道：“但凡病人都不想承认自己有病症，五殿下不必忧心，这很正常。”

谢湛偏绯红颜色的嘴角轻轻弯起个弧度，眼神似是清明了些许，深深地看了我一眼，放下了车帘。

我若是承认是我背他下床的，估计我的名号就要变成“战千郎”了，嗯……

一路无话回到军营，我叫来军中的粮官，让他拿着一半银票先到附近城镇买上两个月的粮食，再买些肉，苦了半个月，让兄弟们开开荤。

无仗可打，营中整日就是锻兵操练，除了银两外没什么可愁的。我一日一夜没睡，现下实在是熬不住了，对着谢湛客套两句直接钻回营帐，把自己摔在榻上。

这一觉睡得极沉，我是被外面的唱歌声吵醒的。每逢置办完粮草，营中都会搞个热热闹闹的篝火会。边境本就无聊，时不时找点儿乐子有益身心健康。

我揉了揉发涨的脑门儿，套上靴子就往外走，刚走了几步我打着哈欠的动作一顿。营帐中只燃了一支蜡烛，光线不是很好，躲个人真还不易察觉呢！

我心下冷笑一声，再走一步，脚突然一偏，横着直接踹向西南角，只不过还没踹到实处就被人抓住脚踝，随后猛地往上抬，几乎要贴到我脸上，横着大劈叉。

那人自暗处走出来，看着我。我单脚金鸡独立只能往后蹦，像是小时候养的兔子一样可怜巴巴的，我泪流满面道：“四哥，谋杀亲妹妹是要被娘写进话本子里，供她们中老年手帕交传阅的。”

脚踝上握着的手松了松，我的身体也跟着一松，随后他突然逼近，一把将我按到墙上，手臂也随着撑过来，说道：“哦呀呀，敢威胁本热血少年？威胁我的人还能喘气的，这个世间不存在的！”

这话跟我对王大说的如出一辙，他是我亲哥没错了。

“沈将军。”这时营帐外有人出了声，我立马推了推沈及的手，道“别闹了，五殿下来了。”

“管他四殿下还是五殿下，谁阻挠我们兄妹相亲相爱，我就挠得他脑袋开花。”

跟我四哥讲道理，是一件很麻烦的事。

“沈将军，我进来了。”话音刚落，营帐的帘子就被掀了起来。迎着外面的月光，谢湛的表情显得不是那么舒展。他看了看我，又看了看沈及，最后视线落在贴着我脑袋上的脚上面，问道，“沈将军，这是在练杂耍？”

沈及玩够了终于把我放开，我将腿放下来，忍住想手刃亲哥的情绪，开口介绍道：“这位是皇上派来的监军五皇子，这是我四哥沈及。”

沈及拱手行了个礼道：“见过五殿下。”

谢湛微微颔首：“都是自家人，不必多礼。”

他这话说得倒是不假，我四哥三年前就被指婚，指婚的对象是当今皇上最小的女儿惠安公主。虽说至今还没成婚，但按照辈分，我四哥也算是谢湛的妹夫了。

“外面已经开始喝酒了，沈将军和沈大人也赶快去吧！”谢湛说罢转身先行。

我也跟着要走，手腕被沈及抓住，他看着坐在士兵中与民同乐的谢湛问道：“你觉得五殿下这人怎么样？”

我含含糊糊地答道：“还行，人倒是好相处，其他的还不了解。”

这是谢湛来西北军营的第一场篝火会，他就那么席地而坐，跟着众将士一起吃肉唱歌，一点儿也没有皇子的架子。

长得好看的人，凶残地啃羊腿肉也是好看的，我多看了两眼，这才拉着沈及到安静点儿的地方说话。

“今日才十九，你怎么就过来了？”

自我来西北之后，第一年半年我四哥来看我一次，第二年三个月来一次，到了第三个年头几乎是每个月的月底都来，看得我厌烦不已，简直都要弃美爱丑了。

“长安城不消停得很，我一个热血少年留在那儿很容易动手砍人，还是出来看看你比较好。”沈及喝了一口酒，一双桃花眼眼尾翘着，“皇上已近古稀之年，最近连榻都下不来，很可能见不到明年这个时候的太阳了。”

皇上孩子不少，但活下来且平安长大的却只有六子三女。但凡皇帝在位时间长，就会有一个难言的弊端，就是皇子年纪都不小，经过多年经营势力在朝中盘根错节，到时候夺嫡就会异常激烈。

话本子里都是这么说的。

“可话又说回来，五皇子虽说即位的可能性不大，但在这么紧张的局势面前皇上贬他到西北来，倒也是一个保全他的好计策。”

我又喝了一口酒，问道：“五皇子是犯了什么事儿？”

“也没什么大不了的事儿，五皇子身边的一个太监自尽身亡，死前曾留遗书说主子苛责于他。皇上一直不太待见五皇子，再加上其他一些事，就直接把他贬到西北了。”沈及目光幽幽地看着不远处的谢湛，双眼倏地睁大，说道：“谢湛喝酒了！”

他将酒碗一扔，风一般地跑了出去，以免他惹出事端，我也跟着跑了出去。沈及一把夺过谢湛手中的酒碗，谢湛猛地抬头，靛蓝的眼底像是蕴了水雾似的，轻咬着唇哀怨地瞪着沈及：“你干吗，抢我的酒碗！”

这话一说出口，吓得我起了一身鸡皮疙瘩。

谢湛平日里，偶尔也会说些奇奇怪怪的话，但大多时候都挺正常的。可当下这带有些撒娇语气的话，这委屈的神情，我脑子里冒出一个念头：可爱至极！抢走，抢走！

“快快快，把五殿下扶回营帐中睡觉。”沈及招呼着人架着谢湛就要走。我不解，道：“怎么了这是？”

“公主跟我说过，五殿下酒品不是很好，只要喝了酒就……”

“放开我！”一道软糯的声音响起，谢湛挣开左右，几步小跑到我身边，他脸上带着红晕，眼睛迷离，雀跃地道：“沈将军，我们玩捉迷藏吧！”

“我来捉，你们藏，谁输了就罚谁吃一杯盐怎样？”

我和沈及不说话。

“好嘞，开始！”

别人喝酒变性情，谢湛喝酒变属性。还没等我们回应，他捂着眼已经开始数数了，我和沈及面面相觑，交流了几个眼神后，我将手指骨节捏得“吱吱”作响，拍了拍谢湛的肩膀道：“五殿下，末将有一个更好的玩法。”

谢湛果然来了精神，移开手看向我。我手指向东边，讶异惊呼：“看！你爹！”

他循声看过去，我一个手刀劈在他脖颈儿处，再蹲下去双手把他接住，避免他摔倒在地上。

众将士目瞪口呆，我沉着眉眼道：“若明日五殿下问他是怎么倒下的，你们该怎么说？”

“喝醉，喝醉，在空旷的草地上喝醉！”

沈及竖起大拇指，说道：“治理有方嘛‘战百郎’，我来的时候路过北义县听到这个名号，你哥听了都想夸你。”

我脚下一歪，直接倒在了谢湛身上，昏睡的他发出“嗯”的一声，我顿时脸色绯红。

“战百郎”

沈及来得匆忙，走得也匆忙，谢湛被背回去睡下之后，他扔下带来的东西就跑了，留下一句：“没想到这地方也不比长安城好过到哪儿去，天下容不得我一个热血少年啊！”

这些年我内心早已毫无波澜，甚至可以大笑出声。

不过笑完我还是有些心疼我四哥，如今长安城明争暗斗地夺嫡，若是哪个皇子能把沈家拉拢过去自然有更多的胜算。但在我娘的极力管制下，沈家没有依附任何一个皇子，这样长年累月婉拒好意，还不招来杀身之祸，保我沈家在新帝即位后不受影响，这个度就很难把握了。

沈及除了给我带来的一箱子当下长安城最盛行的话本子外，又扔下一个厚厚的信封。大晚上的我丁点儿睡意也没有，可能喝的是假酒，到帐外把火把杵在一旁，把信封拆开来看。

信的开头是我爹照例的一句：爹听闻我女治军有方，不愧是我沈家的好女儿！

接着是我娘回怼的两句：别听你爹瞎说！他今日皮略紧，欠松。

然后接上三页纸的嘘寒问暖。

再然后是除了沈及之外我其余六个哥哥写得内容，可能是因为篇幅太长，轮到我七哥的时候他就点了个墨点。

一封家书就着一壶酒，看得我心里暖洋洋的。暖得就算谢湛醒来之后找我碴儿，我也能不怂。

说起谢湛，我每次看见他，虽然表面上假装很淡定，其实我是有点儿心慌的。

两个月前我带着人去李四的山头剿匪，过程很简单，结局很美好，顺带发现了个美貌的小瑰宝。

李四那个土匪，竟然绑了五六个沧州城里怡红院的美貌小姑娘。我最看不得长得好看的人受委屈了，把她们放出来后，还请她们喝了酒。

几个美貌的小姑娘扭腰提臀，风姿摇曳地逐个从柴房里走出来，最后，柴房里还剩下一个人。哇，这世间还有长得如此好看得小姑娘？！

卷头毛，蓝眼睛，美艳的跟洋娃娃似的。我星星眼凑过去，说道：“这位妹妹也一起出去喝酒吧，喝完我送你回家。”

她定定地看着我，眼中有一闪而过的诧异，没有搭理我的讨好，沉默着走了出去。没看出来，还是个高傲冷艳的……

山顶支了张桌子，我到的时候看见几个小姑娘挤在一起，那个蓝眼小姑娘一个人坐到了另一边。我眼睛一亮，美滋滋地坐在了她的身边。长着一双狐狸眼的小姑娘喊道："这人长得这么妖异，将军还是离得远一些比较好。"

我看你是嫉妒人家比你好看，才针对人家的吧！

我心里想着，脸上还是端着大将军的严肃认真道："看人怎么能光看外表呢，一点儿内涵都没有。本将军就觉得她蛮好的，一副乖巧可爱的模样。"

说完这句话，我就感觉身边人看我的眼神，灼热得像是能把我的脸烧出个洞来。

我亲热地拉着她的手，她僵着的手想挣开，被我更热情地拉住："别怕，大家以后都是姐妹，来，为我们的姐妹情谊干一杯。"

酒还没喝上，李常就一路呼喊着跑了过来，匆忙道："将军，在柴房发现样东西，瞧着贵重得很。"

是块玉佩，上好的羊脂白玉，中间刻了个"伍"字。

"五皇子到了？"我霍地站起，"不是说还得半个月才来，这玉佩怎么会在这儿？不会是半路被抢了吧，皇子的护卫这么不中用的吗？"

"没被抢，是方才掉的。"有些粗粝的男声开口，就在我的左侧，我一脸蒙地看着那小姑娘，她将手从我的手里抽出来，接过玉佩很是熟稔地戴在腰间。

"初次见面，沈将军果然如传闻中那般放荡不羁，本皇子也算是开了眼，不枉费我特意想办法被抓混了进来。"她，哦不，应该是他，挑着眉头看着我。我后知后觉地发现我不仅认错了人，还弄错了性别，"扑通"一声跪下："五殿下，这都是误会，误会啊！"

"那你刚才夸我可爱，摸我的手也是误会？"

我抿了抿嘴唇道："不，不是。"

他却扬嘴大笑了起来，笑得春风得意，左侧脸颊还有个浅浅的酒窝："多谢沈将军对我颜值的肯定，这对我很重要。"

毕竟是得罪了人，谁知道谢湛这话到底是真心的还是故意放出的烟幕弹，我表面祥和内心翻涌地过了两个月，今日还用手刀劈晕了他……老天爷见了都会惩罚我。

我战战兢兢地过了十几天，谢湛没有问起那天晚上发生的事情，我这才稍稍安下心来。也是，他自己什么酒量自己心里没点儿数？

他应该比我更担心的好吧！

除此之外，我经常会想起我四哥之前说的话，就想找机会问问谢湛，他真虐待了那个自尽的小太监？

若是真受到了虐待，谢湛在宫中又不得宠，小太监大可直接找门路去告他，何苦赔上性命？

虽然我和谢湛接触不久，但我觉得他并非那样的人，想去问个清楚，但话在舌尖打了几个转，又咽了回去。

五月初五端午节这天，营中掌厨的师傅包了粽子。除了我之外军营里都是汉子，这粽子一个有海碗那么大，一人一个就管饱。

身为将军，我自然是在营帐里单独吃，自打谢湛过来也跟着我一起吃。我吃的粽子就剩下个尖儿，他那个却只咬了一口。

“五殿下怎么不吃？”

谢湛看着我，脸色有些别扭，道：“我不吃甜粽，我只吃咸粽。”

我拂着袖子抹了抹嘴道：“糯米香甜，要是做成咸的得多奇怪，这甜粽才是众望所归的选择，请五殿下仔细品味。”

谢湛将信将疑，又咬了一口，甚是艰难地咽下去，眉头皱得可以夹死苍蝇，随后把粽子放回了碗里：“我吃饱先回去了，沈将军慢慢吃。”

顾及谢湛是我的顶头上司，还长得好看，将最后一个尖儿塞进嘴里之后我换了身寻常的衣衫过去找他。

“今日过节，五殿下赏光随末将出去逛一逛吧，我知道沧州城东有一个摊子，咸粽做得挺好吃。”

本来谢湛正聚精会神地在看书，听到这话放下书，略带勉强地道：“既然沈将军这么坚持，那就去吧！”

我嘴角抽了一抽。

沧州城算是西北最大的一座城了，规模和长安城不相上下，但是人口却不及长安城人口数的一半，显得城中空荡荡的。我第一次来逛的时候，有那么一瞬间觉得进了一座空城。

今日是端午节，城里比平时热闹得多。谢湛四下打量着，我就亦步亦趋地跟在他身边。看着他又束了勒得发际线靠后的发髻，就觉得他头皮好疼。

不知道为了啥，除了在李四山头他扮女人之外，其余时间他都要把头发束成这样，天生的卷毛被勒得直直的，连带着眼睛都快被勒成狐狸眼。

虽说他颜值高，这样也挺好看，但还是会被梳着卷发的他给比下去。

沧州城东有条街，从街头到街尾全都是卖吃食的，这儿是我的主场。我领着谢湛到卖咸粽的摊子，掏出一锭银子递给做粽子的阿婆道：“麻烦阿婆做几个咸粽，多放点儿腊肉，煮熟给这位公子就好。”

“你要去哪儿？”

我舔了舔嘴角，指向身后的街，言简意赅道：“去觅食。”

谢湛一瞬间被噎住，缓了缓才道：“你不是才吃过？”

“走这么远的路消化没了。”我虚虚一拱手，“五公子稍等片刻，我去去就回。”

大概是我爹基因太强大，我虽是个姑娘食量却大得很。从街头吃到街中间，嘴巴就没有停过。买了两串冰糖葫芦，找了道墙靠着舒服地吃，想着谢湛那锅咸粽应该做好了，我循着那个方向看过去，“啪嗒”手一滑，冰糖葫芦掉了一地。

只见卖咸粽的摊子边上，谢湛一只手拿着个粽子，另一只手被一个男人抓着。

男人衣衫破烂，露在衣外的身子全是泥土，脏兮兮的。但即使这样，我看到那张大水盆脸，瞬间就知道那是王大，他不是应该在北义县衙大牢里和耗子做邻居，怎么会在这儿？

我急忙跑过去，王大喜极而泣的声音随之越来越清晰：“我越想越后怕，那沈婳那般狂浪，二弟你这么瘦弱，肯定会跟我过去一样，为了生活受尽苦难。我同一牢房的狱友之前是盗墓的，他帮着挖了个地道，我逃出来就立刻来找你了，二弟你快跟我走。”

听到这儿我站定，先冷笑，再扬高声音道：“想带他走，你也得有这个本事才行！”

双手环胸，下巴抬高，高到用鼻孔看他，这样才显得我霸气，

也就是因为脸抬得太高的缘故，我一眼就看见街边的阁楼上，正倚窗摆弄风情的一个小姑娘。

就这么巧，怡红院居然就在这条街。

就这么巧，那姑娘就是之前在李四山头上针对谢湛的狐狸眼小姑娘。

她知道谢湛的身份！

我立马收着下巴低头，暗暗地祈祷她不要认出我，等了一会儿没动静我放下心来，继续摆正姿态去威胁王大，突然肩头就被人猛地一拍。

随之而来的是一股有些刺鼻的脂粉香，和娇滴滴的话：“沈将军，真是你啊！”

我浑身僵硬，怔怔地看着谢湛，谢湛也看着我。

短暂对视里我分析了下局面：谢湛扮女人骗我和狐狸眼小姑娘在先，装模作样地扮卧底去骗王大在后，让王大为他痴狂地在牢中挖洞。

如今这么几个人凑到一起，这场面就很难控制了。

可明明都是谢湛的错，是他丧尽天良骗人骗心骗兄弟情，为啥要我也要跟着受这份罪？

# 第二章

## 心有灵犀的下场

我七个哥哥虽统称为“长安七煞”，但是很显然，我四哥沈及是其中最煞的一个。

沈及自小就在歪门邪道上显示出他非比寻常的天分，比如拆东苑围墙，填邻居池塘。年岁渐长心思越活络，前些年干脆离家出走跑到西域去做生意，赔得连裤子差点儿都没有穿。

他颓废地回到长安城，拉着我到房顶上去吹风：“小八啊，我以前一直以为自己无所不能，但事实证明，就算是神偶尔也会摔跟头。这世上让你无能为力的事多着呢！”

那时我不过十来岁的年纪，不懂他高深莫测的那张脸。

此时，眼前的谢湛和我颓废四哥的脸来回替换，我好像感悟到了些许。

我对着谢湛死命地眨眼，我不求他像沈及一样，看我一眼就知道我下一步想要干什么？只是希望他从我骨碌骨碌转得要抽筋的眼睛里看出我的意思。

“沈将军你这是怎么了？”狐狸眼小姑娘等不及我转身，干脆想要绕到我前面，我一个激灵左脚一迈挡在她前面，她再往另一个方向迈步，我又跳到右边。

在这个过程中我还在坚持不懈地对着谢湛使眼色，他眼睫弯弯地看着我，本来就长得好看，再这么一笑可真要命。半晌他拉了拉王大，指了指后面道：“大哥，你爹！”

王大的脑袋转过去，谢湛抬起手一手刀劈刚下去。

我停下动作，转过身按住小姑娘的肩膀，随口道：“我今日是来帮官府抓贼的，前几天沧州城冒出个采花大盗，专门采你这样好看的小姑娘，你赶紧回去，这些时日千万不要出来走动。”

如若再碰上采花大盗，那可就性命攸关了。

小姑娘满脸惊恐，道：“多谢将军。”随后便慌忙地回去了。

我松了一口气，折身走到谢湛身边，看着王大软塌塌栽下去的身子有些蒙。我后知后觉地想起一档子事，讲话有些结巴：“你，你，你……你那天装醉？”

谢湛的话，劈手刀的动作，不就是那天和我四哥在军营中时我做的一样吗？

他摇摇头道：“那天我倒不是装醉，我一喝酒就变得很奇怪，这个我知道。但更奇怪的，是醉酒时发生的事儿我记得特别清楚。以前喝多的时候惠安找了几个人把我扔进了水缸里，泡得皮都起褶了，所以沈将军不用觉得打了而我感到愧疚。”

他说得脸不红，气不喘，让我对他的认知又加深了一层。

眼睁睁地看着自己犯傻，这么难堪的事情他居然说得这么轻松平常，我认输。

“那王大怎么办？扔回北义县大牢？”

谢湛抿抿唇：“先带回军营吧，不然他逮到机会还是要跑。”

我跟一直远远跟着的李常道：“把王大先带回去好好看着，切记要寸步不离，这位可能会钻洞。”

方才卖粽子的阿婆要回家去照看小孙子，让我们自便。摊子前支了张有些破旧的桌子，我去寻了块抹布仔细擦了擦，才道：“五公子请坐。”

先前谢湛拿在手里的粽子已经凉了，我揭开锅盖又夹了五个摆了一盘放到桌子上。

“我吃不了这么多。”

我递了双筷子给他，自己也拿了一双：“我饿了。”

谢湛用惊讶的眼神看着我，我脸一红道：“方才耗费了太多体力，得吃一点儿补回来。”

粽子是拳头大小的正常形状，我用一根筷子串着，三口吃掉一个，顿觉喉间津润，满口生香。

谢湛木着一张脸：“你不是说粽子做成咸的很奇怪？怎么还吃得这么饥……”他顿了顿，斟酌了一下用词，“激动得狼吞虎咽。”

我咋觉得他是想说“饥不择食”？不过这不重要，他好看他有理。

我咽下嘴里最后一口粽子，手上没闲着又扒了一个：“奇怪归奇怪，我也没说我不吃。饿的时候别说咸粽，你就是给我一块树皮，我撒点儿孜然都能把它吃了。”

谢湛恍然大悟，筷子伸过来夹住我手里的筷子：“你先等一等，我去给你买点儿别的吃食，我回来之前你不能再动筷子。”

看我表现好给我加菜？有这么好的上司真是万幸。我心里暖洋洋的，乖巧地点头。

在等谢湛回来的过程中，我几次没忍住想要去吃盘中的粽子，但还是忍住了。万一吃饱了，没肚子留给谢湛买来的吃食可咋办？

许久，谢湛终于从远处一家看不清招牌的酒楼里出来，在我期待万分的目光中打开食盒，端出一盘东西。

被切成一小块一小块的深灰色东西，筷子碰上去嘎嘣响。

“这是什么点心，我怎么没见过？”

谢湛道：“稍等，这菜要加点儿佐料。”他在食盒底部拿出一小碟孜然，均匀地撒在上面，然后推到我面前，“孜然拌树皮，沈将军的挚爱，请吧！”

“沈将军怎么不吃？是树皮不够脆，还是孜然不够多？”

“我知道了，一定是切的块儿不够小。”

我艰难地找回自己的声音：“你是认真的吗？”

谢湛摇摇头道：“当然不是，我只是想看看你的反应，随口瞎说之后被人拆穿，又无语又震惊，还带一点儿尴尬，这些情绪都写在沈将军脸上了。我想我下次再去做卧底时若碰上这样的事情也可演得像一点儿。”

我的手用力按住桌角，强力压住内心千军万马奔腾而过的情绪，挤出个笑道：“您还挺好学的。”

谢湛弯了弯嘴角道：“不过光是好学还不够，要学以致用才行，眼下就有个机会，还得沈将军配合。”

我心里“怦怦”直跳，有种很不好的预感。

这番折腾回到军营，我和谢湛互相客套，随后各自回到营帐中

我想了想，还是叫了李常来，压低声音道：“你到附近给我找几个会手语的人来。”

“会这玩意儿的都是聋哑人啊！”李常侧目，震惊地望着我，“难道大人……”

“闭嘴！让你去找你就去，哪来那么多废话，最好不是聋哑人，重金聘请。”

李常又看了我一眼，在我脚要踹出去之前赶紧溜了。

我琢磨着上回我四哥来时说的话，他说谢湛到这儿来能保全自己。既然这样，他估计一时半会儿也不会走。

按照我们“心有灵犀”的惨烈程度，下回再遇到这种事情就不会像这回这么容易脱身了，既然眼神没法交流，总要找点儿别的办法才行。

回营帐后我搬出装话本子的箱子，一本一本地翻着。方才谢湛说，要演场戏让王大彻底断了来寻他的念头，乖乖地回去蹲大牢。至于是什么戏，要临场发挥才显得逼真。

要是没个心理准备弄得我有点儿紧张，狂翻了几本话本子，《红墙绿瓦俏冤家》，讲书生爱上富家千金小姐的，情节俗套，感情做作。《宫墙锁心》，讲霸道皇帝囚禁心上人，狗血带劲儿，三观感人。《列客游春记》，讲一个侠客在春日到江南游玩吃的点心……这一定是沈及拿错了。

话本子铺了一地，我长长地叹了一口气。

“启禀将军，从沧州城带回来的那个人醒了，吵嚷着要见他家二当家。五殿下听见动静已经赶过去了，命属下来报将军。”外头护卫如此道，我胡乱地将话本子塞进箱子里，塞不下的直接踹到榻底下，这才脚下携风带雨地赶去关押王大的营帐那儿。

守卫应该是得了谢湛的吩咐离得远远的，我每走一步心里就一颤，等到掀开帐帘进去时，我已经可以做到古井无波，心如止水。

营帐内的戏台子已经搭起来了。

王大被绑成白日吃的粽子模样，看见我眼里是怨恨不甘和一丝丝恐惧。我视线移了移，他旁边的人一身白色丝袍裹身，尺寸好像有点儿小，更是衬出他的一双长腿，一袭秀背。

他慢悠悠地转过身，胸前衣衫有些凌乱，依稀可见白如朗玉的一点儿肌肤。再往上看，本来一张绝好的脸上满是青紫痕迹，嘴角还渗着血，瞥见我的到来他那靛蓝眸子里大滴大滴的眼泪潸然而落：“将军不要再打我，我知道错了，我不会和大哥一起跑的，将军你要信我！”

我手撑在墙上，面无表情地看他表演，我实在是不知道他这话到底该怎么接。

“大哥是担心我才会来找我的，他只是想看一看我过得好不好，绝不是想带我走。大哥，你跟将军说，我说的对不对？”

王大的脸色涨得通红，额上青筋狂跳，经历了内心巨大的翻涌后，在自家弟弟的生命安危面前向我的势力低了头：“是，二弟说得对。”

谢湛的泪还在流，嘴却是咧着笑开了：“其实将军待我很好，吃穿皆是最好的，她还总陪我从边关苦寒聊到人生哲学。这回大哥来，将军是怕我离开她，气急之下才动的手，这不正是她看重我的表现吗？大哥还有什么不放心的。”

这差不多是《宫墙锁心》的改版，我精神为之一振，可以上场了。

我嘴角噙着邪佞笑容，背着手缓缓走近，伸手扣在谢湛的肩膀上：“我不管你从前在哪儿，是什么身份，但是进了我这军营，就是我的人。即是我的人，就要和过去一刀两断，安心待在我身边。你没存着逃跑的心最好，若是让我发现你有所计划，我干脆打断你的腿，让你哪儿也去不了，可好？”

谢湛的头转过来，微微垂着搭在我的肩膀上，掩住所有表情。只余着肩膀耸动，不知道是入戏太深还是憋笑憋的。

王大的脸已经没有一丝血色，这是认命得表现。

他脸再大，胳膊也拧不过本将军的大腿，本将军上头有人啊！

“念在你是他大哥的分上，这事儿本将军就大度地不追究了。你要是敢再轻举妄动，那你就是存心想让你二弟不好过了，你不会这么坏吧？”

王大别开脸，脑袋“咣”地一下磕在后墙上，却像是不知道痛一般：“不会了，再也不会了。”

看着他绝望、心如死灰的样子，我还挺不好受的。这时胳膊被人掐了一下，我收起慈悲圣母心，半揽半抱着把谢湛带到了帐外。

站在稍远处的守卫见到这场景都惊呆了，我也是陡然意识到我和谢湛这姿势，这体位，这打扮到底有多么的不可描述。

我有些慌乱地推开谢湛，后退一步，抱拳作揖道："末将失礼了。"

我整个右边肩膀处因着方才谢湛闷闷的呼吸变得有些湿热，虽说情急之下的亲昵叫做戏，但我还是心里有些小别扭。

谢湛倒是坦然，伸手将胸前刻意揉开的衣襟拢了拢，道："这不是说话的地方，我先回去换身衣衫。待会儿去找将军。"

我点点头，与他别过往校场上去。

除了日常的操练之外，每七日营中将士们会分成红蓝两队，仿着真实的战场进行战斗，攻夺下对方的战场者为胜，赢的队伍每人奖励五两银子外加一餐肉。我爹说过，纸上谈兵是最笨的方法，只有实战才能出利兵。

虽然现在四海升平，无仗可打，但难保哪一日不会突然开战。与其到时候兵甲忙了阵脚，不如平日多操练操练。

好在本将军在营中还是极有威望的，倒也没有谁不听指挥消极怠战。

今日正逢红蓝两队比试，大半的将士都到外面山林去了，校场上没什么人。

我活动了一下拳脚，绕着校场跑了几圈热热身，这才去挑了一把弓，双脚岔开，箭搭上弓瞄准校场墙边的一棵高大的杏树，"嗖"的一声箭直直地射了出去，随后有树枝落在了地上。

我喜滋滋地跑过去捡起杏树枝，上面挂着几颗青里透着一点点黄的果子。

山杏树还是我来那年从山林里挪栽过来的，西北不养果子，到了第三年才开花结果。

"沈将军真是好箭法。"我拿袖口蹭去果皮上的土刚要往嘴里送，就听谢湛的声音由远及近而来。

我直起身，果子攥在手中也不好抱拳，就直接鞠了个躬见礼。

谢湛换了身青袍，领口处绣着竹叶花纹，清雅得很。脸上那惨绝人寰的“伤痕”也不见了踪影，不知道是拿什么东西画上去的，一点儿也看不出来，没想到他还是个易容高手。

“沈将军这是要吃杏吗？我看着馋得很，将军能不能分我一个？”谢湛笑呵呵地看着我手里的果子，竟是在跟我讨吃的。

真是近朱者赤，近我者饿。

念在他刚演了一场戏耗费了不少精力，我艰难地说服自己分给了他两个，道：“五殿下，其实这果子不好吃的。”

谢湛比我讲究得多，掏出袖间的帕子将果子仔细地擦干净，除去尾部的短枝，随后递给我道：“虽说沈将军向来狂放不羁，但食物还是要弄干净了再吃比较好。”

他生得白，脸白手也白，那青青的果子在他掌心翻滚着，颜色好看得紧，像是……根白叶青的小白菜。

我有些不自在地从他手掌里拿过果子，一口塞进了嘴里，嚼得津津有味。

谢湛这才不慌不忙地擦着另一个，边擦边道：“沈将军的反应很迅速，方才对着王大的那一场戏演得酣畅淋漓，看着竟跟真情流露一般。不过也是，沈将军在边境多年，营中男子众多，对沈将军……”他的话猛地顿住，咬了一口果子五官都快要移位一般挤在一起，看着跟大馅儿包子似的。

我严肃认真地叹了口气，道：“唉……早告诉你这玩意儿不好吃的，五殿下还不信。”

又酸又涩，还带点儿苦，我连孜然拌树皮都“差点儿”吃了，吃这个根本就不是个事儿。可谢湛那么挑，怎么能吃得下。

我接过他的话头问：“五殿下说营中男子众多，对末将什么？”

谢湛皱紧眉头倔强地咽下那一口果子，五官回了位，又是顶好看的一个人。他唇紧抿着，末了道：“没什么，我还有事儿先回去了，沈将军慢慢享用吧！”

有事儿？

斜阳西下，就要到吃晚饭的点儿了，他能有啥事儿？

我摇摇头，心想着他大抵要回去继续钻研手艺了。堂堂皇子，长得好看还这么努力，真是让人敬佩。

想到这我拉起弓又射落几个果子，毕竟努力吃也是一种努力。

谢湛的意思，是把王大关上些时日便送回北义县衙，再由我亲笔写一封书信给县令，让他赶紧把盗墓挖地道的那个贼迁到别处去。

至于为何要关上些时日，谢湛说是要好好和王大叙一叙兄弟情，以此来弥补他内心的愧疚。

我不是很懂男人之间相处三天就有的兄弟情，怎么就能深到这个程度？

王大那儿照旧是不分白天黑夜都有人看守，只有谢湛进去和他促进兄弟情的时候守卫才撤出来。当然我早就吩咐在那儿看守的几个人，谁也不能把谢湛的身份说漏嘴。

平时和谢湛同桌吃饭感受不到，如今他跑去和王大吃兄弟餐，我竟觉得一个人吃饭都有些不习惯了。

这所谓的“些时日”一晃就过去了大半个月，我中途去关押王大的营帐看过一次，他那大水盆脸都要吃成大水缸了！我军中的粮食都是费好大劲儿才弄来的，不能白白填了这个“水缸”！

我实在是忍无可忍，这日直接冲过去，当着谢湛的面怒吼道：“你成天跟他厮混在一起，只有晚上才能陪我，那我养你做什么用，我告诉你，明日一早就把他送走，你再敢跟我挑衅我打掉你的牙！”

说完我也没看他们的反应，就直接风风火火地离开了，反正话都已经撂下了，事情要是没有顺着我的话发展，别说王大，就连傻子都会怀疑其中有猫腻。

干完这一件大事我神清气爽，连我自己都开始喜欢自己了。

在山林里跑了大半天到底是有点儿乏了，吃过晚饭后我回了营帐，从门口到床边衣衫一路脱，钻进被子里时身上就只剩下中衣了。

我打了个哈欠刚要闭上眼，一阵疾风卷着帐帘吹进来。我略略地扫过一眼，一团黑影顺着那掀起来的帐帘滚了进来。

上个月不是说这地方也不安生，这个月居然又来了，果然身体是最诚实的。

我懒懒地伸了个腰，扯过被子裹住自己，随后往床里侧了侧身："我今日累得欲仙欲死，实在没力气和你玩兄妹相亲相爱的游戏。你要是困了就挤上来凑合一宿，不困的话自己去翻话本子看。"

困意骤然袭来，我耳畔仿佛听见有脚步声往床边挪，站了一会儿又走远了，随后是挪箱子、翻书页的声音，间或夹杂着几声闷闷地笑。

这种等级的话本子还能笑出声，我四哥真是越活越回去了。

我迷迷糊糊地睡到半夜，身体被剧烈地摇晃着，有什么东西在我耳边嗡嗡作响，一开始模糊，之后越来越清晰："沈将军醒一醒，沈将军，沈婳！"

我猛地睁开眼，脑子浑浑噩噩的，张口就道："沈及你干吗啊！"

"沈将军。"

抓住我肩膀的人一开嗓，我惊得一下子坐起，这不是我四哥，是谢湛。

谢湛怎么和我睡一张榻上？！趁着黑夜他看不见，我的脸放肆得红到彻底："五殿下，你，怎么是你，你怎么……"

"这个待会儿再说。"谢湛压低声音"嘘"了一声，在我身侧耳语道，"沈将军有没有玩过打地鼠的游戏？"

玩游戏？他身上闻着没酒味儿啊，怎么就醉了？

不等我有所反应，他又道："沈将军跟我过来，别发出声响。"

如今已进入六月，和长安城这个时节的闷热相比，西北的夜晚有些许凉意。巡逻守卫的脚步声一远，周遭就只余蝉鸣声声切切。

我轻手轻脚地跟在谢湛身后，屏住呼吸。远处又一队守卫靠近，逐渐有了声响，谢湛就趁着这个时候用脚尖卷起帐帘一角，整个人趴在地上，露出一个脑袋尖儿在外头。我手腕一紧，被谢湛往下一拽，我会意，也跟着他一道趴下。两个人身子挤着身子，脑袋挨着脑袋，活像是我四哥从前养的那两只总抻着脖子黏在一起的王八。

守卫走远，四周又寂静下来。

方才守卫走过的地上出现一溜缝的鼓包，里头仿佛是有蛇在游走。突然鼓包破了个洞，露出一个毛茸茸的脑袋尖儿，试图往上拱出来，但是洞口太小，又被卡住，随即脑袋尖儿沉下去，伸出来一只手把洞口扒开了一些，这次脑袋才完全探出来。

今晚的月光有些稀薄，只能影影绰绰看见一些景物。但是那个大人好几号的头围，还是让我立马就认出来那是谁。

王大居然还会打洞？这西北真是无奇不有。

我心中感叹，突然想起什么来，再冷眼猛地一看，王大又钻了回去，鼓包继续向前，前方正是谢湛所住的营帐。

王大和谢湛整日秀兄弟情，就算话再多白天也早就说完了，何苦大晚上打洞去找他。

再看看身边的谢湛小心翼翼的模样，我瞬间了悟，有猫腻！

我的脑袋被谢湛的脑袋轻轻地磕了一下，我回过神，谢湛人已经窜了出去，手里还握着一根不知何时放在营帐前的手腕粗细的棍子，这大概就是打地鼠的工具了。

我跟着出去，拎起另一根棍子，猫着腰伺机而动。

突然谢湛的营帐内亮起一簇火光，那鼓包又逆着去的方向往前翻滚，这下不用谢湛提醒，我一个箭步冲了出去，一脚踩在鼓包的后面，手上拿着的棍子直接招呼了过去。

我力气还挺大，把他打得整个人都蒙了。谢湛这时也不管三七二十一，直接用手将那层不算厚的土刨开，王大本来脸就大，这下额头又肿起个大包，纵向看上去也很伟岸，真是“横看成岭侧成峰”。

王大翻着的白眼转了转，清醒过来刚要钻下去，两根木棍交错着猛地往下一支，他的大脑袋就硬生生地被别住了。

想走？先把脑袋留下来再说。

营帐已经烧起来了，大火燃得熊熊漫天，火光一片。

“五殿下营帐走水了！！”不知是哪个练过高音的守卫一声吼，闻声而来的将士们拎着水盆扛着木桶，到附近小河里运水来灭火。

李常是从我的营帐方向赶过来的，不愧是我随身的将领，永远把我的安危放在第一位。

“将军没事就好。”他松了一口气，我干咳一声，递了个眼色，他抱拳朝向谢湛道，“五殿下自有神明庇佑，这等小小灾情定是伤不到五殿下分毫。”

如果不是时机不大好，我大概要为他的机智鼓个掌。

借着火的光亮，瞥见王大看谢湛的表情活脱脱像是见了鬼，还是舌头伸出老长吓死人的那种吊死鬼：“五殿下？你就是那个从长安城来的监军？元庆三十一年腊月二十出生的那个五皇子？”

谢湛毫无表情地点点头。王大愣了愣，怀疑了一下人生。突然，我的脚踝被猛地抓住，那股往下扯的力气大到快要把我的腿扯断。

我咬着牙和王大的手角力，手上拿着棍子胡乱地夹着他的脖子：“放开！放开！”

他脸色涨得红紫，额角青筋暴起，可那手却是分毫不松懈，尽显了在危急时刻惊人的爆发力，片刻光景我的小腿已经没进了土里，连带着另一条腿也站不稳了，踉跄着身子要往前栽。电光火石之间横过来一只手抓住我的手腕一拽，随后我就撞进了一个胸膛里。

很结实，很宽阔，一点儿也不像看起来那么弱不禁风。

“沈将军你没事吧？”头顶询问的声音带着少年郎独有的沙哑，听得我心头一暖。长得好看就算了，还这么乐于助人，这让作怪的丑人该怎么活？

此时此刻，我感觉不到右小腿的疼痛了，估计是麻木了。我抿出个笑从这个黏合得有点儿紧密的怀抱中抬起头，道：“多谢五殿下关……”

“心”字还没溜出舌尖就被我咽了回去，谢湛从李常身侧投来被点到名字时疑问的目光：“嗯？”

从李常那个方向传来的声音，我竟然会觉得是在我头顶，我一定是傻掉了。

我脸上一热，一胳膊肘怼到那“结实宽阔”的胸膛上：“李常你今日可真棒！”

拉了我一把又挨了一肘的李常一脸憋屈，撤到了一旁。而王大彻底没了动静，脑袋软塌塌地垂在地上，被棍子勒得晕了过去。

我弯下腰掰开他的手，解救了我已经没有知觉的腿。

我对着谢湛的美貌发誓，如果我要是变成残疾，嫁不出去了，一定讹王大养我下辈子！

我腿受了伤，不想身残志坚地去再审王大。再者我什么都不知情，就是临时被谢湛拉过去撑场子的打手而已，审问这种活儿也轮不到我。

营里的军医白砚是个长得十分妖艳的小哥，他所有的俸禄都拿去买了胭脂水粉，每日脸上都抹着好几层，辨别他笑还是哭全靠灵感。若不是因为医术太过精湛，他早就被军营中铁血真爷们儿给打死了。

白砚出身医药世家，因作风问题被赶出家门，这位也算是个愤世嫉俗的人才了。

“将军这是错筋再加上肌肉拉伤，先推拿把筋揉开，再抹上药油，明日一早我保证将军活蹦乱跳的。”白砚竖着兰花指将宽袖往上挽起，将我的右腿微微抬高，脚搭在他的膝盖上。

他按得满头大汗，我斜靠在榻上面无表情。

半晌他甩了甩酸胀通红的手，喘着粗气道：“将军这肌肉硬得跟石头似的，我都按不动了。”

喔，这嗔怪的小表情，妙啊！

“我来试试吧！”话音刚落，谢湛掀开帐帘走了进来。白砚看了一眼谢湛，满脸通红的给他腾地方。

你一个男人脸红个什么劲儿啊？

谢湛弯着一条腿半跪在榻边，虚虚地握着我的脚踝搭在他膝盖上，手准确地按到我小腿的一个穴位上，那股又疼又麻的感觉让我忍不住“嘶”了一声。

谢湛闻声抬眼道：“沈将军且忍一忍，推拿一开始会疼，过后就舒服了。”

确如他所说，忍过那股难言的疼痛感之后，就是全身心的神清气爽，舒服的我直长长地叹了一口气，道：“五殿下居然还精通推拿术，还有什么是你不会的？”

“从前我娘亲的腿不好，我就跟着宫中会推拿的太医学了一点儿。”谢湛的声音有点儿低，听起来很落寞。

谢湛的娘是个胡姬，在宫中没有名分，已经去世好几年了。

我很想给自己一巴掌，真是哪壶不开提哪壶。我抿了抿嘴唇，机智地转移话题：“王大那边五殿下问出什么来了？他方才知道您是五殿下时的那个表情好像不对啊！”

不是被自己兄弟欺瞒背叛的愤怒，而是一种“聪明的我怎么就没想到”的追悔莫及。

“等我推拿完，说话分心是对你腿的不负责任。”谢湛无比认真地说道。他微垂着头，手上使着柔劲儿将我腿上僵硬的肌肉一寸寸地揉开。

经历了方才的闹腾，这一份宁静安逸显得弥足珍贵，当然，如果没有白砚在旁边叽叽喳喳地吹捧谢湛神乎其神的推拿技术的话，就更加完美了。

我额角“突突”地跳了两下，扭头指着白砚道：“药油留下，你打哪儿来的回哪儿去！”

白砚咬着嘴唇，“啪”的一声，将一小瓶药油放在桌子上。他愤愤地嘟囔了一句：“负心的。”背着药箱一溜烟地离开了。

可真是不忍直视。

谢湛已经揉开了我腿上扭着的筋，推松了肌肉，起身够着那瓶药油在手，望了望方才白砚离去的方向若有所思道：“沈将军身边能人异士还真多。”

我从善如流地接口道："不管在哪里，人才最重要。"

谢湛回头，嘴角又弯起个好看的弧度，配上他那张人畜无害的脸，看起来特别乖巧，我发现他经常这么笑。

他坐回榻边，手又扶着我的腿，随后停了停，半晌没动静。

我不解地看向他，谢湛将药油放到我手上："我先去帐外等着，将军抹完再叫我。"

药油不能隔着裤子抹，谢湛是个男子，而我都快忘了自己是个女儿身……不过谢湛能意识到这点儿真的是难能可贵。

谢湛出去后我摸了摸自己的脸，很好，再熟一点儿撒点儿盐就可以下酒了。

那一晚，谢湛也没有跟我说什么，他只说知道王大想对长安城来的五皇子图谋不轨，那晚是王大最后的下手机会。

在白天王大泪眼婆娑地央求他的"二弟"把他身上的绳索解开，谢湛将计就计地照办了，等入夜后他先一步到了我的营帐中，看看王大究竟想要什么花招。

结果也看到了，王大挖着不深的地洞，悄无声息地钻进五皇子的营帐中，放了一把火。

别的谢湛没有跟我说，我虽然好奇但也不像李常那样喜欢问十万个为什么。我用我的智慧仔细梳理了一遍目前的线索，得出以下结论：

第一、王大之前说的在北义县衙大牢那个帮他挖地道的盗墓贼，其实就是他自己。

第二、他挖地道的技术不错，又快又好。

第三、……

看来我还是适合做一个不用动脑，就等着天上"哗哗哗"掉金条的暴发户。

这样看来王大自然是不能放了，为防止他再挖地道逃跑，我找人到沧州城府衙借了一辆囚车，改良加固了以后，做王大专属的小窝。

平安无事地度过了这个月，我四哥没来看我，我感受到了不属于我这个年纪的孤独寂寞冷。

当然有此情绪，也因为谢湛的缘故。

自那日他的营帐被王大的火烧光之后，我就刻意地避免跟他有太多的接触。一日三餐找各种各样的理由不跟他同桌吃，其余的时间就带着士兵们到山林里操练。李常夸我道："最近被蓝队打得落花流水的姿势，将军越发的英俊挺拔了。"

我面无表情地看他："我是女儿身。"

李常立马改口："越发的美貌如花了。"

"你是瞎了吗？"

其实我自己也理不太清，我这别扭的情绪是为哪般。我就是觉得，既然大家同在一个军营里生活，同桌吃饭，同场竞技，我甚至为了我们以后能更好的沟通，让李常找来两个教手语的先生单独为我们上课。

别的不说，就这两个手语先生就花了我五两银子的聘金！

我都这么真心实意了，摆明了就是想示好跟他做朋友，他居然连个小秘密都不愿跟我分享，急得我抓心挠肝的，真是我本将心托明月，谁知明月照沟渠。

进入七月，山林中的桂花树结满了小小的花骨朵，压得树枝微弯，可想而知等开花时肯定是香飘十里了。

我将红色带子系在脑门儿上，木剑在手上耍了个花样，随后潇洒指向山林深处："蓝方大营主帅有秘密而不报，罪大恶极，天理难容！杀呀！！"

将士们震天吼着向前冲，我要跟着冲过去却被李常叫住："末将有事要禀告将军。"

"我不是让你去北义县衙找县令，留王大谈人生？你怎么这么快就回来了？"

我也是粗心大意，之前光顾着躲谢湛，昨晚才想起来王大逃狱这么久，北义县衙肯定是乱作一团了。毕竟那么小的地方别说逃狱，平时就是打个架都会天翻地覆。

李常喘了一口气道：“末将奉命前往北义县，但县衙内外都没有任何的骚乱异样，连追捕告示也没有张贴。我买通了一个衙役，问最近有没有什么大事发生。他说最近安静祥和得很，连个偷鸡的都没有。”

“这么大的事情县衙连追捕都没有，莫不是发生了什么事情？”我托着下巴正思考着，只听前方一阵兵戈相交的躁乱。

毕竟都是自己人，操练太过有将士伤亡就不好了，所以我们也只是点到为止。木剑上用半盒胭脂兑了水抹上去，盔甲上中了“红”的就视为阵亡。

为了那半盒胭脂，白砚差点儿在我药油里下毒。

我不过和李常说几句话的工夫，我那队人马就“阵亡”得差不多了，这我能忍？

我挥着剑杀进了前面鏖战的小树林，大吼一声：“哪个不要脸的杀我兄弟！怼我兄弟者，本帅必诛！”

几个“幸存”的兄弟站到我身后，这局势立马就明朗了。

敌方飘飘的蓝色带子中有一条及其显眼，别人用的都是麻布，他那条是绸缎，我们军营里居然还有这么富有的人？

那“暴发户”从人群中走出来，身上套着银色盔甲，正午的阳光透过细细密密的树叶缝隙投下来，洒在盔甲上折射出耀眼的银光，闪的人睁不开眼。

他手上也握着一柄木剑，目不转睛地看着我。

“保护我方大帅！”

身后的几个兄弟大吼着冲上去，迅速被敌方“格杀”殆尽。我被这惨烈的一幕激得回了神，诧异地直挑眉，道：“五殿下怎么会做蓝方大帅？我之前怎么不知道？”

谢湛的嘴角微微往下抿，语气直白道：“我若是说了，现在就看不到沈将军了。沈将军躲了我这些天，我只能如此才能见你一面。谢湛有一事不明，一定要当面请教沈将军。”

我微微地后退，挺胸收腹，气势十足道："赐教谈不上，五殿下有话不妨直说。"

他靛蓝色的眸子蓄着一汪水，说出口的话像是一双手轻轻拨动着水起了涟漪："如果沈将军是因为那晚我睡到了你榻上而生气不见我，那我向你赔个不是。"

"这事儿几句话也解释不清楚，这里人多，待会儿回去我们单独谈一谈。"

"不过沈将军的榻比我营帐里的软。"

众人从齐齐倒吸一口气的声音，到满脸疑惑的"啧啧"声，再到现在的吹口哨声里，我倒是越来越镇定，在他最后落下话音的瞬间猝不及防地一抬手。

蓝队主帅"阵亡"，红方获胜。谢湛很大方地认了输，手中的木剑落地，双手抱拳以礼道："沈将军调兵如神，佩服，佩服。"

"调兵如神"在这个场景里的意思就是"阴险狡诈"。

但我对着谢湛看不出任何破绽的脸，一时也分不清他是故意这么说的还是真的就是这么想的，只能屏气凝神等待结果。

稳住，我们能赢。

# 第三章 他的抱抱还挺暖

从山林中回来，我没再刻意躲着谢湛。反而是他自己不来我营帐中吃饭了，没事就在军营中散步，说是对身体好。

没几日李常就来跟我说，军营中已经满足不了五殿下的脚步了，他要在这个月十五坐马车到沧州城一带去游玩一天。

为了低调，他只用一个人驾着马车就好。

我几乎快要笑出声："只用一个人驾马车，然后出了事整个军营一起做兵马俑随他下葬？李副将，你挑二十个身手矫健的将士跟着五殿下。"

李常脸色古怪道："其实这倒也不用，这个消息已经在军营中传遍了，所以……"

我了悟，赶着上去献殷勤，装千里马去偶遇伯乐的人，手拉手可以绕军营三圈，不过我还是让李常象征性地去准备。

十五那日天不亮，精心为谢湛准备的马车就走起来了。我睡醒的时候，感觉这军营比平常更为空荡。古有潘安掷果盈车，今有谢湛马车尾行，也算得上是我大晋佳话了。

山林中的桂花终于开了第一树，我拿着长长的木棍去敲着树干，地上铺着宽大的毡子，金黄色的花瓣密密匝匝地落在上面。

我将毡子随意一卷，扛着回了军营，扔给了伙夫老王。

老王接过毡子将桂花装进一个小瓦罐里，圆圆的脸上眼睛笑得眯成一条缝儿，操着一口浓重的东北口音道："桂花糖糕，再来一碗撒桂花的糖水，多搁糖，要吃起来老甜的，对吧将军。"

我忙不迭地点头，锅台旁边随意摆着几张桌子，我挑了张坐好，老王刚把一笼屉桂花糖糕端上来，视线映入那张熟悉的脸，一瞬间我以为自己眼花了。

"五殿下？你不是出去了？"

谢湛坐到我对面，靛蓝的眼睛眨巴眨巴地看着我，也不说话。他的眼神凝了凝，手突然探到我脸侧，我下意识地躲了躲，他的手就转而向下，拂去我肩头沾着的桂花瓣。

场面沉寂了一会儿，我抿开唇，一根手指头推着笼屉往他那儿挪，道：

“刚出锅的桂花糖糕，吃吗？”

谢湛倒也不客气，拿起筷子夹了一块，吃一口就放下了，他好像不是很喜欢吃酸甜的东西。

我吃了四五块，又捧着一碗桂花糖水喝，满足得眼睛都弯了起来。笑怕是也会传染，谢湛也笑吟吟地道：“我压根就没上马车，就在榻底下藏了一早上。”

哇！还有这种操作？！我心下惊叹，喝了一口糖水。

“在你榻下。”

“噗”的一声糖水喷了一地，我狂咳了几声，捂着胸口艰难地开口：“你说真的，还，还是假的？”

谢湛蹙了蹙眉道：“当然是假的，我以为我们认识这么久了，这种等级的冷笑话你是可以接受的。”

只怪他长了一张人畜无害的脸，有时一板一眼地说话，即使是在说瞎话也让我琢磨不到真假。

谢湛说要邀我看一场戏，但要等晚上马车回来，所以白日里我该做什么就做什么。

夜幕降临时，谢湛到营帐中来找我。天刚黑，四周火把就燃了起来，数量是之前的两倍不止。

明晃晃的火光下，我眯着眼到处看：“马车在哪儿呢？我怎么看不到？是本将军眼神不好吗？”

我往前走了几步，“咣当”一声脚磕了一下，疼得我差点儿叫出声。再定睛一看才发现马车就在这儿，只是卸了马，车身已烧成了黑色而已。

方才那脚应该是踢到了车轴上，烧焦的马车木板很脆，晃了晃之后便四分五裂，彻底散架了。

“这马车怎么变成这样了？”

随行去的一名士兵出列道：“马车离开军营后，一共遭到七波袭击。每一次我们这些守卫都被调虎离山计调开，再回来时马车先被剑刺再被石头砸，最后一把火烧了起来……就变成这样了。”

我沉默片刻，又问："那行凶的人可都抓到了？"

兵士回道："都抓到了，将军可能还认得这些人。"

押上来的几个人手脚都被捆着，个个神情哀切。倒不是我记性好，而是这几个人长得都很惊世骇俗，尤其是最左边的李四，我当初去他山头剿匪的时候，第一眼看见他还以为是谁家的马成精了。

脸那么长，颧骨、眼睛、嘴巴，但凡能凸出的地方全都凸出。我那时还想，敢情西北这地方长得没点儿辨识度都不好意思在山匪圈里混了。

"还真是旧相识，你们不是应该在蹲大牢？怎么都跑出来了？北义县衙的牢是纸糊的？"

李四厚厚的大嘴唇抖了抖，不说话。旁边谢湛右手大拇指伸出，其余手指虚虚地握成拳往上一比，转身往营帐方向走去。我敛了眉眼喊人将这几位分别关押，也随着谢湛而去。

谢湛的那个手势是手语里"走"的意思，我们学手语的成果还是很有效的。

最起码不会他一个眼神比过来，我一个手刀砍下去了。

说起来这还是我第一次进谢湛住的营帐，和李常住处那一股汗味儿，脚丫子味儿交杂的"奇香"相比，谢湛这儿简直就是人间天堂，干净整洁，桌子上还放着一个瓦罐，里面盛着一大捧金黄的桂花。

"看不出来，五殿下活得还挺精致。"

谢湛眼皮轻抬："沈将军要是觉得这儿收拾得好，回头我可以去将军营帐中帮你收拾一下。"

他说要进我营帐，我就想起他躺在我榻上的那一幕，我觉得这个话题还是不要深入得好，便扶着桌子大马金刀地坐下："五殿下叫我来有何事？"

谢湛自那一排列得整齐的箱子里翻出一张边角泛黄的纸，走到我跟前，道："沈将军看看这个。"

我扫了一眼，低低地念了出来："黑花令……黑花令？那个传说中只要肯花钱做赏银，江湖黑道圈就倾巢而出帮着做事夺银的黑花令？"

谢湛点头。

黑花令一出，整个江湖黑道圈闻风而动，谁能抢得头彩这赏银就归谁。而且得黑花令赏银最多的人，不出意外就是下一年黑道圈的老大了，所以这黑花令下来，几乎就是黑道圈人手一份。

这张黑花令要抓一个人，是从长安城到西北军营里做监军的五皇子谢湛，生死不拘。

看不出来，谢湛在黑道圈居然这么有名。

上面写着谢湛的外貌描述以及生辰八字：一头卷发，长相一般。大晋元庆三十一年腊月二十日。最下面还附了一张小小的画像。

“这画像……”我看了好几眼，又看着谢湛那张脸，一时间竟无语凝噎，“出钱的这人是不是跟你有仇啊？”

黑花令上的画像只有一头乱糟糟的卷发跟谢湛的一样，画出来的五官要多抽象就有多抽象，别说王大、李四他们，估计谢湛自己都认不出来。

“其实我和沈将军在李四山头那儿初见，不是我故意混进去的，而是被抓去的。李四看到了我的卷发觉得我可能是五皇子，就在半路把我劫去了。但是除了卷发其余的又都不像，他才迟迟没有对我动手，之后沈将军就上了山。”

“而王大根本没有往这方面想，他要是想得黑花令的赏银最直接的办法就是混进军营，干脆利落的放一把火。就算在沧州城他没有遇到我们，也会想其他的办法的。”谢湛深深地吸了一口气，一把抓住我的手，无比真诚又无比恳切地看着我道，“多谢沈将军昔日救我出来，我无以为报。”

他的手掌很热，灼得我手腕都有些发红，一般话本子里话说到这种程度下一句就是——“那我以身相许好了”。

我打了个激灵，还好谢湛下一刻就松开了我。

我把手收到身侧，暗自握了握拳，突然想起之前李常跟我说的那档子事：“这北义县衙可能是有毒，剧毒。王大会打洞就算了，李四这些人怎么出来的？除非真的成精了。”

谢湛没说话，只嘴巴下抿，下巴线条绷得紧紧的。

看得出来，他这是心里不高兴了。我十分贴心地上前拍了拍他的肩膀，语重心长道：“换个角度想这也是件好事，这黑花令也不是一般人能上的，这是对你颜值和身份的肯定。”

谢湛很喜欢别人夸他长得好看，果然他神情轻松了不少，嘴角开始上扬了。

出了谢湛的营帐，外面已经恢复了往日夜间的宁静。

沁人的桂花香从山林间飘到军营，这让冷毅的军营都被衬得有几分柔情。我看着天上的明月，心里没来由的有些悲凉。我没问谢湛知不知道是谁买了黑花令想要把他的命留在西北，现如今几个皇子内斗，和这次黑花令有关的不外乎也就是这些人了。

不过是谁都不重要，重要的是，谢湛现在还好好地活着，我也没受牵连，小命暂安，这就行了。

北义县过去是大晋和边境其他几个小国之间互通往来的落脚地，据说那时北义县的繁华胜过中原很多富硕的城镇。后来高祖皇帝将边境小国一一平定，北义县也就没了暴富的途径，就只种些庄稼聊以果腹。

走在北义县黄土漫天的大街上，有种进入大山开垦荒地的错觉。北义县县衙原本朱红色的大门漆掉得快接近白色，写着“西北造北义县衙”的匾额上还刻着几个歪歪扭扭的字“小爷到此一游”，不知道是哪个胆大包天的飞贼干的。

衙门口站着两个面黄肌瘦的捕快，看路过的每个人的眼神都像看黄白之物一样赤亮精光，不知道的还以为他们是丐帮弟子，也难怪李常没花几个钱就能买通了。

在县衙对街的一个面摊上坐下，谢湛那皇家血统相传的忧国忧民的病就犯了，脸色很不好，阴沉得像是要喷出墨汁来，愤愤道：“在我大晋皇上的治理之下，居然还有这种地方，可恶，太可恶了！”

我吃了碗阳春面，李常从县衙门前回来，我远远地看着衙门口那两个“丐帮弟子”数着银子，笑得牙龈都能看见。

“都安排好了，等一会儿他们会请典狱官喝酒，咱们就可以随意在大牢里出入了。”

我打了个嗝，感慨一声：“有钱真好啊！”

视线移到谢湛身上，他估计是生气了，都不怎么说话。我看到他比往日勒得更紧的发际线，自说自话道：“五殿下，你总这么梳头很容易秃顶的。虽说男人到三十岁之后秃顶、油腻是不可避免的，但你天生丽质，肯定和一般男人不一样，得想想办法跟自然规律抗衡才行啊！”

平时夸他好看，他怎么着脸色都会缓和一些，今日却是任我口干舌燥他自岿然不动，只定定地看着北义县衙门口，一个眼神都没有分给我。

我自讨了个没趣，摸了摸鼻子也不再出声了。

本来我打算直接带人冲进北义县衙的，也没想要拉着谢湛过来。他上了黑花令，万一被谁盯上那同行的我岂不是要受牵连。

但是谢湛偏偏不听，不仅要跟着我一起来，还要进大牢去查看。他是监军，我就只能按照他的意思行事。

来就来吧，又不是我在匾额上刻字的，也不是我在门口充当“丐帮弟子”的，摆一张臭脸给谁看啊！

“你说什么？”谢湛终于转回视线，眉头都要挑进发顶，“臭脸？”

我心下一颤，立马干笑着道：“你听错了，是俊脸，俊脸。”

“诸位大爷好，小的给诸位大爷请安了。”这时那“丐帮弟子”一号小跑过来，身子一揖，腰际弯起，拳头都快碰到地了。

少侠好身段啊！

我摆摆手：“不用这么多礼，我这位朋友是写话本子的，这次到西北来也是为了寻找创作灵感。听说你们北义县衙的大牢非常与众不同，我这位朋友职业病作祟，一定要进去参观一下。”

旁边的谢湛一秒变脸，方才还阴沉着的脸，现下眼神迷离，脸·色潮红，一副为艺术疯狂的文艺青年模样，妙啊！

“丐帮弟子”一号恍然，满脸堆笑道：“原来是这样，里面都安排好了，诸位大爷跟着小的来吧！”

虽说花了些银两，但正大光明地从县衙正门进去还是不现实的，“丐帮弟子”一号带着我们从后门绕进去，穿过一个院子，左右转了两个弯儿就到了大牢前。

“那诸位大爷请吧，小的在这儿守着。”

没来北义县之前，我大概也能猜到这牢房里有猫腻，虽说早有了心理准备，但看见眼前的一幕，还是上前扶住了谢湛的肩膀，道：“五殿下让我靠一靠，不然我要倒了。”

左边这道牢房和牢房之间的墙都被砸开，变成了一个宽敞明亮的大通铺，里面摆放着几张方桌，身穿囚服的犯人三五成群地围坐一起，打马吊的，玩骰子的，推牌九的，看着比长安城最大的赌坊还热闹。

右边这道墙乍一看没啥异样，但是仔细看后面的那一道道墙居然随风摇晃着。我随手捡了块石子，精准无比地穿过栏杆扔过去，清脆的“啪”一声后，石子穿墙而过，留下一个洞。

这墙居然是纸糊的，那还不是想跑就跑，连挖地道都省了？！

此时，谢湛的肩膀已经在抖了，靠得稍微有点儿近，我感觉到他鼻翼的呼吸声越发粗重，忧国忧民的病又犯了。我微微使了些力气，凑过去低语道：“壮士，冷静，他们人多我们打不过！”

“那边新来的？”说话的是一个刀疤脸，一看就知道是个很霸气的大哥。

我又拍了一下谢湛的肩膀：“我先在这儿拖延一会儿，五殿下你到城门口去带人过来吧！”说完越过他就大步地走了过去。

那牢门的锁就是个摆设，一拽就开，我钻进去之后扭了扭手腕笑着道：“哟，大哥玩骰子啊，我最爱玩这个了，加我一个呗。”

我自怀里掏出几锭银子拍在桌子上，刀疤大哥的眼顿时直了。

一连输了几把，桌上的人都眉开眼笑的，我又拿了银子出来，状似不经意地问：“小弟走南闯北也算进大牢无数，第一次见到这么随性的地方。”

刀疤大哥哈哈一笑，道：“这你就不懂了，北义县大牢可是我们的家啊哈哈哈……”

我被他这“嘎嘎”的笑声震得有点儿耳鸣，脸转了个边儿换另一只耳朵受着。

谢湛已经离开了，我稍稍放了些心。就这么一偏头，对上一双满是探究的三角眼，就听他低声嘟囔着：“这新来的怎么有点儿眼熟，在哪儿见过……”

他长得太大众了，我一时也记不清见没见过，微微一笑强做镇定道：“可能在其他地方的牢房里做过狱友，共过患难，大哥最近过得可好？”

三角眼眼睛一眯，随后睁大，惊讶道：“我想起来了，上回我们山头被平的时候……”

话说到这儿，我霍地立起身来，飞起一脚踹上桌子，连带着整桌的人都被这大力掀翻在地，桌子怼上三角眼的肚子，他“噗”地喷了一口血，艰难地说出了一个名字：“沈，婳。”

这话一出口，牢房的人都抄家伙奔我而来。其中有一小部分是跟我有仇的，剩下的大概都是听了那首打油诗之后路见不平一声吼的。

就那首“沈婳泼皮，假仁假义。我在牢里，祝她暴毙。”别说，还挺押韵。

我一边不停地跳着，躲闪着朝我飞来的桌子、凳子，一边使出了浑身力气，逮到一个揍一个。我进来时没带武器，现在遇上这么一帮人估计要被打得落花流水了。

谢湛他们怎么还不来啊！

刀疤大哥飞来一拳堪堪擦过我的脸，拳头落在墙上，打得墙都裂了一条缝儿。我脚踩在桌子上飞身而出，一个横着的旋踢击中近身的几个人，趁着这个空当窜到了牢门口。

“低头！！”外面一声近乎嘶吼的大喝传来，我急速一俯身，一截铁棍飞将过去，直接把领头的那几个人砸晕了。

都说了低头还不听，自作孽不可活啊！

李常带着一队将士冲过来，将牢中的狂徒全都制服，跟着一道来的知县，沟壑纵横的脸上豆大的汗珠滴落个不停，“扑通”一声跪倒在地，浑身哆嗦着道：“请将军恕罪，都是下官昏懦怕事，请将军恕罪啊……”

我看向谢湛，他应该是没把自己的身份说出去。

不曾想他也在看我，别开眼又凝住，手扣着我的肩膀，阴着脸大声质问道：“明知道大牢里可能有认识你的人，为什么还要留在这儿？万一我赶不回来你要怎么办？”

我被他吼得莫名其妙，连带着表情也跟着凝住。他眼底透露着我看不懂的情绪，半晌又像是回过神来，轻喘着呼吸拉着我的胳膊左右查看，声音带着些颤意：“还有哪儿受伤了？告诉我，哪里疼？”

我继续发呆，谢湛嘴巴抿得像是两片薄薄的刀片，重重叹了一声，松开我就要往外走：“我去找大夫来看看你的脸，你在这儿别乱动！”

脸？

我怔怔地摸了摸脸颊，手指上蹭了些血迹。谢湛走得飞快，人已经从门口消失不见了。我吐了一口气，迈步追了出去，在院中的月门前截住了他。

“这血不是我的，是那个刀疤大哥的。”我抬起手，用袖子随意一抹脸，“你看，什么伤痕也没有。”

谢湛的目光在我脸侧游移，脸上的表情晦暗不明。我这才发现他比我高了不少，非得要我仰着头才能望进他的眼。

他这副默然的样子看得我浑身不自在，我轻咳了一声手臂张开，在他面前转了一个圈，道：“你看，什么事儿也没有。我这么厉害，就那群不入流的小混混想伤我，那可真是……”

秋日的斜阳将人的身影拉得长长的，地上的两个影子慢慢靠近，最后几乎融为一体。

心跳声在我的耳边鼓动，呼吸在我的耳边喷涌。

那可真是……枯木逢春，春回大地，这地……地方挺好。

他的双臂从我腰间穿过，扣在我脊背处，这样感觉起来他的胸膛还是很结实的。而我整个人嵌在他怀里，还保持着张开手臂的姿势，看起来像是我主动邀请他抱我一样。

我木讷着收回手臂，拍了拍他的后背："五殿下这么关心我的安危，实在是太让人感动了。从今日起咱们就是兄弟了，好兄弟，一辈子！兄弟的恩情，我无以为报！"

谢湛撇了撇嘴，放开我，和颜悦色道："北义县令还在里面，先过去吧！"顿了顿，眉宇间又微微挑起，"将军既然想报答恩情，那不如答应日后帮我一个忙。"

他长得好看，帮个忙也不过分，我点点头："一言为定。"

谢湛走后，我抬头看了看天，感受着阳光笼罩全身的感觉，心情分外美丽。顿了顿，还是没忍住笑出了声。

北义县衙的知县叫魏春生，二十来岁做知县到现在已有三十几年。北义县贫瘠，只能靠农耕让百姓果腹。要是遇上不好的年头，就是饿殍遍地的惨相。

魏春生迫于无奈只能减少衙门内用人数量，用省下来的这点儿微薄的俸禄银两买些米分给百姓们。

北义县这么清贫，连飞贼路过也只是在县衙匾额上刻行字随后就走，附近的山匪自然也不把这儿当回事。刚开始被抓的山匪还会像模像样地蹲大狱，到后来就开始明着暗着威胁魏春生。

山匪都是亡命之徒，魏春生又是个胆小怕事儿的人，这么一来二去，北义县衙大牢就变成了如今这样一副景象。

魏春生苟着脊背，说到这儿，他已经开始哽咽："下官也是没办法，我这条老命何足挂齿，可我一家老小都在北义县，我已经拖累他们随我吃糠咽野菜，不能让他们把命也赔在这儿。我小孙女才两岁，若是有办法谁会通匪？可实在是没办法啊……"

他重重地垂着头，磕在地上。

我的胸口像是堵着一块大石头，闷闷地喘不过气。北义县有这般景象，我也难辞其咎。我若是不把山匪送到这儿来，可能也不会变成这副模样。

都是身不由己。

魏春生是这样，我何尝又不是。若是粮草能按时送到军营，我又何必费尽周折去找山匪的麻烦。泱泱大国，背井离乡在边境守护国土的将士们，要靠走歪门邪道才能填饱肚子。

说多了都是泪啊！

我俯下身，将魏春生扶起："魏大人，您年事已高，不要再多费心力了，这件事就交给我来办。我沈婳在这儿向您保证，您一家老小不会有任何事，还请魏大人信我这一回。"

"那就有劳将军了。"魏春生又一叩头，叩得我差点儿掉出眼泪来。

事情的来龙去脉都已经很清楚了，人证物证俱在，只不过我心里存了一点儿别的想法，纠结着这些事儿要怎样向皇上禀告。

回到军营，我在桌子边枯坐了一夜，这几个月发生的种种在眼前一一闪过，天快大亮时我才写了一封奏折和一封信，差人八百里加急送到长安城。

隔了十日，别的消息没等到，倒是等来了我四哥。

才不过须臾旬月没见，他倒是消瘦得厉害，我瞥了一眼，问道："现在长安城流行弱不禁风的男子形象？"

沈及喝了一大口茶水，才道："这些时日长安城乱作一团，几个王爷、皇子的争夺摆到了明面上，皇上一反常态直接下旨把几个皇子都圈禁了，现在长安城的情形可诡异了。咱们家虽然从没参与到皇子的争夺中去，但我们沈家若想全身而退地周旋其中也不是件容易的事，为兄一颗七巧玲珑心都累得堵了两个洞。"

他起身走到门口，掀起帐帘探头探脑地往外看，见没什么异常才走回来，压低声音道："你那封奏折半路就被人给截了，幸亏你先把信寄给了我，不然你现在就身陷囹圄了。我让你嫂子拿着信中夹带的另一封奏折去找皇上，皇上看了已经下旨，让西北守军派人亲自护送五皇子回长安，还命沿途经过的各地大开城门相迎。这场面，要是再吹个唢呐放个炮仗就跟成婚差不多了。”

“不过，黑花令居然还能把人的长相画错也是蹊跷得很，直接导致西北黑道找不到人。这谢湛更是厉害，几乎可以说是被赶来西北的，如今这么大阵仗的被接回去，这简直是神一样的人物。”

沈及自顾自地说完，甩掉长靴直接上了榻：“这日夜兼程地跑过来报信儿，可累死本热血少年了，我得睡会儿，你该吃散伙饭就吃散伙饭，别吵我啊！”说完就打起了呼噜。

我抽了抽嘴角，又叹了一口气。

外头下着雨，西北这地方旱得很，深秋的急雨也就只是蒙蒙如牛毛，淅淅沥沥地下着。

厨房锅里的水开了，碗里放着砂糖和一把晒干的桂花，热水一浇，沁得人直咽口水。

糖水放在桌子上，一只骨节分明的手捧起就往嘴边送，视线顺着动作上移，竟是谢湛。

他不是不喜欢甜食的吗？

听见脚步声，谢湛回过头，像是看穿了我眼里的震惊，有些不自在地低咳一声道：“上次你喝这个，我闻着挺香的就过来讨一碗喝。”

我坐在谢湛对面，老王笑眯眯地端了一碗糖水放我面前。我用勺子搅了搅，想了想还是决定告诉他：“皇上召五殿下回长安，圣旨这三五日就能到，恭喜殿下了。”

谢湛喝糖水的动作缓了缓，随后“咕嘟”一声咽下，他似笑非笑地看着我道：“这有什么可喜的？不过我应该恭喜沈将军才是，沈将军不是希望我离得你远远的，这下可称你心意了吧！”

我确实在奏折里说了一些不切实际的话，比如把发现北义县衙山匪作乱，剿灭平定的功劳都归结于谢湛；再比如夸大谢湛在西北所受的追杀谋害，九死一生，差点儿活不下来。让皇上看一眼就相信，今日不把儿子召回来明日就永远见不着儿子了。

皇上到底年岁已高，不管他以前对这个儿子怎样，也不会想看到这样的结果。

可谢湛就这么明晃晃戳中我心底的想法，说得我像是什么阴险小人似的，戳得我整个人都不是很好。

我怒了，拍案道："你又能好到哪里去？你敢说黑花令不是你买的？你自己在西北折腾这么一大圈不就是想顺理成章回长安？我这都顺了你的意，你还有啥可絮叨的。你要是敢说你不是这么想的，我现在就跪下管你叫爹！"

谢湛听得蒙了，我顿时也无所适从。

他大概没想到我会"叭叭叭"来这么一通，而我……则是拍案拍得劲儿太大，手腕上系着的东西掉了下去，拴着红绳的杏核儿在桌子上滚啊滚，滚啊滚，滚到碗边发出清脆的一声"叮"，才停下来。

我想起那天在校场上吃完那个果子之后，鬼使神差地留下杏核，从北义县衙回来后，又鬼使神差地把这玩意儿找出来戴在手腕上的诡异场景。虽然我现在也不知道我为啥突然犯了病，但这些都不重要。

我深呼一口气，淡定地开口道："……我要说这玩意儿是我娘给我寄来的护身符，你信吗？"

看来是不信。反正都要走了，爱信不信吧！

我默默地拿起杏核，转身就要落荒而逃，手却被谢湛一把抓住。周遭潮湿阴冷，他的掌心却是温热有力。

"我从来没有苛待任何人，但是我却要因为一个太监临死前的几句话来到西北。从小就是这样，明明我什么都没有做，只因我娘出身卑微，我长相妖异，就要受兄弟的排挤。我不想这样活着，我想回长安城，所以出宫前我带了我所有的贵重物品，去换钱买了黑花令。

"沈婳，你觉得我做错了？可我只是豁出自己的性命，想去换一个我应有的对待而已。你告诉我，我哪里错了？"

谢湛的声音很轻，比雨丝还要轻薄，却化作一柄重锤击打在我的心口上，捶得我说不出话来，只愣愣地被他带着转圈。

他仰着头，靛蓝的眼底蕴了一层水雾，神情是我没有见过的认真。

“你之前答应过日后会帮我的忙，我知道你一向重情重义，言而有信，但我不想用这个来逼迫你。沈婳，我要回长安城去夺我想要的，我想让你跟我一起回去，你愿意吗？”

# 第四章 兄妹双双把家还

若是我答应谢湛跟他一道回长安，那后果不外乎有两种。

一是我沈家被当成五皇子谢湛这边的党羽，其他皇子的势力必定会对沈家群起而攻之。二是我刻意避开谢湛，回长安之后到处宣扬我跟他不熟，依着谢湛这几个月表现出的心机，我觉得他很可能会找机会找我麻烦。

答应他回长安，这基本就是个送命的选项。

我想了想，再看了看眼前的谢湛，那雨竟像是下在他的眼底，靛蓝湖水蒙上一层茫茫雾气，明亮又透出几分迷离之色。

我心虚得有些不敢再看他的眼神，抿抿唇刚想着怎么委婉含蓄地推拒，他握着我的手缓缓地松开了。声音飘在风雨里，一如往常般含着笑："沈将军不用不好意思，这提议本来就唐突，再说你是西北大将，没有父皇的旨意也不可能这么轻易就跟我走。唉……这路上若没有沈将军这般风趣的人陪着，我怕是会寂寞得不行。"

他给了个台阶我自然是要顺着下，哥俩好一般地拍了拍他的肩膀，苦笑着道："我早就说了咱们是兄弟，兄弟情不拘距离远近。"

谢湛定定地看着我，突然站起来俯下身，刚喝完糖水，那股子桂花浓香扑面而来，他贴近的气息还泛着热："你放心，我肯定不会忘了你的，沈婳。"

最后那两个字他咬得极重，重到我的心不自觉地一颤，他说完嘴角弯了弯，扭头道："麻烦老王再盛一碗糖水给沈将军。"

老王笑眯眯地应下，谢湛退开两步："那我先回去了，沈将军慢用。"

我点头，抱拳一礼："恭送殿下。"

他的背影在朦胧中消失不见，桌上空着的碗旁又多了一碗糖水，两只碗并排放着，边缘处虚虚贴在一起，就跟我如今和谢湛的关系差不多。

手心攥着的杏核儿握得太紧硌得手疼，我仰头看着灰蒙蒙的天，长长地叹了一口气。

之后的两日，我照旧和以前一样该吃吃该睡睡，无聊时就去山林中打架，因着有我四哥在，我输得更惨，有一日黄昏回去满脸都是胭脂水的红色，把李常吓了一大跳：“外头太阳那么大吗？将军居然晒伤了。”

他这个思路我是真的佩服。

第三日一早，从长安城来的钦差便到了。当着西北军所有将士的面，五皇子谢湛回长安一事算是彻底敲定下来了。

谢湛这“伯乐”要走，整个军营的“千里马”都面露不舍，恨不得呈捶胸顿足之势表达自己没有早一点儿抱上这条大腿。整个军营躁动不已，沈及漠不关心地打着哈欠，我一边吩咐下属给谢湛办欢送的篝火会，一边眼抽筋地往他那儿瞅。

谢湛手捧着明黄圣旨，半垂着脸，嘴角轻轻扬了扬，似有若无的弧度。

入夜这沉寂不过旬月的军营又热闹了起来，我总觉得我娘为我四哥取名很有先见之明，沈及沈及，及时行乐的“及”，想当年他也是叱咤长安花巷一条街的人，在他的带动下这办了许多次的篝火会，炸了。

“咱也别一起唱军歌了，破锣嗓子毫无美感。咱击鼓传花，花落到谁，谁脱件衣裳围着篝火跳舞，不跳的怎么办？”

众人：“扒光！”

“婳婳你个姑娘家就别参与了，过去敲鼓。”沈及冲我挑着桃花眼，歪着浓黑眉，生动形象地诠释了两个字：戏精。

我接过李常递来的鼓槌，在手心掂了掂，敲上鼓面，“咚咚咚……”一溜声沿着暗夜走远，片刻后陡然一停，麻布扎成的花落在一个黑瘦士兵手里。

“脱！脱！脱！”周遭的起哄声和着鼓掌声，十分有节奏。我在人群中扫了一眼，虽然天有些昏暗，人还多，但在谢湛发光般出众美貌的指引下我还是很快找到了他。他敷衍地拍着手，眼睛却直勾勾地盯着一处——他身边装着酒的大缸。

自己越不擅长什么，就越想尝试什么，就算长成谢湛这样的人也不能免俗，老天爷果然还是很公平的。

那厢黑瘦士兵赤着上身围着篝火跳舞，像一颗被熏黑的豆芽成精，刺眼得很。

舞毕我在心里估算了一下大概的距离，手上“咚咚咚”地敲着鼓，差不多时声音一顿，耳边响起一声轻咳，我手一抖又敲了一下。

回头时那花就从沈及手里直直抛到谢湛怀里，沈及在暗处对我竖起了大拇指。

“是五殿下啊，让五殿下脱衣跳舞那可真是太有失皇家颜面了，万万可不行……”沈及一边装模作样地说，一边站起身拉着谢湛往中间走。

周遭没了刚才的起哄声，谢湛怀中抱着花在火影里孤零零地立着，像是这一刻才反应过来要做什么。他抬头隔着人群看了看我，随后轻轻笑着道：“说好了这么玩，男子汉一言九鼎，我不能做那个例外，不过我得做点儿准备。”

他走了几步将花放在地上，走到酒缸边弯腰拿起舀子舀了一碗酒，仰头一饮而尽。再直起身时那张白皙若皎玉的脸便蒙了一层红晕，眼底蓝汪汪的，挟了漫天星光，无辜又招人。

才顷刻而已酒劲儿就上了脸，他又站在刚才的光影里，长指探到腰间解开腰带，一扬手腰带便飘落在远处，露出内里白色的中衣。

我是个重度颜控，吃药都好不了的那种。

这一刻我不得不承认，谢湛这个人，这张脸，是真的很好看。酒精作祟下的这抹绯红，比我小时候偷爬人家墙头看到的小姑娘不知好看多少倍。

我眼睛直直地看着他，看他脱下一件罩衣，认真地折成四角。我发誓，这一晚我将终生难忘。

前一刻还勾魂夺魄像是男狐狸精的人，下一刻脸上扬起灿烂露出十二颗牙的笑，捏着四角罩衣，一路小跑到人群外，绕着圈儿边跑边喊道：“咱们来玩丢手绢……”

我一口口水差点儿把自己呛死，谢湛醉酒之后的行为，没有最奇葩，只有更奇葩。

沈及张着大口，无声笑到脸部要抽筋。我正屏息凝神，那一溜小跑的人跳到我面前：“抓到你了，该你追我了。”

他把罩衣塞进我的手里，迈开腿就跑。大概是喝多了方向感几乎为零，他偏离人群就往东南方向跑。他如今还在我的地盘，出了什么事我也得兜着。

“五殿下这不是喝醉酒，这是平易近人接地气活跃气氛呢，这等献身精神实在是值得……别往那边跑，外面有坑！回来！”

眼看着谢湛要往军营外冲，我顾不上替他洗白，脚下踩风般追了上去。守门的人没敢拦他，我一路追到山林脚下才追上。他背靠着一棵桂花树，眉头痛苦地蹙着，手按在脚踝处，大概是受伤了。

我缓了几口气蹲在一边，拨开他的手掀开裤脚，没伤到骨头也没伤到筋骨，但却莫名其妙红肿得厉害，可能是皮薄吧！

我学着他上回给我按的手法轻轻地揉了揉，听他道：“娘亲以前也是这样给我揉脚的。”他的声音低低柔柔，透着委屈，“只是她走之后，再没有人给我揉过脚，也没有人对我好，你是唯一一个，只是回长安之后，这唯一一个也不会再有了……”

顿住的手背上沾上的泪清清凉凉的，却灼得我手发烫。我抬起头，谢湛的眼眶微红，瞧着我的目光让我觉得自己是个罪大恶极的坏人。

谢湛一喝醉，心理年龄就倒退十五年，我心一软，探出手揉了揉他鬓角垂下的卷发：“会有的，你放心。”

他顿时喜笑颜开，高大的身子俯下抱住我的腰身，力气大得像是要将我拦腰对折。他的脑袋搭在我的肩窝处，酒气和花香混杂在一起，几乎迷惑了我的心智。想推开他的手，在半路转了个弯儿，拍着他的背安抚着。

他当下不过是个五六岁小孩儿模样，这肯定不是在占我便宜，不是，不是，不是！

重要的事情暗示自己三遍，但转念一想就算占我便宜……我好像也不吃亏，不吃亏，不吃亏，不吃亏！

又三遍后他的呼吸均匀，竟是就着姿势睡着了。我小心翼翼地扯开他的手，认命地把他扛上我的肩头。

好在他不算太重，一路踏着月影回到军营也只是肱二头肌轻微撕裂而已。将谢湛放在他的营帐中，出来时我四哥已经摆出一张阴阳脸看着我了。

粮草堆起的高坡上，沈及照常絮叨道：“有生之年能让谢湛丢那么大脸也真的不枉此生了，公主听了一定会称赞我哈哈哈……”

我捧着酒坛子沉默地喝着酒，沈及见没捧哏的自觉无聊，他看着黝黑的东南方向，那里远远的有一座长安城。

“你决定了？”他没等我回答，又自言自语地接着道，“这话不应该问你，你早就决定了。兵权交接需要时日，我走的时候兵部才开始办，不过再有个五六日也就差不多了，你要是快马加鞭也能赶得上和谢湛一道进长安城。那场面四个字就可以形容：美男与野兽哈哈哈……”

“这笑话一点儿也不好笑。”我吐出胸中一直压着的那一口浊气，把自己摔在草垛上，“其实当时写那封奏折时，我自己都不知道自己在想什么，只是想着我领兵在西北，皇上又不喜欢五皇子，咋可能真的让我回长安……可他同意之后我又开始犹豫，但是刚才……”我单手遮着眼，指缝间探进来点点星光，犹如那双靛蓝的眼，我突然胸腔里豪情万丈，“管他呢！我开心就好！”

“咣当”一声我滚着从草垛掉到地上，沈及收回脚，指着我道：“小姑娘家家的，注意点儿形象。”我们的表面兄妹情呢？

这夜折腾得有点儿欢，心情大起大落，大碗喝酒大口吃肉，等翌日我头疼欲裂地醒来时，已是日上三竿，谢湛已经启程走了好几个时辰。

“本来属下是想叫醒将军的，但是五殿下说让您好好休息，不用吵着您了，便跟着来迎他的仪仗队走了。”李常道，“这五殿下可真是贴心。”

确实是贴心，贴心得有点儿过分了。

谢湛走后，这军营也就少了他一个人，却像是带走了一大群人一样，我看哪儿都空落落的。怕是秋季太深，人爱矫情吧！

我抽空去了一趟北义县衙，牢房已经修缮成正常模样，新上任了一位县令，姓郭。之前的县令魏春生被罢黜官位，回家养老。按私通匪寇罪来讲，这已经是最轻的责罚了。

经打听，我找到了魏春生的家，北义县虽然整体都很破旧，但魏春生的家更是破旧不堪。茅屋房顶漏风漏雨，土墙不透光不透气，坐一会儿我身上全是闷出来的汗。

魏春生将可爱的小孙女递给儿媳妇，待屋中只剩下我们两个人时，他膝盖一弯跪将下去，作揖道："老夫多谢将军保我一条性命！"

我急忙将他扶起："不必多礼，我也只是略尽了些绵力，但终究还是没能保住大人的官位。我过些时日要回长安城述职，这有些银两您一定要收下，也能免家中一时疾苦，让我良心上过得去一些。"

我从袖间取出一张银票递给他，魏春生泪流满面，摇着头推了回来："前日天还未亮时，那位公子已经来过一次，留下了些银两，实在不能再收将军的了。"那位公子，应该就是谢湛了，没想到他居然还能顾及这些，果然是近我者善！

魏春生与我推拒再三，我还是把银票给了他。

回军营时，满军营肃穆，但凡看到我的将士皆直勾勾地盯着我。我正纳闷着，就在营帐外看见上次来宣旨的钦差满脸的"既然都传旨了，为啥不一起走，还要折腾我再跑一趟"的表情才明白过来。

"西北大将军沈婳接旨——"

……

沈及在外面转了一圈回来，拍了拍我的肩膀道："哟，还活着，我见外面那群人眼睛通红，排排站着还以为你咋了。又要办欢送会了吧，我来，我来……"我抬手捂住他的嘴，独自走出了营帐。李常带着一众将士在外面站着，那样五大三粗的汉子一个个泪眼汪汪的，看着难免有些悲切。

"我来西北参军虽说是被逼无奈，但这四年是我人生过得最快活的时光。我拿众位当兄弟，还望兄弟们信我，我回到长安定会想办法不再让兄弟们过从前的苦日子。若有朝一日能在长安城重聚，武安侯府，我沈家小八，备着酒肉等诸位！"

我声嘶力竭，喊到嗓子沙哑，那带些沙哑的嗓音在空旷的军营中不断扩散，越听越难受，难受到我自己也带着哭腔了。

翌日天不亮，西北驻军军营，我和沈及两个人两匹马，静悄悄地离开。我有点儿能体会谢湛走时的心情了，离别实在是太让人难受，他一个只来了小半年的人都这样，更何况是我。

我把从山匪那缴获来的银票给了李常，还留了一封信，告诉他新任将军来之后可别再问十万个为什么了，让人家听了会想打他的。

我没像沈及说的那样快马加鞭地去追谢湛，谢湛嘚瑟地走他的官道，我偏挑些小道走，沿途悠闲地欣赏着风景，吃着美食，等我们到长安时，谢湛已经回来有十来日了。

我就算一时不辨是非，刚回来也不会明目张胆地把自己家往火坑里推。那样，我娘会把我写进话本子做恶毒女配，而且是孤独终老的那种。

“‘战百郎’，我发现你这个人傻的时候可真傻，聪明的时候也有点儿聪明。傻随你三哥，聪明随我。”沈及笑嘻嘻地往自己脸上贴金，我当自己耳背没听到。

下了马仰头看着高耸城墙之上偌大的“长安”两个字，我不由得一阵感慨：“一走四年，再回来，我依旧帅气逼人。”

沈及不害臊地接口道：“嗯，这个也随我。”

圣旨的意思，简单来说是我被贬官了。所以我回长安说好听点，是回京城迈向人生巅峰，实际是丢了官职回家闲赋。

往城东走，离得很远就能看见武安侯府的高耸飞檐。绕进长东街巷，就见侯府门前我虎背熊腰的爹、风韵犹存的娘立在第一列，我六个哥哥、三位嫂子一个不落地在第二列，第三列则是我已经成婚的几位哥哥添的小娃娃。

我四哥已然下马，小跑着凑过去站在第二列，这整整齐齐的阵容，熟悉得让我想立刻掉头逃跑。

我娘杏眼圆睁，声线温柔道：“热烈庆祝西北大将军沈婳回家，鼓掌！”

“啪啪啪……”我一张脸炸红，恨不得找个地洞钻进去。

我家优良传统，优秀者聚众表演，没出息者举家嘲笑。等他们笑话完之后，我娘才亲亲热热地迎上来：“婳婳，娘好想你呀！”还没等我开腔，我爹高大壮硕的身子将我挤到一边，占据我娘身侧最佳位置：“娘子，我让人做了你最爱吃的糟鹅。”

我可能是有个假爹。

跟着大部队进了门，花厅里已经摆了两张圆桌，我在军营多年，有意识的就直奔七哥沈愿旁边去，还没等落座就被我爹拎着后衣领拽到了另一桌。

这一桌是我娘跟我几个嫂子，我娘杏眸弯了弯，赞道：“沈青山你终于意识到婳婳是闺女了，可真不容易。”

一室哄笑声，我爹憨憨地笑着，那样杀伐决断，对谁都不上心的武安侯所有柔情都只给他眼前的这个人。

这顿饭吃完天已经黑了，跟我预想的一样没什么煽情桥段，像是过去四年我每天都是这般回家吃饭一样。散了饭，我娘拉着我回了我以前住的闺房，屋里屋外皆是整洁干净，一尘不染。

“知道你要回来我找裁缝给你多做了几套衣裳，将男装的样式改了改，看你如今这壮实的样子就知道为娘的真是深谋远虑。”我娘拍了拍我的手背，言语染了笑道，“你也别多想，既然回来就回来了，别的顺其自然就好。”

在家里我娘站在智商链顶端，再加上对全家人的了解，在她眼里我们的心理活动简直像是在额头上刻了字。我乖乖地点点头道：“娘，我知道了。”

“乖——”她揉了揉我的脸，“这一路在马背上驰骋，想来你早就累了，你快些睡下吧，为生活奔波的苦累以后再体会。”

我娘说话惯来说一句藏半句，我又实在太累也没多想就上了榻。榻上铺得柔软，躺在上面像陷入云中，我打了个哈欠便睡了过去。

我迷迷糊糊地做了个梦，梦里是西北漫天的星，我和李常带着兄弟们在一处山头剿完匪，席地而坐烤肉喝酒。那肉香味令人垂涎，我一口咬上去，随后疼得激灵一下醒过来。

胳膊上一排牙印，快要渗出血来。我按了按，窗外胧月已经上了树梢，比西北的月亮要黯淡许多。

“唉……”我长叹一口气又蒙上被子沉沉睡去。

醒来的时候，府中比昨日清静了许多，我推开窗透透气，就见窗根底下整整齐齐码着一排礼物。我大哥送的青蓝剑，二哥送的马蹄状玉佩，四哥送的……长安城各家铺子的优惠小卡片。

但跟我三哥比，他也不算太不走心。

我娘对我们兄妹八人都是放养状态，想做什么完全遵循本意，我七个哥哥里我四哥自不必提，未来驸马，资深游手好闲纨绔子弟。我二哥沈从曾做到了户部尚书一职，是我大晋开朝以来最年轻的户部掌事官员。之后天机阁被裁撤，掌事盛青白入狱被斩首前夕，我二哥前去大牢探望……然后盛青白就顺利地逃狱了。

他逃去哪儿无人知晓，众人只知户部尚书沈从沈大人因此愧疚不已，辞官归隐，发誓再不入朝堂半步。

随着盛青白在长安城消失，我二哥便看破红尘一心向佛，天南海北地往各大寺庙里去短住，我娘担心他会出家。

有一次沈及喝多了酒，才和我透了些口风：“你二哥哪是去向佛，明明是去放纵的，哪天他抱个孩子回来，咱们沈家就能发扬光大了。”

所以这样一来，身为正六品的大理寺仵作的我三哥沈遇，就成了我这一辈唯一的一位在朝官员。沈遇从小就跟常人不同，我们上房揭瓦，下河摸鱼时，沈遇就寻摸着城中兔子、老鼠的尸体，一倒腾就是一下午。

所以他送来的礼盒里只放了一块骨头，并附上一张纸条：此猪天生多一块骨，拆掉刚好，没地方放送你，望妹珍重。

不过，跟接下来我爹的所作所为相比，沈遇这礼物也算不上什么。我刚把这些礼物放到柜子里，我爹便差人叫我。在沈家祠堂，我爹肃着一张脸道：“跪下。”

我“扑通”一声跪下，一大早还没来得及洗脸吃饭，这一出弄得我有点儿蒙。

“我沈家从不养闲人，你娘说要养你也没用。屋子可以给你住，吃喝也可以管你，但得每个月交银子上来。不交就离家远点儿！”

这会儿我才明白我娘所说的“为生活奔波的苦累”到底是哪般了。我爹一贯暴脾气，我不敢说什么只能忙不迭应下来：“知道了。”

然后我就被我爹挥着手赶了出去，真的没有一点儿爱了。

按照我和我七个哥哥互相坑害的相处模式，他们谁都不会借给我银子这是必然的。按照我爹铁石心肠的性格，我交不上银子，被扔出大街要饭也是必然的。

半个月前，还在西北叱咤风云的我，谁承想会沦落到这么个惨烈地步。洗漱完草草吃了点儿饭，我挑了身天蓝色的袍子，松松挽了发髻便出了门。

出了长东街的巷子口，就见对面那条人群稀疏的街上马车挨着墙根停得密密麻麻的，想来一定有蹊跷。我随手拉了个路人，指着那边问：“这些马车是做什么的？”

路人上下打量我一番道：“姑娘几年没来长安了吧，这些都是拉人的‘滴答马车’。”

在我离开的这几年，长安城的发展可谓是日新月异。所谓“滴答马车”便是城中新兴的一种职业，他们也和普通马车一样接客拉人，唯一的不同是，他们只接有风险的急单子。

比如有钱人家卷银子外逃的小妾，抢了有钱人家跑路的小贼。一旦上车，就注定要被人明里暗里的追杀，所以做这一行武艺要有，对心理素质要求也极高。

这段时间被大理寺以连坐罪抓起来蹲大牢的车夫不在少数，但还是抵挡不了大家的如火热情。且这两个月因着几个皇子被皇上圈禁，皇子身边的人怕被连累逃跑得也极多，对“滴答马车”的需求量就更大了。

因为那些客人有银子，还急着离开，车夫便可以漫天要价。

听完路人的话，我眼中“噌”地一下亮了。干这一行，我上缴家中的银两就不用发愁了。打定主意我回侯府，借口出门喊了老李用马车送我，等到了巷口我对他摆了摆手道："放你假，车留下，你消失。"

等他欢天喜地回家抱儿子，我抹了一把黑灰在脸上蹭了蹭，这才驾着马车停在了对面那条街。我靠着车棚，一边哼着小曲儿一边嗑着从府里拿来的瓜子。

等到太阳日渐向西，我犯困打了个哈欠，一道黑影"嗖"的一下钻进马车，我精神一振，压低声音开口道："客官往哪边去？我可先说好我走一趟五百两银子。"

说完我身后男声道："送我去大理寺自首，我给你两千两。"

我觉得他是想逗我笑。

"快点儿啊到底走不走？"男声很急切，我拧了拧眉，手顺着探进车帘拎住他的衣领，一把将他拽下了车。

我还真的头一回听说有人赶着要去自首的，这人一看精神就不太好，万一到时候胡说我是他同伙……

——昔日下堂将军沈婳，居然兼职做马夫，还跟贼人苟且，简直是污秽不堪，不知廉耻。

我已经能想象出那时候长安城传言的精彩程度了，我爹一定会手刃了我，所以这单我不能接。

那人在地上晃了晃站稳脚跟，和平常到这条街上恨不得把自己裹成粽子的客人不同，他大大方方地露出了一张脸。

沈及长得偏艳丽妖气，谢湛精致漂亮，那眼前这位算得上是温润如玉了。脸部线条很柔和，朗目星眸，浓眉入鬓。前提是舍去他满脸的不耐之色，以及微微扭向右侧的脑袋，怕不是落枕了。

他这长相一点儿也不像是偷了东西的贼人，所以我大胆猜测，他定是拐了人家小妾的"奸夫"。长得这么好看居然这么不知廉耻，我嗤笑一声道："你找别人吧，恕不接单。"

"奸夫"一咬牙："五千两。"

笑话，我前西北大将军，武安侯唯一的掌上明珠，是会贩卖节操去贪图小利的人？

是的，我就是。

“这位公子你想从大理寺哪个门进大牢？那里我熟。”

武安侯府的马都是皇上御赐的，从这条街跑到大理寺门前也不过是一刻钟的工夫。马车刚停稳当，我掀开车帘的刹那，手被里面人猛地一拉，随后环住他的脖子。

居然还敢偷袭我？我冷笑一声顺势拽着他的胳膊往前一用力，就听见“咔嚓”一声骨节脱臼的声音，另一只手一个锁喉勒到他脖子上，将他按倒在马车里。

这时大理寺门前的守卫冲过来，见到的就是这一幕。随后“奸夫”就带着哭腔喊道：“来人啊，救命啊，车夫谋财害命了！”

我被几个侍卫押进了审讯室，片刻就被扔进了大牢。毕竟那么多侍卫都眼睁睁地看着我揍了那个“奸夫”，我没话可辩驳。因为那“奸夫”也没什么罪名在身，我又没把他真的如何，大理寺给了我两条路——蹲一个月大牢，或者是交一百两罚金。

我在大理寺的旧相识很多，除了我三哥沈遇，打小与我一起长大的手帕交祝清欢也在大理寺供职。

但是他们两个一起去城郊办一件案子，眼下刚好不在，我就只能等着我家里得到消息过来保我。我已经能想象到举家站在门前嘲笑我的场景了，人生真是艰难。

那“奸夫”从审讯室里出来时，竟然过来看我。他捂着后脖颈儿蹲在木栅栏边，见四下没人，压低声音开口道：“我不是故意要坑姑娘的，等姑娘家人到此，交上去多少银子我双倍付给你。”

他说得很认真，但是我是不信的，我嗤笑一声道：“黄鼠狼吃了鸡蛋，还说要给鸡送饲料，你当我傻？”

他搓了搓手，叹了一口气道：“我这也是不得已，我爹听了一个老头的怂恿非要捐个官给我做，说是能光宗耀祖。我不想做官，就是想用实际行动告诉我爹，我是个废物，做官只能坑家里，不能增光辉。”

我恍然大悟，一个连坐马车都能被劫持的废物，实在是不能堪当重任。可这不是重点，我问他："不知公子是……"

"贵和庄纪南方。"

贵和庄别名"天下第一庄"，在整个大晋都赫赫有名，只因这个第一，指的是第一有钱。有这一重身份加持，纪南方那张脸变得比谢湛还要好看。若是我能借着这个机会和纪南方做朋友，那我贫穷的处境就会彻底改变。

我有些激动地隔着栅栏就想去抓他的手和他拉个家常，随后就感觉脊背一阵阴风席扫而来，随即狱卒赔笑的声音由远及近，道："五殿下能来，这大牢真是蓬荜生辉，小的真是三生有幸能见到五殿下……"

我的手硬生生顿住，那声音也跟着顿住。

为了凸显大牢这个地方的阴森，牢房里只顶上开了个小窗，四下点着昏黄的烛火。眼前的光被挡住了一半，一双锦缎高靴映入视线里。

自回长安城我就知道肯定会再遇到谢湛，但是我没想到会是在我这么狼狈的时候。我不好意思抬头，生怕被谢湛看到我这副狼狈模样。

"把牢门打开。"

在谢湛吩咐之下，"咔嚓"一声锁被打开，谢湛直接走了进来，干脆利落地和我并排坐在了枯黄的干草之上。

我微微抬头，见纪南方有些诧异的眼神在我和谢湛身上来回流转。

狱卒让了让手道："小的先带纪公子出去吧！"

纪南方又看了看我，欲言又止，过后还是很含蓄地道："姑娘且安心，我说过的话一定算数。"

等到四下只剩我和谢湛两个人时，我不知道怎样表达才能把我如今的处境，说得不那么惨痛才忍着没开口，可谢湛居然也不说话。我们相顾无言，就这么尴尬地坐着，看都不看对方一眼。

坐了一会儿墙根传出"吱吱"的响声，我非常自然地将靴子脱下来直接顺着砸了过去，耗子凄惨地号了一声再没了动静。

这下谢湛总算是有了动作，转过头看着我。如今他不用像在西北那样，为了和黑花令上的画像区分开而将头发勒得发际线靠后，只是一半松松地挽上去，用白玉冠束着，余下的一半柔顺地披在肩头上，赏心悦目得有点儿过分。

“方才那位是谁？”他开口第一句问的居然是纪南方，弄得我有点儿措手不及。他一说话我才察觉到这距离貌似有点儿近，我不自在地稍稍往后挪了挪，道：“是贵和庄的纪公子，多日不见没想到居然会在这儿见到五殿下，可真是巧。”

谢湛嘴角上扬，又是那个乖巧的笑容，眼睛一眨不眨地看着我：“其实并不巧，我到大理寺办事撞见下属说要去武安侯府送信，差人拿银子来赎人。我猜应该是你就过来了，果然，我猜对了。”

我“呵呵”干笑着，心里盼着我家里快点儿来人赶紧把我领走，改日我容光焕发，帅气逼人再在谢湛面前闪亮登场，弥补一下这段的尴尬。

“我截下了那个报信的人，本也不是什么大事，一会儿我跟陈大人说一声你就回去吧！”谢湛眼底的光有些模糊，突然低下头看着我的手，“方才我见你伸手想要握纪公子的手，这是为何？”

为何要握纪南方？这个问题问得很尖锐。

不过如今他掌握着我能出大牢的命脉，我便一本正经地胡说道：“我五哥刚从西边回来，说是一个什么族的礼仪，见到人要握手以示友好。虽说纪南方坑了我进来，但是我也是理解他的，四海之内皆朋友嘛！”

谢湛恍然：“原是这样，那我呢？”

“末将……哦不是，草民说过，殿下是我兄弟。”

谢湛的笑意更深了些，手顺着伸了过来。他长得白，一双手干干净净，纤纤细细的。他单刀直入地道：“既然如此，那咱们也该握一握手。”

我一时语塞，有种搬起石头砸自己脚的感觉，却也只能伸手搭了过去。手刚搭过去就被他紧紧握住，谢湛的手很干，我的手心却有些濡湿。

“离开西北前的那晚我喝醉了，但清楚地记得我的脚受了伤你为我揉捏，你说，以后还会有的，让我放心。我一直记到现在，果然你真的回长安了，不得不说，‘战百郎’真的是言出必行。”

不叫我“战百郎”能憋死你？

我想抽出手，他却握得更紧，他道："你和纪公子是刚认识吧，刚认识就要握手，那我们认识这么久了应该多握一会儿。"

他说得有理有据，我就放弃挣扎任他去了。正着握反着握，我手攥成拳他张大手抱住握……等他终于满意觉得我们的"兄弟情"表现得淋漓尽致放开手时，我那只糙手已通红通红的。

我随着谢湛一起走出牢房，大理寺卿陈升正等在那儿。

"你等我一会儿，我去跟他说一声。"

"多谢五殿下。"

谢湛走过去和陈升不知说了些什么，一边说一边指着我，陈升探头看了看我，随后点点头。不多时谢湛就折回来跟我道："走吧！"

帅哥救美之后那英俊值简直是突破极限，我跟在谢湛身边被他的光芒晃得眼睛发酸。他领着我去了天香阁，长安城很有名的一家点心铺。

"折腾这么久你一定饿了，吃一些东西再回去。"谢湛貌似十分了解我的口味，小小一张方桌上摆了十来样点心，芙蓉卷、糯方糕、蝴蝶酥……并上一碗刚出锅的桂花圆子，热腾腾地冒着香气。

"五殿下不一起吃？"我取了一双筷子跟他客套一句，待谢湛摇摇头后我稳准狠地串起两块芙蓉卷往嘴里塞。谢湛推着那碗桂花圆子到我手边，一如既往地贴心。

等稍稍填了一层胃，我便问："不知道五殿下和陈大人说了什么，他那么痛快就让我走了。"

要知道为了不让自己脸丢那么大，我只说自己是武安侯府管家福伯远房孙女，寻常人一听沾了我武安侯府的边，怎么着也会考量片刻。但不想那陈升既然是个榆木脑袋，冷哼一声直接让人把我扔进了牢房。

所以我真的是好奇。

谢湛道："清晨城郊出了个不小的案子，由大理寺负责去查，这边人手不够正在招募临时办案人员，我便说你是我找来到大理寺应聘的高手。这么肯付出，能吃苦的人绝对不会在光天化日之下去谋财害命，这当中肯定有误会。"

我舀起桂花圆子的手一顿，道："然后陈大人就信了？"

谢湛点头："我一向不会说谎的，陈大人这才会信我，我这可是为了你破例说了谎，你感动吗？"

他说这话时眼角微微往上扬了扬，倚在窗边映着天边最后一抹红霞特别有魅惑性。若不是黑花令一事让我知道他那副表里不一的特性，我还真就信了他的话。

看破不说破，说破朋友没得做，我就笑笑没说话。谢湛又道："陈大人品性耿直，他信了我的话，所以未免露出破绽惹麻烦，你就去大理寺临时帮几天怎么样？"

大理寺，掌管刑狱的审判衙门，就算是临时干几天说出去也倍儿有面子。

最重要的是我若努力争取一下混个一官半职的，以后再出去跑"滴答马车"单子被坑进来，也可正义凛然大吼一声：我只是个卧底！

思绪一转，我应下来，道："既然五殿下为了我说了谎，那圆谎一事我义不容辞，我明早起就去大理寺报到。"

"直接去城郊就好，到时候自会有人安排。"谢湛说着放了锭银子在桌子上，被我按住，"我有这家点心铺送的优惠卡，我四哥送的，买二送一，用不了这么多。"

谢湛默了默，道："你四哥……真是个妙人。"

晚上吃完饭，我去三哥沈遇的院子里打听了一下所谓城郊发生的大案。

沈遇打小喜静，总在屋子里待着，面皮白得快要看出血管来，说话的时候张弛有度，不紧不慢，听得我这急脾气上来脑仁都疼。

"从作案手法来看，简单粗暴，没经过太久谋划，算不上什么大案子。但是死的人很多，有被砸断腿失血过多而亡，有被大石闷得窒息而死，有……"

"停，说重点！"

沈遇凉凉地瞟了我一眼，道："城郊千南山山顶掉下来一块石头滚到山脚，砸到了过路的一列车队，无人生还。"

在长安城内，天子脚下，这算是个大案子了。

我摸了摸下巴，道："明日一早你还要去城郊吧，我同你一道去……对了，清欢也在吧，我记得她今日也跟你一起去现场了的。"

一听那个名字，沈遇的眼神更凉了："原本遍地残尸，她一个负责审讯的不应该去。但是陈大人临时得了上司的指示把她也派去了，聒噪闹腾得很。"

"上司？陈大人上司是陈夫人？"我笑嘻嘻地端了一杯茶喝，沈遇看我的眼神就像看智障一样，道："你回来这么久怎么什么都不知道？如今大理寺归五殿下所管辖，上司自然是他。"

"噗"的一声，茶水喷了一地呛得我狂咳不止。

是谢湛？

那就怪不得陈大人会听他胡说八道了。躺回榻上我盯着榻顶垂下来的鎏金铜香囊，脑袋放空了半天，才觉得有点儿不对劲儿："……我怎么又和谢湛碰到一起了？"

但是事情已经到了这个地步，我打算干完这件事情就离开。翌日我起来时沈遇早就不见了人影，一点儿也不顾及兄妹情。

我骑着马出了门往城郊去，看见离千南山还有半里的地方搭了个草棚子，旁边立了块木板子，上面写着：风里雨里，我欢迎你——大理寺临时造。草棚子里只坐着一个书生模样的人，正用笔记着什么。

我下了马走上前他也没抬头，只指了指一旁道："戴上面罩，记得自己背了几具。日结银两，不拖欠，往前走，左拐左拐再左拐就到了。"

那面罩厚实得很，往脸上一戴什么也闻不到，呼吸也不大顺畅，幸亏在呼吸的地方开了个豁口，倒是设计得很人性化。

千南山不高，只种了满山枫树，供人观赏，远远地看火红一片。我按照书生所说左拐左拐再左拐便到了地方，前面已经排了几个和我一样戴着面罩的人。我站在排尾，左右看了看，拍了拍前面小哥的肩膀道："我们这是要做什么？”

小哥道:“背尸体回大理寺，一具一钱银子。”说罢上下打量了我一眼，随后一捶手心，“来抢生意的也太多了吧！”

# 第五章 长安第一单身狗

谢湛打从西北回到长安之后，皇上着人给他在宫外开衙建府，又把管辖大理寺的差事给了他。

大晋开朝以来历代皇子成年之后，都要搬到宫外的府邸居住，并掌朝中一方事宜，大多是六部的要职。大理寺以前和刑部并立，主各地刑事要案，但是随着六部渐渐做大，就变成了一个给刑部跑腿的衙门。

简而言之，谢湛如今的差事，和他在皇上那儿不受宠的程度是很相配的。

我回到长安就刻意跟谢湛拉远距离，导致知道这些事情的时候反抗已经来不及了，只能认命。

进入农历八月，天气开始泛凉，千南山脚下却是忙得热火朝天，为了多抢一具尸体，多赚一钱银子，众人开启了争抢尸体的模式。

每当小哥乙背好一具尸体往大理寺方向跑时，就会被小哥甲冷不防地伸出脚绊一下，然后抢了就跑。

这场面很像几年前我和我那“长安七煞”的哥哥们争抢到西北参军的名额，于是在轻松地扛起一具尸体后，我眼都不带眨的，路过时照着小哥甲伸出来的脚狠狠地踩下去，顿时山林间响起鬼哭狼嚎的惨叫声，惊了枝头冬日前最后一树鸟雀。

千南山到大理寺的距离，即便是有轻功拼了力气走一趟也要半个时辰，更何况背上还背了一具尸体，按照大理寺那边传下来的话：边边角角都不能少，掉一片衣角不仅没有酬劳还要倒搭银两。

于是在山脚下争抢得脸红脖子粗的众人，一出千南山便以缓慢，小腿抽筋的速度向前走，这样一个来回就要两三个时辰，才背了两趟天便黑了。

暮色四合，背完最后一趟，我们一行人排排站，那书生模样的主事一边给我们发钱一边絮叨道：“千南山一案是今年发生的最大的案子，上面极其重视，是以入夜要由人守着这些尸体不能出任何纰漏。众位都是肯为大理寺鞠躬尽瘁死而后已的壮士，想来不会推拒吧！”

这高帽子往外一甩，众人纷纷附和，稳当当地扣在脑袋上。我抿抿唇开口道："我晚上还要回家，我若是不回家我爹会去报官的。"

此言一出，登时无数双眼睛像刀子一样飞向我，主事淡然道："阁下既然不是诚心想为我大理寺效力，就是不想为我大晋朝廷效力。所谓人各有志，我大理寺从不强迫人。"

皮厚赛城墙的我不由得涨红了脸，道："不是……"

"当今皇上龙体欠佳，又格外关注这个案子。若是你我能多出一份力，皇上心情稍稍得以慰藉，就是对我大晋江山社稷添砖加瓦。既然阁下不愿意搬砖，那请自便吧！"

我的脸继续由红变紫，讪讪道："不是……"

"不是的话，那便是同意我所说的了，那个谁，给这位壮士夜晚多加床被褥。"

这主事若不是大理寺的，我会以为他是说书的。也不知道为啥，我觉得他这绕来绕去逼我走上他事先安排好的路子的技能很熟悉。

这一批十二人分为三组，守着三间放着尸体的屋子。未免我爹娘担心，我忍疼拿了一钱银子找街上的乞丐到我家去报个信儿，说我今晚住祝清欢家。

和我分到一个屋子的恰好就是那甲、乙两个小哥，加上一位干瘦得仿佛骷髅的汉子。夜晚本就比白日凉，再加上守着的是尸体，那股从心底透出来的寒意不是两床被褥就可以压住的。

我们四个裹成蚕蛹般把着东南西北四个角落，相顾无言了好半天，骷髅哥开口道："你们知道为啥子要守着这些尸体？"

在寂静无趣时，这江湖故事就是最好的消遣，我顿时来了精神："这位大哥知道内情？"

骷髅哥道："我一个金链子大兄弟在城里城外都有点儿人脉，他说这回死在城郊的那批人马车上啥也没有，只有银两，每一具尸体都砸得面目全非分不出长相。谁家丢这么多人谁不着急，但是愣就没人认领。上面觉得这事儿有蹊跷，这才让咱们守着的。"

话音刚落，窗柩被一阵疾风吹开，"吱嘎，吱嘎"的声音在屋内回荡，更添阴森恐怖，我鸡皮疙瘩起了一身，瞄了一眼屋内码得整整齐齐的尸体，觉得这一晚我是睡不着了。

“左右也睡不着，相逢就是有缘，几位大哥可有兴趣玩几手？”我搓了搓手，自怀中取出随身携带的几样东西放在地上，“骰子、牌九、简易小马吊，大哥们想玩啥？”

三个人眼神晶亮，面面相觑，再看我时都齐刷刷地竖起大拇指。

刚开始在西北军营的日子没有后来那么丰富多彩，彼时我还是刚去的一个百夫长，那时候的将军是个三不管，不想饿肚子就只能自己去找吃的。军营前面的那一片山林，天上飞的地上跑的都被抓了个遍，设下陷阱等着猎物上钩时，我们便用随身带着的消遣物件打发时间，这“优良习惯”一直保持到现在。

对着尸体齐齐三拜，念叨了一阵切勿怪罪，我们四个人围坐成一团，倚在那昏黄烛火下打着马吊。

小马吊牌一张有半个指甲盖儿大小，看得眼珠子都疼。但兴之所至，这些困难都是可以克服的，没一会儿这一个角落里压低的激动声此起彼伏。

“小甲，你咋能打二筒，你是不是傻？”

“哎呀我去，你俩打配合是吧！”

“截胡？我明天一定把你脚丫子踩烂！”

……

“哈哈，卡当夹三筒，胡了！”四圈牌第一把赢，我激动的声音有点儿没压住，大着嗓门、扬着下巴伸出手，“给钱！”

三个人看着我，视线齐齐往旁边挪了挪，俱一脸震惊，再挪到我脸上，眼睛瞪得眼角似乎要抽筋。

就在这一刻，一股寒意从我脊背慢慢往上攀，我后知后觉地感受到了那如芒刺在身般的目光扫射。这样的感觉上次有，还是在大理寺的大牢里。烛火侧有黑影投在墙壁上逐渐拉长，长到快要和我的影子重叠在一起。一道熟悉的男声在我耳畔惊雷般响起：“‘战百郎’你玩什么，也不带我一个？”

大晋五殿下，靛蓝眼，卷头发，西北那么偏远知道的不多，但在这长安城认不出五殿下那就白活了。

所以，你的上司抓到你不务正业，带着几个同僚一起玩马吊你会怎么办？

我迅速将手中的马吊牌一推，抬手胡乱一指，道：“是甲大哥非要玩的，五殿下知道我这个人最不会拒绝人了，所以……”

小哥甲一脸蒙，谢湛轻轻地笑开，我仿佛都能听见他胸膛鼓动的声音。他踏步走到小哥甲处，悻然道：“她既然说你是领头的，那我也不能不罚，就罚你去门口守着，今晚上玩马吊没你的份了。”

小哥甲千恩万谢，临走前狠狠地瞪了我一眼。

谢湛就在他站着的地方席地而坐，那身月白色的锦袍下摆沾上了一层土也不管不顾。他拿起一张马吊牌，放到烛火处仔细看了看，疑惑道：“这么难以辨认的东西你们是怎么玩的？”

这时候多说多错，我们三个罪魁祸首闭紧嘴巴安静下来，谢湛也不生气，将那一张小马吊牌放在手心里捏了捏，随后抬起头对着我粲然一笑，道：“那日我在‘战百郎’榻上的时候，你若是肯教我，如今咱们也能一起玩了。”

这一刻，仿佛有三道大雷齐齐劈在我的头顶，此时的我满脑子只有一个念头：我该如何来圆这说辞……

这会儿另外那两人的目光变得无比闪亮，还好这场面我不是第一次经历，只片刻就缓过劲儿来，深呼吸一口气道：“若是教了五殿下，那同在榻上的其他三个兄弟也要教，那可太麻烦了。”

另外两个人也不敢放肆，只能斜眼瞄着谢湛，留给我大片眼白。

谢湛唇边笑意更深了一些，微微叹了一口气道：“他们归他们，到底是只有我们两个共了枕头盖了被，唱了小曲儿喝了醉。‘战百郎’总是这么大爱无边，不分主次，我真的是伤心至极。”

我那点儿刚被激起来的反击念头顿时戛然而止，离开西北我脑子也像跟着被抽走了一般，怎么就忘了这位的戏精本质，你越演他越来劲儿，给他个戏台子他立马能给你唱全本的《西厢记》。

再深吸一口气，我站起来一鞠，道："草民既伤了五殿下的心，不忍再在五殿下眼前晃悠往您伤口上狂妄地撒盐，草民也去和甲大哥一道守门好了。"

谢湛的笑意敛了敛，有些清肃的神情，他没说话我就当他默认了，转身就走。

方才为了稍微隐蔽一点，这个角落和门刚好是斜对角，中间摆着尸体，我只能绕一个大圈往门那边走去。将行至窗下，衣裳下摆像是蹭到了什么东西，我蹙着眉往下看，在浅薄月光笼罩下，青衫衣摆上赫然是一只满是血污的手，抓得衣摆起褶皱，骨节还在不停地颤动。

"啊——"我吓得三魂七魄没了大半，尖叫声冲口而出，拼了命地挣扎可那只手却是丝毫没有要放开的意思。

"怎么了？"谢湛三两下窜到我身边，见此场景亦是一惊。

我腿都软了，抓着谢湛胸前的衣襟强自站住，上下牙磕在一起，瑟瑟道："我不该在这儿聚众打马吊，求求这位鬼大爷大人有大量，放我一条生路，我还您一个惊喜，以后每逢清明、七月十五日给您焚香烧纸钱……唔……"

一只大手从我的后脖颈儿绕过来直接将我的嘴捂住，从我这个方向我只能看见谢湛的侧脸，他的嘴唇绷得紧紧的，神情是平日里见不到的凌厉。

"快取刀来！"

小哥乙立刻寻了把小刀递过来，见这情景眼白一翻直接晕了过去。谢湛额角的青筋突突地跳，扭过头盯着我道："你不许再叫，吓得我的心狂跳不止。"

我忙不迭地点头，他松开我，拿起小刀直接将那只手拽住的衣摆割开，我不由自主地往后退了几步，胸膛剧烈起伏不定。

谢湛握着刀，缓步走近，一把掀开覆着的白布。

白布下的人血肉模糊，本来应该已经死透了，此刻喉头却剧烈地滚动，只剩下一口气吊着，不上不下的。

谢湛见状急切地问地道："城中无人出面认领你们，你们到底是何人，说出来我好让你们好好安葬。"

那人吐着字，瓮声瓮气道："淮，淮王……这都是，报，报应……"只断断续续说完这句话，头一歪，这会儿彻底是断了气。

之前沈及去西北时说过，淮王是皇上下令圈禁的皇三子谢南岸。牵涉到淮王，这事儿估计不会小。谢湛将白布又仔细地掩好，对着月影静默了片刻，转过身抚着我的背，轻轻柔柔地念着："摸摸毛，吓不着。"

这逗小孩子的姿态让我有些无语，但也扫去了方才的惶惶不安。谢湛就着这个姿势推着我到了院中，又拍了两下才收回手，扬声朝着门外喊道："来人！"

稍远处循声走出来几个侍卫模样的人，谢湛道："速到武安侯府请沈遇沈大人过来，再着人拿着名册到淮王府挨个核对人数，不能漏掉一人。"

"是！"侍卫们抱拳，分头行动。

谢湛的脸上毫无表情，对他这种总面带微笑的人来说，这算是极不开心的表现了，看来是忧国忧民综合征又犯了。

我看了看他比月色还要好看的脸，欲言又止，静默片刻开口道："五殿下，你今晚怎么会到这里来？"

就算他再不得宠，也是堂堂皇子，掌管大理寺事宜。这大晚上的，又是这么个放尸体的地方，时间地点都不对，就显得他出现得格外突兀。就好比一丛刚收割的韭菜旁边，非要摆上一大朵红芍药。

谢湛定定地看着我，脸色柔和，声音亦是轻灵，眼底却渐渐有冰霜："沈婳，你想问的不是这个吧！你想问这事儿是不是我找人策划的？！"

因着之前黑花令的前科，让我遇到谢湛掺和的事总会想一些有的没的。但这么明晃晃地被戳穿了心事，还是被当事人戳穿，我有些不大自在。

我的沉默大抵是惹到了谢湛，我见他攥紧拳头，攥得骨节泛白，恨声道:“这若是我弄出来的事情,我何苦想方设法把你留在这等着你拆穿?在你眼里我就这么不堪?”

我重点抓得十分准确,认真地道:“是你想方设法把我留下来的啊?”

谢湛一怔,靛蓝的眸子初见一丝慌乱,但也就只是那么瞬间便恢复了原状。他喉头滚了滚,又是那副不动声色的样子:“你本就是我说了谎才来大理寺的,如果你搞特殊,不跟他们一起守夜很容易让陈大人起疑。”他顿了顿,又道,“待会儿你三哥要来,未免你武安侯府大小姐入大牢的事传出去,你还是先回去吧!”

他说完便不再看我,自顾自地折身往回走,只踏出两步便停下脚步,声音有些冷硬道:“在西北时多谢沈将军的照拂,谢湛感激不尽,只能日后有机会再报了。”

他说得没头没脑,留我在原地愣了好一会儿才反应过来,他这是想和我划清界限,断了往来?

就因为我小小地猜疑了他?我求之不得呢,呵呵!告辞!

回到府中时恰好沈遇准备去大理寺,我见沈遇那张及其苍白的脸阴沉得看不出任何表情,他每日要睡四个半时辰,生平最恨有人打扰他睡觉。

此时的我,真希望他恨谢湛到极点,掏出解剖尸体的小凿子去砸谢湛那张脸。想起刚才他那副模样我心里就窝着火,滚滚燃烧着要把自己灼伤了。

受了惊再加上憋了气的我翻来覆去在榻上怎么也睡不着,烦躁得一遍一遍在榻上捶胸顿足,几次重击下我再用力一捶,“哗啦”一声榻轰然坍塌,我半个身子被埋在木板里,屁股摔得又麻又疼,我感受到了这个世界对我深深的恶意。

扶着腰走出来,想了想这个时间段我能去还不被轰出来的地方,就只有沈及那儿了。沈及和我同住东苑,只隔了一堵墙,我忍着屁股疼痛翻墙爬窗进去,将沈及屋里榻上的鼓包往里推了推,和衣侧躺了上去。

“鼓包”像是被搅醒,含糊地嘟囔着:“四哥,我还要再睡一会儿……”

娇娇糯糯，轻轻柔柔，还是个女声，我吓得差点儿从榻上滚下去，再要往里靠一点儿瞬间就被人从后面拎住衣领，拖着往后换他欺身向前。

天大地大他最大的热血少年我四哥，此刻将被子小心掖好，然后拍着那人的背，温柔似水道："乖，继续睡，天亮了四哥叫你。"

"嗯……"

又哄了一会儿，沈及才拉着我往外间走，这儿放了一方矮榻，被子掀得一大半掉在地上，可想而知他是听见里面有动静立马惊醒直接冲过去的。

能让我四哥这么珍而重之，魂不守舍的，这普天之下也就只有惠安公主谢皎皎一个人了。

沈及这个人现在看着极不正经，只能说不及他从前万一。沈及年少时那个走路姿势，嘚瑟地让人看一眼就想揍他。

直到后来惠安公主十岁生辰那日，我娘说公主一家都生得倾国，我沈家不能丢人丢得太过分，就带了我家长得最好看的我四哥入了宫。

那一天沈及回到家，就坐在院子里发呆。再之后他那性子收敛了大半，有事没事就找机会进宫，等到公主长到十六岁，沈及求着我娘进宫，再之后赐婚的圣旨就下来了，那一晚沈及轻功施展号叫着踩坏了大半个长安城的屋顶。

有一次沈及喝多了拉着我上房顶，笑得很不像他，道："我这半辈子到处浪，到处狂，老天爷看不过眼，就派了个人来治我。我看到她第一眼，我心里就像藏了一块糖，那糖可真甜啊！"

至今想起我还浑身起鸡皮疙瘩，压低声音问道："公主怎么在这儿？"

"和她母妃闹脾气跑出来，我也不放心她在别处住，就留她住一晚，宫门一开就送回去，你可别大嘴巴说出去。"沈及又是那一脸笑，看着我牙根一酸，他又换了张脸，"你该干吗，干吗去，别在这儿碍眼。"

如果我把我捶塌了榻的事情告诉他，那我会被全家人嘲笑好几天，眼珠一转，我神秘兮兮地凑近沈及道："我在等三哥回来。"

我将今日发生的事情，掐头去尾抛开我丢人的部分和沈及说了个大概。这么好听的故事他果然来了精神，和我并排坐在矮榻前，屏住呼吸去听隔壁院子里的动静。

我们就这么坐了大半个时辰，才听见院子里响起了脚步声。沈及刚要窜出去，又想起什么推了推我："小八你去打听，回来再告诉我。"

我："不就出去一会儿，这府里也不会有狼将公主叼走。"

"少废话，快去，快去。"

推搡间我出了门，脚蹬着地越墙而过，赶在沈遇推开屋门前将他拦下："快告诉我大理寺的事情，不然你四弟今日不会让你睡个安生觉的。"

西去月影里沈遇的脸色比平日更苍白，看了看我，又望了望里屋榻的方向："淮王府的那个人临出长安城时，吃了一味极为珍贵的药，可在大难时护住心脉保住性命，看起来像是死了一样。但那个人被砸得经脉皆断，就算缓过来一口气，命也活不了。案发当夜就有人把这个消息写成密信放在了大理寺门前，谁也不知道是真是假，五殿下就只能着人看守，然后就有了今晚发生的事情，我说完了我可以睡了吗？"

沈遇一口气说完，快得我怀疑他咬到了舌头，我还在消化他这一大段话，他已经拨开我开了门，随后"砰"的一声，门关得震天响。

我在院子里站了一会儿，站到我手脚发凉，我方吐了一口气："原来我真的误会了他……"接下来我该如何面对他。

我没去打扰沈及，自顾自地回了自己房中打地铺将就一晚，快天亮才睡着，睡梦中也并不安稳，翻来覆去眼前都是谢湛的那张脸，笑意褪尽，眼中透着丝丝伤痛。过了一会儿，眼前的谢湛摔碎一个酒碗，潮红着脸，咬着薄唇望着我，酒后委屈得不能自已。

"你不想对我好了是不是？在西北你说的都是骗人的！"他呜咽着，解下腰带往自己脖子上缠，左右开弓狠命一拉，"人家不要活了啦……"

我腾地一下惊醒，太阳已经升得老高，我单手捂着脸，就着指缝儿眯着眼看阳光，不一会儿就泪流满面。

我从小就是这种性格，别人欠我的，我大方摆摆手，都是兄弟说啥欠不欠。我欠别人一点儿，就会吃不香睡不好，活像是有人拿着火把烤着我的脚掌心。

谢湛说谎也不是一次两次了，我拆穿他，是我应该做的。我猜错了，那我就很愧疚。照目前的情况来看，未来很长一段时间谢湛在我梦里，估计都要花样寻死吓醒我了。

淮王府的案子由那一位“诈尸”的人破开个口子，之后的调查就很顺利了。淮王府登记在册的连主子带奴仆一共一百六十八人，挨个核对之后发现这府中少了十二人，恰好和千南山山下的尸体数目对得上。

淮王府这么欺上瞒下，其中必有蹊跷，大理寺的办案人员将府中几个管事的人带走，交由审讯师祝清欢审问。第三日，整个案情便彻底明朗了。

淮王谢南岸被圈禁之后，其下党羽自以为“留得青山在，不怕没柴烧”，只要淮王还在，东山再起不是问题。于是这些人便计划着想要到宗人府将淮王换出来。为保万无一失，其中一个门客献上一丸保心丹，可让淮王在出逃过程中护住心脉。

但也并不是所有的党羽都想这么蛮干，蓟州来的门客米螺便是其中之一，这么多年他早已心力交瘁，早就觉得淮王不是堪当大任的那块料，当下跟着这些人去将圈禁在宗人府的淮王换出来就是去送死。他盗走保心丹，带着全家轻车简行连夜逃出长安，却不想千南山崩，终究是没了性命。

淮王府其他人眼看米螺出事不敢妄动，也不想事情查到淮王身上，雪上加霜。如今真相被揭露，圣上听闻当即昏迷，倾太医院之力才在三日后苏醒。

在淮王府一干党羽的精心策划下，淮王最终连宗人府都没得住，被削爵贬黜，流放三千里。所有淮王府的人也都驱逐离京，今生不得再为官。

所以有时候，那些口口声声说帮你助你的人，到最后会干出些啥事来并牵连到你。真是该断不断，反受其乱！

这件大案从案发到破案也不到十日的工夫，皇上在怒述淮王党羽所作所为之外，倒是第一次正眼瞧了自己这个卷发儿子一眼，夸了他一句：

虎父无犬子。

这么自夸可还行？

一切初定的那一晚下了深秋第一场雨，翌日的长安城被雨水洗得像新的一样。我早早起来，花光我背尸体还剩下的两钱银子，在长东街角的摊子上坐下。刚出炉的油饼撒上一把葱花，外酥里软，豆腐脑加上老板特制的卤汁，好吃到能咬掉舌头。

从前起得早的时候，我就会到这儿来……眼睛瞄了下旁边的空位，我心里有些不舒服，嗯，毕竟是那个人带我来吃的。

这突如其来的伤春悲秋还没维持多久，街口突然涌进来七八个人，在墙上贴着告示，贴完告示还要叉着腰喊："我是纪南方，我欠了银子的那位姑娘请过来一下！"

我一口饼噎在喉咙里，足足喝了两碗豆腐脑才压了下去。来往的路人已经就近去看那张告示上的画像，看完画像再看"被欠了银子需要过去一下"的姑娘本人，跟没看见一样。

有蹊跷。

我嘀咕着大摇大摆凑过去，那告示上要找的人满脸黑黢黢，头发乱糟糟，丑得鬼哭神嚎。我虽说不算什么大美人，但有我武安侯府优良的基因底子也差不到哪儿去。

那日我脸上抹了黑灰，又打了纪南方一顿，他记不清我长相也是理所当然的。我打包了五张烙饼回去做零嘴，打道回府后，比纪南方满大街贴告示喊我更诡异的事情出现了。

正院里我一家人齐齐皆在，沈及一见我立马把我拉到人群最前边，阶上立着位面白无须的内监，手中捧着明黄圣旨，尖嗓一喝道："武安侯之女沈婳接旨——"

我跟着家人一道跪下，内监又道："奉天承运，皇帝诏曰，大理寺一案，武安侯之女沈婳，居功至伟，今特破例加封为大理寺少丞，领禁军一队方便大理寺行事，即刻上任，钦此"

"微臣领旨，谢恩。"我长长叩首在地，心下大喜大悲之后，陷入了一种迷茫，迷茫到我爹赏了内监谢礼送他出了府我还保持那个姿势趴在地上。

“喂，高兴傻了啊！”沈及揪了揪我的耳朵，我按住他的手，气息有些粗，欣然道：“四哥我腿抽筋了，你快扶我一把。”

送过来的大理寺少丞制服有些大，我在里面多套了几件中衣，又将腰带扎得紧紧的，沈及上下打量了很久，点了点头道：“给家里长脸了。”

圣旨说即刻上任，我没时间和他磨嘴皮子，火急火燎地收拾好就让老李驾车送我。这不算长的一段路，风顺着车帘吹进来，凉凉的，吹散我方才的那些纷乱。

大理寺少丞，正五品，本来负责的是复审下面查过的案子。但是皇上却交给我一队禁军，让我方便大理寺行事，文臣直接变武将，倒是再适合不过，就是有些不明所以。

以后要是有机会上朝，我是该站文臣一列还是武将一列，难不能我自己一个人站一列，那该多尴尬。更尴尬的是我刚得罪了我的顶头上司，这以后他要是时不时找我麻烦可咋办……

胡思乱想了一路到了目的地，看着匾额上偌大的“大理寺”三个字，我叹了一口气道：“是福不是祸，是祸躲不过，爱怎样就怎样吧！”

大理寺本就是一个非常清闲的衙门，我这个带兵的大理寺少丞就更没什么事了，到大理寺报道后，我就领着分给我的那一队禁军绕大理寺巡逻。

谢湛既是掌管大理寺，我这么悠闲地巡逻总能碰上他。我打算第一时间向他的势力低头，赔个不是服个软，跟谁过不去也不能跟自己的前途过不去。

但是就这么巧，我巡逻到脚底起泡都没能“偶遇”到谢湛。日近黄昏时，大理寺院内档案阁前，自二楼窗柩探出一个脑袋，“沈婳、沈婳——”

我立住一瞧，那人长脸柳眉弯，不是祝清欢是哪个？

“等会儿我忙完一起出去啊，我们几个同僚打算好好给你接风呢，你要不去不是人！你记得喊你三哥一起，我喊他不会来的。”

还没等我应下她又缩回头，随后就听见风风火火的声音喊：“这点儿东西都找不着？？大理寺养你们在这儿喘气的？”

我嘴角不禁一抽，这么多年祝清欢还真是一点儿也没变。

我向一队人摆摆手：“今日就到这儿，散了吧！各位回去好好准备下，明日咱们弄个比赛，选个大队长出来。”不然这样巡逻实在是太无聊了。

“是！”

我刚进书院时年岁很小，沈及每日忧心忡忡，生怕我在书院里被欺负。但好在我有个比我大几岁，说要罩着我的同桌祝清欢，才让我的书院生涯安然度过，且丰富多彩。我和祝清欢性格虽然截然相反，但好在三观比较合，那些年一起厮混没少被各自家里打骂过，说起来这还是我回长安之后第一次跟她见面。

所谓的接风也没有大摆宴席，就只有大理寺几个年岁小的寻个由头凑在一起找些乐子。祝清欢一向喜欢组织这种热闹事，我临去西北的那一年她光是“生辰宴”就找了五拨不同的人一起过。

我叫了沈遇一同去，他兴致索然，说想回家睡觉。我想了想，道：“祝清欢特意让我请你去的，你若不去我该多没面子。”

沈遇长眸眯了眯，极为勉强地道：“既然如此，那就去吧！”

小样儿，把不住你的脉，那我在西北四年不是跟白砚瞎混了？

祝清欢安排的地方是四方楼，在东德巷口，吃的食物一般，就是热闹，很符合祝清欢一贯的风格。四方楼取“四面八方”两字为名，倒也楼如其名，天南海北但凡来长安城的都要到这四方楼站一站。

四方楼开业的时候名躁长安城，许多贵族名人都来捧场，人不到礼物也到。掌柜的大抵是个浮夸之人，也不管啥搭不搭，就把所有贵人送的礼一股脑儿全往房梁上挂。

齐王送的苏绣，二公主的琉璃瓶，丞相佟吾的墨宝，甚至还有刚从草原回来的镇远将军拎的风干牛肉……这些东西凑在一起，浓浓的乡土气息风，看一次笑一次。

从门口到二楼笑哈哈的一路，你还可以听到各种各样的方言、俚语。有时候一言不合还可能打起来，那时就需要手里捧上一捧瓜子看戏了。

恰巧，今日我们就碰上了这么一出打架的好戏。

我们一行人在门口集合往二楼走，就见一高一矮两个汉子互相叫骂着。骂的是啥我实在是听不懂，就见不过几个回合，矮汉子一拳捶碎了板凳，卸下木条抡起来就冲了过去。

我神情一振，道："店小二，端盘瓜子过来！"

祝清欢："再加份花生！"

四方楼里宾客对这场景见怪不怪，退场的时候还会将桌椅板凳挪一挪腾个地方出来。那两人明显都是练家子，一招一式紧紧相逼，近乎拳拳到肉，两个人打得跟血葫芦似的。

那矮汉子踉跄着从地上爬起来，手把着木条照着飞了出去，大概是肿眼影响准头，那木条没飞向高个子汉子倒是直接奔着楼梯口，也就是我这个方向过来。

本以为只搬着板凳在台下坐，没想到居然还能有机会上场。祝清欢非常上道地推着另外三个人往楼下走，我将手指掰得"嘎吱"作响，双臂架在两道墙上，凌空而起一个旋身。

在这个紧要关头，我听见一道熟悉的男声，仿佛是从我身后响起的，带着犹疑和惊喜："姑娘是不是……"

但是我已经收势不及，一脚踹飞木条之后，又一脚把我身后的那个人也踹飞了出去才稳稳落了地。那人跌坐在楼梯拐角处，看起来就很昂贵的绛紫色蜀锦袍子上，胸口处印上了一个可爱的脚印。

我忙跑过去，手刚要搭上他的手就被他一把攥住："姑娘是不是去过大理寺？"

"那个……"

"不仅去过，她还在大理寺就职呢！"祝清欢走上前，摸了摸下巴，接着道，"不仅就职，还坐过大牢呢！多么离奇曲折的人生啊！"

"坐过大牢"四个字一出，我顿觉蒙了，果然他嘴角溢出喜色："我一瞧见姑娘背影就眼熟，跟那日打我的潇洒劲儿一模一样，原来姑娘长这样……自大理寺一别，我一直在找姑娘，今日来四方楼就遇到了，姑娘说我们是不是很有缘分？”

我把手抽出来，呵呵笑道：“算命的说我应该多结识一些方脸的人，头圆的和我相克。今日的事是我无心之过，算上上次的，抵了纪公子欠我的银子，我还有事就先告辞了。”

一个谢湛就已经够我受得了，这人的行为那么不正常，我如果真拿了他的钱，他回头去户部举报我那可就吃不了兜着走了，还是离得远点儿比较好。

那厢四方楼的人已经轻车熟路地处理乱局，领着打架的两个人去谈赔偿的事了，我扯着祝清欢往楼上走，祝清欢反而扯了纪南方的袖口，道：“哎呀，沈婳你这人真是很不懂事，打了人不给人赔罪怎么行，这位公子若不嫌弃就一道吃个饭？”

“原来是沈婳姑娘。”纪南方喃喃了一句，随后头摇得如拨浪鼓，“不嫌弃不嫌弃，我这人最好说话了。”

我真的要被祝清欢气哭。

经这一番折腾天已暮色，我挨着窗根坐，旁边是祝清欢，对面是纪南方，沈遇和其他两人坐得远远的。席间祝清欢简直化身户部查案的，从纪南方姓甚名谁，家住哪里，宅子几所，马车几辆，问到是否婚配时，只听“啪”的一声脆响，众人齐齐看过去，沈遇苍白的脸依旧面无表情，只那酒杯碎在了掌心，几滴血顺着滴在桌子上。

他眼皮微动，起身悻然道：“今日见血，不宜久留，我先告辞了。”

我掐了掐祝清欢的后腰，她一把拍开，若无其事地继续问纪南方，后者笑眯眯回道：“不曾婚配，家中开明让我寻自己喜欢的姑娘。”

眼见着祝清欢要去问纪南方日后要生几个娃了，我急忙道：“咋还不上菜，清欢你跟我去催催。”说罢拖着她就往远处走，看那边望不到了才松开，“你是咋回事？你不会看上纪南方了想给我三哥红杏出墙吧！”

祝清欢柳眉一拧，欣然道：“我和你三哥有啥关系？没有关系，不过早点儿气死他我也早点儿解脱。再说了，我也不是给自己问的，是给你问的。”

我一头雾水道：“跟我有啥关系？”

“你可别想瞒我，贵和庄少主满城找一个姑娘的事情可传得沸沸扬扬。那画像画得虽然有点儿不入眼，但本姑娘慧眼一瞧就看出来是你了。这么浮夸又浪漫的人，你上哪儿找去！我身为你头号手帕交当然是要给你把关啰。”

热闹的情感剧什么时候气氛最好，当然是少男少女互相对眼凑成良缘。祝清欢深谙此道，我没想到这回中招的却是我。我和纪南方，这都哪跟哪？我面无表情，祝清欢兴高采烈道：“一会儿回去咱们配合严密一点儿，到时候……”

我转过身，就见一队禁军打扮的人安静地上了楼，看着还有点儿眼熟，他们安静地走到窗口，安静地架着纪南方就往外走。

纪南方有些摸不着头脑，愤愤道：“你们凭什么抓我？”

禁军甲：“你在城中大肆张贴画像，制造噪音，破坏长安城百姓祥和的生活，刑部宣查署接到举报，奉命来擒拿犯人纪南方，刑部请吧！”

纪南方高呼冤枉，一声比一声凄厉，直到被禁军带走。

我内心复杂，拍了拍祝清欢的肩，感叹道：“这就是命。”

这楼里是待不下去了，气氛实在是令人窒息，我直接拐出了四方楼，里面人声鼎沸，外面这条巷子倒是幽静得很，青石板，雨花苔，像是江南景。再往前的地方停了辆马车，灰蒙蒙的天，灰蒙蒙的帘子，普通得不能再普通。我晃悠着走过，车里传来一声轻唤：“沈婳。”

一道耳熟能详的声音在我耳畔响起，心一跳，脚步跟着顿了顿，那声音继续道：“上来。”

弯弯的月渐渐爬上眼帘，影子自脚尖开始往远处蔓延，我手指曲了曲，还是拂开车帘钻了进去。

谢湛笑吟吟地看着我，和那日大理寺冷寂模样大不相同，但是笑得有点儿瘆人。这狭小的一隅让我有些喘不过气来，我抿了抿嘴唇，呵呵笑道：“没想到这么巧，在这儿也能遇到五殿下。”

谢湛摸了摸右手衣襟处，道：“倒不是巧，刑部派人来，让大理寺帮忙抓一个影响长安治安的狂徒，我左右也无事，就跟着过来了。”

那一队禁军正是我白日才领着在大理寺巡逻的，经过之前那晚我明晃晃伤了谢湛的心，这回我本想拐着弯问，但他这么冷不防直接说出来我反倒是有点儿不知所措，只能继续干笑着道：“原来是这样。”

“你是不是还想问，那举报的人是不是我派去的？”

这话有诈，我忙摆了摆手，讪讪道：“之前那事是我嘴欠，一不小心暴露内心，这次我真的没那么想，我……”

谢湛陡然近身，脸离我一寸的距离停下，仔仔细细地看着我的眼。周遭的温度随着多一个人的气息变得有些热，我浑身的豪气只要一见到谢湛这张脸就立刻消散在了风里，非常没骨气，我匆忙扭开了脸。

谢湛非常硬气，极不像他的探出手捏着我的脸掰过去，又一次的四目相对。

“这次你可以这么想，就是我干的。”谢湛凝着眼，指尖顺着那一点游移到我发梢，像在西北那日，拂去我头上桂花一样轻轻地触了触。

也就是这么一下错开眼，我见他脖颈儿间像是系了什么，一点儿红出现又隐在衣襟下，看不真切，却勾着我的心猛地一跳。

“在这世上想让自己活得好很难，要想让别人活不好反倒容易。沈婳，你可知道我的意思？”

“我……”我耳力极好，刚开口时听见那风声萧萧里清脆的抽刀声。谢湛亦是神情一变，下一刻车身陡然往下一沉，刚弯腰在我面前的人来不及稳住身形，随着这一下直接栽进了我怀里。

准确地说，是我胸前。

# 第六章

# 我不许你喜欢他

武安侯府阳盛阴衰，再加上我那七个哥哥虽然长相性格不同，但都还算是宠妹狂魔。当然这个“宠”其实也只是停留在很浅的层面上，不管去哪儿玩都带着我，不管有什么奇奇怪怪的吃食都分给我，不管闯多大的祸都会捎上我。

沈及说多一个人分担，他们就能少受一分罪，这兄妹情了……

在这种环境下长大，再后来到西北军营四年，多软的性子都能摔打得硬邦邦的。什么男男女女，大家都是兄弟哥们儿嘛！

但是自打遇上谢湛，可能是他太精致太好看，每每看到他我心底总像是长了草，还是倒着长的那种，草芽越长越长，时不时就扫着我心底。然后我便会唾弃自己，一个如花似玉的姑娘居然活得还不如男人精致。最后醒悟，哦，我原来是个女孩儿。

所以此时此刻，谢湛整张脸都埋在我胸前，我脑中瞬间空白后，居然不是一巴掌拍在他肩膀上大吼，而是满脸绯红，双手颤颤，那双手放在他肩头要推不推，磕磕巴巴地说不出一句完整话：“你……你干吗呢你，你，你先起开……”

这话带着颤音儿，软酥酥的听得我浑身一颤。我明显感觉到胸前那颗卷卷毛的脑袋也跟着一怔，随后竟是闷声笑道：“我不。”

我额角青筋跳了跳，外头的声音越发清晰，我咬着牙一把将他掀开，谢湛跌坐在马车上，仰着头瞧着我，眸中的笑意一点点收敛，嘴角扬了扬。他若无其事地站了起来，像什么也没发生一样。

他越是这样平静我心里窝起的那股无名火就越是乱蹿，也不知道该怎么发泄，只探手从长靴中抽出一把小巧的匕首，赶在那刀锋来临前冲出马车，腿扫向来人，匕首在腕间转着劈开送过来的长剑。

那人后退了几步，扶住墙才站稳。那人穿着一身黑衣，脸蒙着布，只露出一双贼溜溜的眼睛。眼前这个黑衣人所属的团伙显然是有些格调的，那蒙脸布左下角还绣着一朵芍药花，红的耀眼。

“芍药”见我，眼神闪过一丝诧异，但职业素养还是够硬的，他缓过神来将手中的剑往剑鞘上一敲，敲了三下后自墙后树上跳下十来个黑衣人，蒙脸布上百花齐放，每个都不一样。

我屏住呼吸握着匕首慢慢往马车前靠，没回头只是声音恶狠狠地道,:“外头有我，你不要出来添乱，不然回头我揍你！”

里面没动静，我就当他默认了，突然车帘飘起，随着风有细细的粉末飘散出来，味道还挺好闻的。

没想到谢湛长这么好看还要抹粉，果然只有懒男人没有丑男人。

我很少和旁人交恶，能劳师动众找这么多高手来，想杀的肯定不是我，是马车里那位。眼珠一转，我已有了计策，脚往后一蹬马车整个人跳到车顶上，准备冲下去打着转儿踢人，能踢几个是几个，先制造混乱争取一点儿时间让谢湛有机会脱身。

只要他走了，一切都好办。

我想的很美，做的也很对，只是我忘记了一件很重要的事情。从前我是一名武将，穿的是铠甲，如今在大理寺供职，是文臣，官服是长袍。下午为着方便出来时我脱了外头一层官袍随手披了件外衫，本来就不太宽松，再加上在四方楼时我旋着踹了纪南方一脚已经让衣衫抻到了极点，再这么一扯就悲剧了。

在踢倒第二个黑衣人时，衣衫“刺啦”一声爆开，我差点儿吐血，收势不及直接往后倒去，“砰”的一声身子砸向车身，马车跟着抖三抖。

黑衣人显然没见过这样的场面，全都不厚道地爆笑出声。

我的脸顿时铁青着，肩上忽然一暖：“沈婳你怎么样？”

谢湛不知何时下了马车，手从肩上滑下握住我的手，就这么一个简单的动作让我觉得方才的尴尬都不算什么。我不自觉地用手指抠着他的手心，站稳。

随后谢湛视线下移，看见我爆开的衣衫，发出了杠铃般的笑声。

我活这近二十年还没遇到过这般诡异的场景，刺客和要被刺客暗杀的目标，都站在同一战线笑我。

不多时方才架着纪南方走的禁军循着声音找过来，就变成两伙人对峙干着笑。

你永远也无法知晓，男人的虚荣心有多强。就连笑也要比谁笑得声音大，谁笑得嘴角更开，谁笑得姿势更扭曲。

“哈哈哈哈……”

“嘎嘎嘎嘎……”

尤其是谢湛，笑得仿若白玉雕琢的脸上一片绯红，眼泪都要飚出来了，我真的很想和沈遇学一下如何下刀，不会要命只会让人疼。

谢湛捂着笑得发酸的腹部扯着我就往四方楼那边跑。这一个动作让身后那一干人也回过神来，我往后看去，黑衣人和禁军一边狂笑着一边往对方身上招呼着，刀剑相抵，火花四溅。

也就在这时，我突然觉得身上有点儿不大对劲儿。从脚心一股酸麻冲到喉咙口，像是有无数只蚂蚁在那儿爬来爬去，只想做些什么事儿来宣泄。

刚刚驻足在四方楼门口，我没压住嗓子哈哈哈开始笑。周遭来来往往的人像看傻帽儿一样看着我，谢湛连忙一只手捂住我的嘴，一只手拖着我的腰把我带往僻静的小巷里。

他一松开手，我打着滚在地上笑得喘不过气：“哈哈哈这是哈哈哈，这是怎么回事哈哈……”

谢湛还在有一下没一下地笑，气息微喘着道：“我临离开西北前，军医白砚送了我些他刚研制出的药——含笑散。他说看着我整日不大高兴，让我笑一笑。这药会让人发笑，等药劲儿过了才能停。我方才也是突然想到身上带了这个，就往外撒了一点儿。”

不得不说谢湛有时候还是很机敏的。

我放肆笑到最后浑身已经没一点儿力气了，脸又酸又疼。谢湛在我笑到一半时已经过了药效，这时他蹲下身子扶我靠在墙脚根坐下，一只手在我面颊上点了一点，一只手揉着我的小腹。

月光在墙壁投上剪影，我们两个人在这有些亲密的姿势里近乎融为一个人，我不自在地要挣扎，他微抬着眼皮看我一眼：“别动。”

我就像被人点了穴一般，就这么简单两个字我就不动了。谢湛按摩的手法素来很好，掐着捏着揉着，酸疼的感觉渐渐消失，取而代之的是莫名的灼热。

从他的指尖，一直烧到皮下。

我被烫到般腾地一下站起，谢湛毫无防备，这么一下便直接撞上了他的下巴。

“对不起，对不起，我不是故意的，疼不疼啊——”我今晚格外慌，谢湛笑得格外灿烂，捉住我的手按在那红起来的地方：“你摸摸就不疼了。”

我摸了两下干笑着抽回手：“本华佗转世治病，就这两下就好。”再多治几下，我心会暴跳而炸。

谢湛默了默，又开口道：“这次是我连累了你，其实你大可以直接走的，让我在那儿自生自灭就好。你不欠我什么，也不用将我放在心上。”他越说声音越低，越哑，“反正这么多年，我一直都是这么过来的。自西北到长安，我虽离你近，但我毕竟不是你，我摸不透你怎么想的。但人不为己，天诛地灭。你若是和我走得太近，像今日这样的事就总会遇上。我方才在马车里对自己说，如果你一走了之，我绝对不会怪你，我再也不会拖着你。但如果你没有……”

下巴一阵温热，那如玉如竹的长指摩挲着，待我仰头撞进那一汪靛蓝水底。像是初见那日，如湖如泊，一旦跳下去就要深陷其中。

他笑起来，眼中的挣扎与犹豫一扫而空：“你没有，所以沈婳，我再也不会放开你了。”

谢湛不管得不得宠，那都是正经的皇子，能来刺杀的不管是面纱绣花还是眉间点红，那都是要被抓起来严刑拷打的。

那一队禁军在含笑散药劲儿过后抓到了三个刺客，连夜带回大理寺，谢湛唤回了还在四方楼的祝清欢。

祝清欢老老实实地过来行礼，道：“见过五殿下。”

“方才抓到几个刺客，有劳祝大人连夜审一审，务必要审出些有用的东西来。”

祝清欢行礼道：“下官遵命。”

眼看着这儿没我啥事儿，再加上方才谢湛那一段似是而非，到现在我也没太琢磨透的话，我眼下只想赶紧回家躺一躺。只是还没等开口，谢湛就侧脸看着我，道：“方才我与你说的话，你要往心里去一下。”

我“嗯”了一声，祝清欢的眼神却骤然一亮，人跟着凑到了我的身边，讪笑道：“这夜里再去折腾旁人有点儿不地道，沈大人回去左右也没事儿，不如帮我去大理寺审犯人吧！再说你是当事人，提前写一写口供也省不少事，都是同僚，帮帮忙嘛！”

谢湛似笑非笑看着我，说道：“沈大人的意思呢？”

我有啥意思？祝清欢每句话都把我往墙角上摁，我还能有啥意思？

其实当真要审问的时候，我倒是庆幸祝清欢把我叫了过去。那三个人就那么巧我还全认识，有起先在四方楼打架打成血葫芦的高、矮两个大汉，还有一个干瘦得只剩下骨头架，赫然是跟我有过打马吊情意的“骷髅小哥”。

怪不得他见我时那么震惊，我如今见他也是惊讶不已：“怎么是你？”

在审讯这方面我是个外行，除了严刑拷打也没别的主意。祝清欢对此嗤之以鼻：“严刑拷打必多冤案，我们做审讯的不求速战速决，只求对得起天地良心，我们要走心，走心你懂吗？”

可眼下那个“走心派”却眼睛通红，鞭子一下一下往墙面上抽，恶狠狠道：“你们都把把舌头捋直了给我说普通话！”

高、矮两个汉子絮絮叨叨的，说的都是家乡方言，我们压根儿听不懂，谢湛还说要明早就让祝清欢给个结果。她喘着粗气向骷髅小哥道：“我知道你会说官话，快说——”

看到这儿我就躲出去了，毕竟是熟人，我还是不太忍心亲眼看他被虐。刚走出审讯室，我就愣在了当地。

不远处谢湛立在那儿，那身月白袍子经这一晚的折腾有些皱褶，但是丝毫不影响他的美貌。他不是走了吗，怎么还在这儿？

他看着我脸色有些阴郁，一边说一边走过来，说道：“不是帮着审犯人，怎么溜出来了？玩忽职守，该罚。”

我立马抬手捂住脸，道：“别打脸就成。”

谢湛轻轻地笑了笑，将我的手从脸上扒拉下来：“没想到沈大人还是靠脸吃饭的，我就在这儿盯着，你要是再溜出来，就真打你脸。”

我赶忙进去，顿时一股暖意袭身而来，我身上有些酥麻，脑子也跟着涌动。是不是因为外头冷，谢湛才不让我出去的？

“骷髅小哥”十分硬气，宁死不屈，案子审了一整晚也没审出个眉目来。祝清欢冷着脸走出去，见谢湛像一尊大佛一样杵在那儿，愣了愣作了一揖，道：“下官无能，但请五殿下再给下官一日，下官必能让他们松口。”

谢湛没说话，径直看了看我：“你先回侯府吧，今日放你假，不必来大理寺了。”顿了顿又道，“回去吃些清淡的粥再睡。”祝清欢斜睨着我，满眼的关切之光，我点点头，几乎是落荒而逃。

见我走之后，谢湛满脸温柔色褪尽，靛蓝色的眸中寒光乍现，愤然道：“以后别让我见你行公事时再扯上旁人！再有下次，我必饶不了你！”

祝清欢哪见过谢湛这样，大惊之下腿一软跪在地上：“下官知错，以后再不敢了。”

只是瞬间谢湛的面容就已跟平时一样温和：“好了，你起来吧，先休息一会儿再去审。”祝清欢忙不迭地应下，待他走后抹去一脑门儿的冷汗。

这位难道就是传说中的精神分裂症？可吓着她了。

走出大理寺，顺路到长东街角的摊子上吃早点。熬得极烂入味的鸡肉粥，就着摊位老板特制的酱菜，我连喝了三碗才回去。

回到侯府，刚踏进东苑就听见墙另一边传来沈及那轻柔中带着宠溺，调笑中蕴含着霸气的复杂声音，不用说肯定是他家小公主在。

我攀上墙看过去，就见石桌上整整齐齐摆放着一桌子菜，我四哥手指一样样点过去，非常有耐心地问俏生生的惠安公主：“吃这个吗？不喜欢呀，那这个呢？不想吃，那这个呢……”

问了五六样，手指指向那盘桂花糖糕时，小公主捂着脸，委屈地：“牙疼不能吃。”

沈及撂了筷子，登时眉头就挑了起来，佯装怒道：“张嘴让四哥看看哪颗牙敢让我们公主殿下疼，今日就把它敲碎了看它还敢不敢！”

谢皎皎娇滴滴地笑了，两人闹成一团。我默默望了望天，叹道：“这谈恋爱果然会让人变智障啊……”

“咦，婳婳姐！”谢皎皎的手指着我，我趴在墙上进退两难。沈及“哟”了一声：“咱们‘战百郎’昨晚去哪儿了，夜不归宿，咱爹说要打断你的腿呢！”

喔，昨日忘记告诉家里我不回来了。我攀墙过去，苦大仇深道：“别提了，让五殿下扣下去办公事了，祝清欢比我还惨，这个时候还没回呢！”

让沈及向爹娘说一说，再拉祝清欢下水，这事儿估计就过去了。以前很多事我们都是这么遮掩过去的，更何况这次是确有其事。

谢皎皎的身子本来歪在我四哥胳膊上，不知怎的突然直起腰身，正襟危坐道：“婳婳姐和我五哥很熟吗？”

“算……熟吧！”

“婳婳姐，别把你在侯府见到我的事告诉我五哥好不好，我可怕我五哥了。”谢皎皎眼巴巴地看着我，沈及心疼，曲指弹了弹我额头道：“快答应，不然我告诉咱爹你昨晚出去鬼混了。”

我倒不是不答应，我只是很好奇，谢湛看起来温文尔雅的样子，居然还有人怕他。

沈及见我点头，揉了揉谢皎皎的脑袋，道：“别担心，有四哥呢！”

我打了个哈欠，原路翻墙想爬回去，沈及突然叫了我一声，我就这么被卡在墙上，上下不得。

“昨日我和宋寓喝酒，他说……夏离要回来了，我想着怎么也该告诉你一声。”

宋寓是沈及的一个好友，年纪轻轻就官至兵部侍郎，传说中“别人家的孩子”，因为他出类拔萃，小时候一直被小伙伴们排挤，只有我四哥不嫌弃他太优秀才跟他成了朋友，当然这不是重点。

“夏离……”我念着这个名字，心口突然一振，握了握拳翻过墙，将自己摔在榻上，蒙头就睡。之前的榻被我捶坏了，我娘一边笑得花枝乱颤地招呼我爹来围观，一边让人换了张新的。

榻是新的，新到我做梦也梦不见旧人。

这一觉睡到午后才醒，睡得我满眼惺忪，骨头缝儿都疼，熬夜之后再睡觉就是一种折磨。

我仔细地想了一会儿，侯府中现在只有我娘和我四哥在，无论跟哪一位说话都是件辛苦的事，我现在这满脑子浑浑噩噩的状态还是不要去费这个劲儿的好。

愣了一会儿，我换上官袍去大理寺。昨日那件官袍撕破了，我睡醒时已经有人送了件新的来。我几年不回家，我娘找人给我做的衣裳有点儿紧，而这件绛紫色的官袍穿在身上，尺寸却特别合适。

管家福伯说，大理寺送官服来的是个白面书生，边说边啧啧道：“五殿下果然是体恤下属，连衣裳尺寸都一清二楚，还做好送到家里。”

就算绣娘心灵手巧，针脚这么精细的官服做起来最起码也得要五日。五日前……封我做大理寺少卿的圣旨还没下，谢湛怎么会找人做官服？

再有，谢湛知道我衣衫的尺寸……我不自觉想到在西北，桂花满树的山上，北义县衙的树下，他揽着我，手指箍着我的腰身……

很好，这下脑子里变成一片空白。

一路晃晃悠悠地到了大理寺，招呼我掌管的那一队禁军到府衙后的空地上去。这一队禁军共四十八个人，我深刻怀疑这拨人分在一起是因为他们长得好看，打眼那么一扫，个个身姿挺拔，器宇轩昂。

属下这么赏心悦目，果然随我。

“昨日我说了今日要举行个比赛，在你们之中选个大队长出来，以后有什么事我就和大队长沟通。”我在这队禁军前负手绕着圈，语重心长道，“你们既然是禁军，那不管武艺还是反应能力都是百里挑一的，这比赛要是比试打架那就没意思了。”

我顿了顿，第一排站在最左边的人立时接口，道：“那沈大人的意思是——”

我扫了一眼他，反应很快嘛小哥，值得关注一下。

“大队长主要是起到上传下达的作用，口才一定要好，接话一定要快，咱们就办个吐槽大赛，就以大理寺为题，谁吐槽得好谁就做大队长。”

李常若是在长安城我也用不着搞这么一出，毕竟是以后要经常接触的上下级，选个能言善辩的才行，不然我会憋死。

说完那小哥脸色犹豫着，道：“这个题目……怕是不好吧！”

他此刻的表情，为难中透着一种跃跃欲试，我随即说道：“我今日特意挑了这么个地儿，旁人不会来，大家尽情说，出了事还有本大人呢，怕个啥！”

这下气氛开始活跃起来。

本来嘛，这些守卫皇宫随便在哪个皇亲国戚面前露个脸救个驾就能平步青云的禁军，被指派到了大理寺这个清闲的地方，内心的槽点如果可以具象，那估计就是个筛子。

四十八个人中有八个人报名竞选大队长，剩下的我们围坐成一团，我来大理寺前买了一大袋瓜子，大家一人抓一把，听着候选人挨个上去讲刚编的段子。

那小哥是第一个上去的，一张长得十分周正的脸摆出一副苦大仇深的表情，声音一粗一细，就开始了他的表演：“我之前有位同僚姓萧，是我们禁军中唯一的一位女护卫。萧护卫人长得过于丰腴，但却天生体虚总头晕，入禁军也是家里托了人把她送来锻炼一段时间。有一次禁军兄弟们聚餐，萧护卫酒喝得有点儿多，就一边哭一边把她悲惨的经历全都说出来了。

“我喝得迷迷糊糊的，就上前友好地抱了抱她，以示安慰。

“萧护卫顿时泪眼汪汪的，咬着手指道：‘何大哥，你可真是个好人。’

“我摆了摆手，道：‘我这个拥抱不是因为你的病，而是你都这么胖了还要吃甜食，真令人心疼。’”

“哈哈，哈哈哈……”下面一阵爆笑声，我笑得差点儿把瓜子卡进嗓子眼儿里，小哥淡定地拱拱手：“承让，承让。”

我咳了一声好不容易缓过来，指着他问：“这位大兄弟，你叫啥？”

小哥道：“属下何进。”

何进之后剩余七个人依次上了三个，但不是段子笑点不够就是演绎得有点儿尴尬，剩下四个面面相觑，随后坦然放弃。何进又拱拱手道：“都是同行衬托得好。”

我挥挥手让其余人散了，叫了何大队长来谈心，顺便蹭几个段子听。看着他眉飞色舞的模样，我福灵心至地想起一件事。

“你们昨日把纪南方送去刑部后，知不知道那边是怎么处罚他的？”

这一夜忙忙叨叨的，我这时才顾得上他。何进摇摇头，道：“五殿下吩咐过，送人过去后就回来，属下也没在刑部多待，所以不知道。”

“哦……”我一想起纪南方那过激的举止，脑中那一片白又都变成了一片黑。

“沈大人，沈大人——”身后有人一迭连声喊着，我摇摇头清醒了一些，来人道：“钟无羡开口了，但是他指名说要跟沈大人单独说，不然宁愿咬舌自尽。”

我愣了一会儿才反应过来这个钟无羡是谁，就是那个骷髅小哥。昨晚祝清欢差点儿把他剁了才问出他的名字，我回头对何进说：“你领着禁军兄弟四处转转，顺便想几个新段子，我回头找你啊！”

审讯室门前，祝清欢眼下一片青黑，见我来先是满脸激动地跑过来，跑了几步又停下，轻咳一声道：“这是嫌疑犯自己提出要见你的，可不是我揪着你来的啊！”

有啥区别？真是莫名其妙。

我推开门进去，里面高、矮两个汉子已经被挪出去了，钟无羡那副骷髅架子一样的身上都是血，我叹了一口气道：“大兄弟你这是何苦呢，早说就不用受这般罪了！”

钟无羡喘着粗气，扭着脸看小窗外映进来的夕阳红光，眼底一片黯淡：“我以为他能遵守诺言，可一日过去了，他放弃了我们三个。”

昔日在大理寺看管尸体的那一夜，钟无羡说过他有一个在城里城外都有人脉的金链子兄弟。

金链子兄弟在十日前紧急召集了一伙到长安城闯荡的无业游民，说干了这一票，共享十万两黄金。

这些大多都是背井离乡，来长安城想要出人头地的人，结果被残酷的现实打得梦想破碎，连糨糊都黏不起来。

这时若是有人给你个暴富的机会，不抓住你就是个扶不起的阿斗。

于是，几个之前并不相识，甚至还打过架的人，凑在一起组成了“暴富者联盟”，目标就是五皇子谢湛。

金链子大哥承诺，就算被抓只要死咬住不松口，最多一日他肯定能把他们救出来，十万两黄金还是可以继续共享的。然而事实证明，这就是个彻头彻尾的谎言，别说是黄金，命都快没了！

“男人的话若能作数，那我四哥就能上树，唉认命吧！”看他满脸伤心的模样，我也不好继续在他的伤口上撒盐，话锋一转道：“你特意找我来，估计也是看跟我熟，还有什么想说的你就说吧！”

钟无羡转过头：“坦白从宽我知道，所以我想让沈大人帮我个忙。”

我心下诧异，道：“什么忙？”

……

从审讯室出来，祝清欢就迎了上来，急急地问道：“怎么样？”

我将钟无羡所说的掐头去尾，添油加醋地跟她说了一遍，祝清欢当场垮了脸，悻然道：“他不知道是谁？那这一大段话跟没说有啥区别……”

我适时往她身后瞄：“咦！三哥你怎么来了？”

祝清欢立马话锋一转，道：“我娘说今晚给我做桂花糖，婳婳你要吃吗？”随后她一转头当场就炸了，哪来的我三哥。

“沈婳！我掐死你！”

我迈着步子赶紧溜，祝清欢挥着拳跟在我身后，我跑，她追。

还没跑多远就迎头撞上来一个人，因着我是一边跑一边回头和祝清欢做鬼脸，再加上我平日力气就大，跑得快惯性也大。这一撞是以肩往下部位，像个球一样直接怼过去的。

那人下意识地环住我的腰，想做个肉垫，也就没躲闪。于是我撞上他，他撞上墙，“轰”的一声，大理寺那年久失修的一道墙就被撞破个洞，还是怀中抱球姿势的人形洞。

周遭寂静了片刻，祝清欢从洞口望过来，焦急道：“婳婳，你没事吧？还有……五殿下……”

我除了屁股有些酸，倒没啥痛感，听了祝清欢的后半句，我脖颈儿上的汗毛都竖了起来，赶紧爬起来看过去，那一堆破烂砖墙之间谢湛正有气无力地躺着，手却仍旧十分执着地抓着我的腰，抓得我痒痒的。

他见我正在看他，另一只手伸了过来：“拉我一把。”

我心中有愧，立马递过手去将他拽起来，顿时他的胸就紧贴着我的胸，还有那毛茸茸的脑袋顺势埋进我的肩头，气息热乎乎的：“你撞了我，撞得我好难受。”

这声音低低的，十分委屈，比好看的谢湛更难以招架的是软趴趴的谢湛，我愧疚万分，声音也不由得放轻道：“是身上哪里疼了吗？下官去找大夫过来给殿下瞧一瞧可好？”

“不好。”

我肩膀上的脑袋动了动，鬓边的一缕卷发顺着滑下，随着他的动作荡着，我的心也跟着一下一下地晃着，晃得我头晕晕的，像是喝醉酒了一般。

“我娘亲让太医瞧过之后就再也没醒过来。”我的心立时化成一汪水，轻轻拍着腰间骤然收紧的手臂，随后听他低语：“我那儿有伤药，沈婳，你帮我上药吧！”

我忙不迭地点头，想让祝清欢帮个忙抬下人，可这一转头哪还有她的人影？不仅是她，方才时不时路过的人也都不见了踪影。

谢湛在大理寺有自己单独处理公事的地方，三进三出的院子辟出一间，前面挨着衙门，再往后走一段路就是大牢，做什么都方便。

进了屋子我四下打量了一番，陈设很简单，外间入眼是一大排书架，上面整整齐齐地码满了书，不知道的还以为他要去考状元。书架前是一张桌子，笔墨纸砚齐全，桌子旁边放着一个大肚白釉瓷瓶，里面斜插了两枝红枫枝条。

我想起谢湛在西北时，营帐里就喜欢摆些花花草草，精致公子一个了。

我扶着谢湛进了里间，他脸朝下趴在软榻上。

“药在下面的那个格子里。”谢湛指了指窗前的梳妆台，我扫了一眼上面的胭脂水粉，默了默，不禁问道：“五殿下平时真的抹粉啊？”

谢湛脸一僵：“说什么呢，那是之前别人留下的，还没来得及扔。”

我“哦”了一声，这里之前也没人住，这抹粉男孩儿身上背着的包袱就是太重了，只承认天生丽质，拒绝人说他后天保养。

翻出药膏我走到榻边，瞄了一眼他的伤处就开始犯难。

墙倒时谢湛是仰着着地的，因为手臂环在我腰间，撞上墙时呈悬空状态，真正被碎砖头硬石子弄伤的部位是脚踝以上……腰部以下。那件月白袍子被刮坏许多处，有血渗了出来，

“沈婳，你怎么不动，伤口好像要黏上衣服了……”谢湛说着“嘶”地痛呼一声，我红着脸下了狠手，撩开他外袍下摆，从膝盖窝处撕开中裤，先是上下撕到差不多的部位，再左右拉开。几下之后，谢湛两条腿近乎赤裸的摆在我眼前。

他长得白，脸白手也白，这两条常年被包裹在裤子里的腿更是白到发光，小腿修长紧实，由下至上红痕瘀青也一路星星点点。再往上的地方被堆起来的衣衫半遮半掩，我面红耳赤，不敢再往上瞧。

我整张脸热得发红发烫，我觉得如果我再梦到谢湛的话，他大抵是光着两条腿然后再花式表演自杀的。

“沈婳？”

“啊？哦哦，这就来了。”回过神我拧开银色小盒，抠出药膏往他伤口上抹，那手抖得厉害，一不小心指尖杵上他的伤口，谢湛低声呻吟，

我更加手忙脚乱。

给谢湛上药比跟我四哥说话还要累。

这药膏一路抹下来，我额上大汗淋漓。谢湛还要扭过头看我，靛蓝的眼眨巴着："你的脸怎么红成这样？咱们是兄弟，你不会是害羞了吧？"

"谁，谁害羞了。"我差点儿咬上舌头，暗自深吸了一口气道："我也是一想到能和五殿下结为兄弟，我就激动得脸红心跳。"

"心跳？"谢湛用胳膊支起上半身，脸直接靠在我心口处。

我的呼吸突然一滞，心跳也跟着一滞。谢湛"咦"了一声，嘟囔着："怎么听不到？"

"又能听到了，果然跳得很快，沈大人不会得了心悸病？"

你才心悸！

我咬着牙往后撤了几步，讪讪道："药抹好了，五殿下休息吧，下官还有事先告退了。"

谢湛的嘴角微微扬起，眼角眉梢都是笑意，不知是我看错了还是怎么着，总觉得他这样有些贱兮兮的。他又趴回榻上，双手叠着搭在下巴上，一副乖巧听话的样子："沈大人去忙吧！"

我松了一口气忙转过身。

"明日还要劳烦沈大人帮我换下药。"

在大理寺周遭跑了五六圈，我喘着粗气去找何进。

"大人是想听我刚编的段子，还是想检阅一下兄弟们下午巡逻大街的成果？"

我摆摆手说道："有件事要你去办，你且附耳过来。"

这晚夜色如墨时，我拿捏着一个时辰前灌醉典狱官，从他那里顺来的钥匙进入了大理寺的一号大牢。大理寺的大牢按照犯人的罪行大小排列，一号牢关押烧杀掳掠罪大恶极之徒，轮到进五号牢的都是些小打小闹，关几天就释放的犯人。

钟无羡因为刺杀当朝五皇子，审讯之后被关在一号大牢最里面，单独一间，南不见阳光北不见烛光，配置十分丧心病狂。

钟无羡跟我说，那金链子大哥大概是个属兔子的，不止三窟，三十窟都有。他如果说了之前和金链子大哥碰头的地方，抓到人的可能性非常小还会打草惊蛇。最好的办法是偷偷放他走，我再找几个人跟着他。等到金链子大哥跟他接头时，我的人直接冲出去，来个抓个正着。

只是有一件事我觉得奇怪："你为啥单单只找我？"

钟无羡道："金链子大哥在长安城手下众多，这大理寺很可能就有他的人，我只信你。"

这种被人信赖的感觉真的是太好了，好得我没有任何犹豫，一口便应承下来。

一号大牢的典狱官我负责灌醉，把守的两班护卫换岗中间会有短时间的空当，祝清欢会使出缠人功帮我把这个空当的时间拉长。到时候我带着钟无羡，钟无羡带着挖掘幕后凶手的重担出大牢，从后面角门离开大理寺。

我一路快步往最里面去，用钥匙开了锁，扶起满身伤的钟无羡就往外走。大牢门前我屏住呼吸，"啪"的一声有石头扔到我脚边，这是我和祝清欢商量好的暗号。

机不可失，我拉着钟无羡冲出去。

庭下月光如水，明晃晃照出人的影子。走了几步我身后的影子倏然顿住，我急躁地扯了扯他的手："停什么，快走啊，不走来不及了！"

下一刻，我的手被反握住。那个信我的骷髅小哥，扭着头，张着嘴，声音尖得像是嘴里含了个哨子："来人啊！有人劫狱了！"

稍远处的护卫闻声从祝清欢的找碴儿里转过头，见到的就是我抓着犯人的手往前扯，犯人反握住我的手往后拉的场景。

"好大的胆子敢在大理寺劫狱！"

"呼啦啦"护卫们冲过来将我们团团围住，祝清欢表情痴呆显然已经傻住了。

当然，我脸上的表情可能会更精彩。

被当成行刺同党、劫狱要犯被押进一号大牢时我整个人还是蒙的。我从一个“为破案不惜牺牲小我，成全大我”的大理寺少丞沦落成“泯灭天良与狼共舞，道德沦丧”的小贱人，不过就是一炷香的工夫。

因为被那么多双眼睛看到，连审问的过程都可以省略了。

我想过放走钟无羡的种种后果，最坏的不过就是何进跟丢了人，把钟无羡放虎归山。反正等找到懂方言的人，那高、矮两个汉子也能被突破下来，放他一只瘦虎归山也没啥。但无论怎样我都没想到，钟无羡的操作居然是这样的。他坑了我，他会有啥好处？见不得貌美如花的本少丞过得好？

我气鼓鼓地在大牢里绕圈，将铺地的干草当成钟无羡的脸，撕得粉碎才稍稍平息了我心中的怒火。伸手一扬，碎草屑在半空中纷纷扬扬、密密麻麻间闪过一双眼。

靛蓝色的眼底像是凝着一块冰，我被这冰冷的目光看得浑身打了个战。我两次坐牢都能碰上谢湛，这是怎样的孽缘啊！

牢门被打开，谢湛走近，步子很沉。他没说话，只俯身抓着我的手将我整个人按到栏杆处，那里离外面燃着的烛火很近。我所认识的谢湛永远是温和有礼，即使说谎都是面不改色的，我还没见过这样的他，眉梢冷漠，眼底阴鸷。

钟无羡等人是来刺杀谢湛的，如今我基本被定性成“同伙”，谢湛平时又和我走得近，不气炸了才不正常。

他按在我肩膀上的手越来越用力，一副要把我骨架捏碎的架势。好在我皮糙肉厚，倒是没多大痛感，只是他这副表情让我心惊肉跳，我悻悻道：“钟无羡让我放他走，他好去跟那幕后凶手碰面。他说只信我，我这才帮他的。我不知道他为啥突然反咬一口，我真的不是他同伙，我……”

“你主动握着他的手。”谢湛冷冰冰地开口打断我的喋喋不休，我愣了愣，下意识地反驳道：“我不是，我……”

“你喜欢他？”又是一个万万想不到，在我的极力解析下，谢湛居然就抓了个这么不合常理的重点。

我张了张嘴，欲言又止，不知道该说些啥。

按在肩膀上的手松了松，微凉的指尖顺着脖颈儿往上游移，顿在那经脉处，他手指经过的地方起了细密的鸡皮疙瘩，我仰头，看清他眼底泛起的猩红，腿都有些软：“五殿下……”

“我不许，我不许你喜欢他。”

# 第七章 套路深深深几许

“我不许你喜欢他。”这句话像是有人花钱雇了几百个人，在我耳边循环往复地喊着，一声大过一声，震得我耳朵发麻。然后那股麻意迅速在周身流窜，上到天灵盖，下到脚趾，都像被电击了一般。

几步之遥的烛火晃了晃，搅碎了谢湛眸底的猩红，我可以清楚看见他眼里的我，微张着嘴，一脸痴呆。

谢湛定定地看着我，四目相对的视线往下挪了挪，顿了顿，脑袋也跟着往下压。

就是那突然的眼前一黑让我猛地惊醒，随后膝盖“扑通”一声触地，迅速地抱住谢湛的大腿不撒手，声嘶力竭地道：“从西北到长安，五殿下让我演《宫墙锁心》我不会去演《红墙绿瓦俏冤家》，下官对五殿下可谓是忠心耿耿！这是有人要害下官，想挑拨咱们之间的兄弟情，五殿下你不信我，也要信我们的兄弟情谊啊！下官冤枉，冤枉啊……”

沈及曾说过，辩解的时候如果没啥实质性的证据那以情动人也是好的，强调句一定要说两遍以上，一遍比一遍凄厉。

感情不够，声音来凑。

“此番出了这么大的事情，我不怨天不怨地只怨自己心不够黑，看钟无羡牌品挺好的就也没多心，想着趁放他走之后顺藤摸瓜地逮住幕后凶手，没想到他牌品和人品这么不搭，比我还要往下三路走。我一心一意地为大理寺，为五殿下着想，我不敢求五殿下感同身受放我一马，但求五殿下信我，信我啊——”

谢湛没反应，我就“叭叭叭”的一刻不停地说，生怕留了什么空隙他再卷土重来刚才那事儿……

在我说得口干舌燥之际，我抱着大腿就差喊他祖宗的那个人总算给了一点儿回应，他另一条腿曲着弯下来，脸比我稍微高一些，一个俯视下来，神情比刚才温和不少。

“所以你不喜欢钟无羡，是吗？”

我输了，我真的输了，在抓歪重点这件事儿上，谢湛没有最歪，只有更歪。眼看着怎么也躲不过去，我扯开嘴角似笑非笑地道：“五殿下真是低估下官的审美底线了，无羡小哥长得那么……另类，下官这个颜控不会拉低自己的审美标准的。”

谢湛眸底的猩红一丝不剩，又恢复了靛蓝如初，还微微泛着光。

我再接再厉地哭喊道：“更何况有五殿下和我四哥这样的人间绝色在旁边，长得一般好看的人，下官都不正眼瞧的。”

谢湛的嘴角微微扬起，心情好转，他一贯喜欢我夸他好看。但片刻后他的眉头也跟着挑起：“我和沈及？沈大人倒是说说看，我和沈及谁更绝色？”

男人的攀比心啊！

我硬着头皮从身高比例、皮肤气质、五官打扮等方面不厌其烦地对着他一遍遍赞美过去，末了又道：“五殿下异域风情，生得这么特别，我四哥虽也好看，但跟您比起来还是逊色不少。”

谢湛轻轻地“嗯”了一声，音调很是愉悦。他的手抬起仔细地摘去我发上落着的干草屑，我一颗悬着的心慢慢地刚要放下，又听他喊了声：“沈媔。”

“嗯？”我扭过头，双眼突然被他抬手遮住，陷入一片黑暗之中。

眼前看不见，其他的感官就会被无限地放大。我听见自己的心跳声，一下快过一下。

“忘了刚才我那副模样，就只记得现在我这般好看的样子。”他的手又放下，我重新见到了光亮，眼前是笑吟吟的谢湛，不管看多少次都是那么好看的谢湛。

“好看吗？”

我点头。

“那继续夸我。”

这晚谢湛没走多久，牢房就来了一拨人，送来了枕头被子和衣物，还有满满一大箱的话本子给我打发时间。折腾得有点儿欢，我也睡不着，随手拿了一本话本子来翻。

《无心囚妃》讲的是一个霸道帅皇帝囚禁前朝亡国公主的故事，囚禁地点从冷宫到大牢再到菜市口屠夫他家的案板下，整日听着“咚咚咚”剁猪肉的声音，公主就觉得是在剁自己，最后精神崩溃哭着抱帅皇帝大腿求放过。帅皇帝邪魅一笑，就喜欢你这种主动的小妖精。随后两个人过上了令人羡慕的幸福生活。

我看这帅皇帝总觉得像在看谢湛这个人，不管是在西北还是在长安，他总是笑呵呵地看着我，温文尔雅的样子，但每每过了一段时间我就会发现自己着了他的道。

他在不知不觉中引你走上他想让你走的路。

谢湛想让我留在大理寺，先是跟大理寺卿陈升大人扯了个谎，给我一个圆谎的机会去千南山背尸体。半夜停尸房“诈尸”，米螺苏醒抖落出淮王的事，谢湛将功劳绝大部分都推给了我，皇上才破格提拔，让我做大理寺少丞。

那早在下圣旨之前就做好的官服，就是最好的见证了。

沈及总说我时而聪明时而傻，我现在倒是真的想一傻到底什么也不去想。不去想谢湛今晚为啥大动干戈，不去想他那个动作—— 慢慢地压低脑袋，唇跟着便要覆上来……

我惊慌之下膝盖触地，那柔软的唇极快地擦过我的脸颊，他蹭过的那一块皮肤到现在都还是热的。

这样的谢湛，我有点儿不敢往上靠了。哀叹一声躺倒，将话本子盖在脸上，希望今晚能梦到谢湛，然后直接冲上去咬他一口。

这大理寺大牢于我，好比从前北义县衙的那群山匪，我吃得好睡得香，三日下来感觉自己脸都大了一圈。

那箱话本子我看了一大半，基本剧情都差不多，我都能背下来了：男主套路深深大灰狼，女主娇娇可爱小白兔，最后小白兔乖乖跳进大灰狼的陷阱，圆满结局。

看得多了，自然就觉得腻了，沈及这时从天而降来看我了。

我这正担心外面情况，拉着他三连问：“那高、矮两个汉子松口了吗？

爹娘是不是担心我了？你今日咋这么苍老？”

沈及一巴掌拍过来：“苍老若是帅如我，天雷也要勾地火。”

得，还能耍嘴皮子，估计问题不大。

和沈及闲聊了一会儿他才坐下来，将食盒里的食物摆了一地，一边吃一边跟我说话。钟无羡自从那晚“被劫狱”之后就一口咬定我是同伙，而且还是他的上线，他做什么都是由我来吩咐的，别的他啥也不知道。

祝清欢因为那晚拖着大牢的护卫胡乱的找碴儿，行为也很有问题，被停职在家中反省，审问是谢湛亲自上的。审问了两天没什么进展，随后大理寺终于找到了懂高、矮两个汉子家乡方言的人。恰巧，这人是高个汉子老家申城的娘子。

高个汉子叫冯春，离家已有三年，孩子都两岁多了。眼看着娘子泪眼汪汪地哭诉自己有多艰难，愧疚、心疼各种复杂情绪迅速将冯春击倒。

谢湛敛了敛眉眼，云淡风轻地开口道：“你孩子我接到了大理寺，瘦得皮包骨，真是可怜。如果你继续这么执迷不悟，他会更可怜。不用这么看着我，我说得出做得到。你们既然拿我身边的人开刀，我把刀捅回去，也不过分吧！”

……

“冯春供出了一个人，五殿下已经命人去部署抓人了，估计这两日就能有个定论。”沈及说到这儿意味深长地笑了笑，“我家‘战百郎’真是好手段啊！”

我一听他这么叫我就浑身不自在，随手抓了样糕点往他嘴里塞，讪讪道：“吃也堵不住你的嘴。”

沈及嚼了几下咽下去，狭长的眸子瞄了瞄我，说道：“我发现你怎么一点儿也不慌？万一没审出什么来，你可就要被当成刺杀皇子的凶手推出去斩首了。”

“刚开始我是慌的，可是后来……”后来谢湛来大牢闹了一通，话里话外他只是围绕我是不是看上钟无羡在打转，并没有怀疑我的意思。

他信我，我也信他，信他不会看着我被人冤枉而不顾。

唉……这可恶的下意识啊！

当然这话不能跟沈及说，我沉默了一会儿问他道："四哥，如果有个人……我是说如果，特别介意你跟别的异性接触，跟别人握一下手他就会觉得你喜欢上了那个人，你说是怎么回事？"

沈及："你握谁的手了？"

"不是我，我是说如果。"

"说如果的，一般都是在说自己。好了，这个不重要，这种情况一般只有两种可能性。第一，如果那个人跟你有仇，但凡跟你走的近的人，在他眼里都自动化为跟你有亲密关系的人，这样比较好方便日后一起打击报复；第二，……"沈及摸着下巴笑得很得意，"恭喜我自己，大龄单身嫁不出去的妹妹终于有人惦记了。"

拨云见日，一锤定音。

这锤子砸得有点儿狠，砸得我心里直打战："四哥你下回再来记得给我多带些话本子，要男主是浑蛋，利用完女主还要迫害她，最后女主流产去世，要多惨就有多惨的那种。"拿来坚定下我的心。

沈及啧啧两声道："不愧是'战百郎'，口味蛮重的哇！"

这晚过了子时，我睡得迷迷糊糊听见有人喊我，我不管三七二十一转过身继续在梦中，手巴巴地贴上眼前人的脸，拍了两下，嘟囔了一句："你刚不是脱光衣服要在大冬日跳河自尽，怎么又把衣服穿上了？我都不知道怎么下口咬了。"

眼前的人眉头挑了挑，脸跟着更近地贴过来，道："这不还有露出来的地方，你看哪处可口？"

我的手指顺着他的脸游移着，皮肤滑嫩得像是剥了壳的鸡蛋，真的很想求保养秘方。仗着是在梦里，我的手非常随心所欲地定在了他的下唇瓣，道："这处最可口。"

话音刚落，我的嘴就贴过去照着那儿咬了一口。

这梦太真实，真实到每一个动作都无比的生动而具体，譬如说我的唇要离开又被他拽了回去；再譬如说，他含着我的唇轻轻地咬着……最后我近乎喘不过气时，耳畔似是听见一声轻笑。

一觉醒来，又是傻吃傻睡的一天开始了。

狱卒和平时一样送了饭菜进来，只是今日多了样东西，抓着我的手往我手心里塞。求生欲让我的手就像鸡爪子一样蜷缩着，避免碰到他，还要拿住那封信，真是难为我自己了。

等他走后，我对着墙角拆开信，扫了一眼激动得热血都往脑袋上涌。

新看的话本子总算有了用武之地！

之后的两日，我表面平静如昔地在大理寺大牢里吃吃喝喝，内心躁动地狂记话本子里的词，做个有准备的人儿。

这两日让我有种回到书院读书的感觉，说起来很惭愧，无论颜值还是脑子，我都属于拖我全家后腿的那个。沈遇自不用说，一个从懂事起就把终身奉献给解剖事业的人。就连沈及这么个不着调儿的主，次次诗文考试都是书院前几名。

只有我，每次和祝清欢轮番垫底，也就是因为这个我俩的情谊特别深厚，顶天倒数第五，谁要超过谁就不是“患难兄弟”。

但每次我们都不抛弃不放弃，平时混日子，直到考试前才通宵好几晚狂背书，等考完再让我们知道，我们认输，周而复始，一直到离开学堂。所以别的差一些，我这记忆力可是在那几年练出来了。

背到第二日子时之后，我打了个哈欠裹着被子准备歇一会儿再战。这一号牢房算得上是大理寺几个大牢里最铜墙铁壁的一个了，倒不是守卫多，而是牢房建得很用心。

窗口四周密密麻麻扎着琉璃瓶碎片，谁碰谁手心扎漏。地面用铁皮糊了一层，早些年一号大牢刚翻新后有人来挖地道劫狱，都挖到大牢底下了，劫狱的人激动得更加干劲儿十足，一铲子往上杵，地面纹丝不动，还因为那一铲子声音太大把守卫给招来了。

所以这大牢如果没有牢门的钥匙一般人是劫不了狱的，守卫也就把注意力都放在外面，里面反而没几个人看守，尤其是晚上，连个送饭的也没有。

没有啥人的后果就是，每到晚上牛鬼蛇神就会出来放风。隔壁的囚犯在戏班里时被班主压榨太过，因而合谋杀了师傅的两个哥们儿在拉嗓子唱戏，对面俩百花楼联手阉了某猥琐大人的姐姐正在娇笑连连地讨论如何提高业务能力……往日我睡得早没啥感觉，现在听着真的令人窒息。

我烦躁地猛地坐起来，拎着枕头就往外砸："吵什么吵，影响我好好学习了！"

周遭瞬间安静下来，随后我听见一声轻笑："'战百郎'这么爱学习，真是犯人中的楷模。"

刚才声音太吵我连开牢门的声音都没听见，冷不防见到谢湛出现在我眼前，有那么一瞬间我觉得自己出现了幻觉。谢湛的手抚了抚枕头，几步走过来放下："刚好我有些不懂的学问，本想明日去找陈太傅问，现在有你在倒是不用再麻烦他了。"

他说得认真恳切，要不是我是个学渣我还真就信了，我摆摆手，轻咳一声道："五殿下过奖了。"

谢湛笑了一下，声音微微提高："那沈婳就先随我过去，等教了我书再回来。"

这个冠冕堂皇的理由其实千疮百孔，不承想旁边还有个捧哏道："五殿下思考学问到深夜都难以入眠，逛着走着找灵感，走到脚底板磨起水破都不放松。现在又愿意拜个犯人为先生，殿下对学问之热忱，属下真的是，为之动容。"说着声音还带了些哽咽。

我看过去，何进看过来，眼眶通红，隐带泪光。我没想到他不仅段子讲得好，哭戏也是一绝，不愧是我选出来的人才。

就这样，我大摇大摆地跟着谢湛出了大牢的门，随后上了一辆马车。

这马车外面看着普通，里面却跟个聚宝盆一样，衣裳鞋袜、胭脂水粉，干粮烧鸡……还有一摞话本子。我当时做"滴答马车"的车夫时，客人坐车逃跑都没这儿准备得齐全。

当然我说得是别人的客人，毕竟我只接过纪南方一个人，还被他坑进了大牢。想起这些，我就一边脱着身上的囚服一边问：“五殿下，你可知纪南方如今怎么样了？”

谢湛拿过一件天青色的外衫递给我，闻言手往后一缩，我歪头不解，手顺着往他跟前伸，他继续往后缩，随后将衣衫放在了自己屁股下坐着。

“这马车坐的地方太硬了。”

我表示理解，转手自己去翻了一件衣衫要往身上套：“嗖”的一声被谢湛抢走，继续往屁股下垫着。“垫一件还是很硬，这回稍微好了一点儿。”

我再拿，“这件花色极好，坐上肯定事事顺心。”

“这件绣工还是我二皇兄手笔，坐上兄弟情比金坚。”

“这件……”

本来谢湛坐下就比我高一个头，垫到最后他已经比我高两个头了。马车里的衣衫都没了，我只着中衣十分没有安全感，默默环了胸仰头看他。

谢湛的脸上看不出来有任何情绪，但他这个人如果看不出情绪的话那多半都是气不顺的。仔细过滤了一下方才说的话，我试探着道：“纪南方没有殿下长得好看。”

谢湛眉宇舒展开，嘴角翘了翘，道：“那是自然。”

确实是说起纪南方他不大高兴了，那我还是不要触霉头，改天亲自去刑部走一趟好了。马车滚滚向前，凉风顺着车帘刮进来，吹得我打了个寒战。

谢湛看了我一眼，开始动手解起了腰带……这孤男寡女，局促马车内，我想起《无心囚妃》里帅皇帝去杀猪铺子接公主回去时，就是这样的场景，之后他俩就……灵魂合一，奔向幸福的生活了。

我胡思乱想了一会儿，谢湛的手已经靠近，脱下的外衫展开，吩咐道：“抬下胳膊。”

我恍惚地照做，等一只胳膊伸进衣袖里才反应过来我居然就像个巨婴一般让谢湛帮我穿衣服。眼睛前是他的下巴，鼻尖快要抵在他喉咙，一个近似依偎的姿势，这可有点儿暧昧。我忙道：“不用了五殿下，我自己可以穿。”

我想挣扎肩头却被谢湛按住了：“别乱动啊，那只胳膊也抬起来。”他手里的这件衣裳不大好穿，领口有一排暗扣，他一个一个地扣好费了一点儿工夫，我呼吸放轻，生怕打个喷嚏什么的，那画面就太不美好了。

他仔细地给我穿好外衫后，头略微低了低，我眼前的下巴换成他的下唇线。

谢湛启唇，很轻很快地说了一句话，随后就安安稳稳地坐了回去，随手拎了件衣衫往身上穿，留我一个人在原地愕然，耳边一直是他那句话在循环往复。

“这回你怎么不咬了？”

“怎么不咬了？”

“咬了？”

“了？”

这回不咬，那意味着还有上回。我猛然想起之前在梦里咬他下唇，以及后来我俩互相撕咬的场景……

这些难道不是在做梦？

长安城夜间宵禁得晚，这个时候了街上还有不少人，马车从大理寺到东德巷口走得很慢，慢到我可以任凭心底情绪从翻江倒海到海浪波动，再到最后心如死水。脸上也跟着由滚烫到微烫，再到最后冷若冰霜。

反正事情已经出了，人我已经咬了，这个时候再挣扎也没有任何意义，还是认命得好，不然能怎么办，让他咬回来？

虽然我很想这么干。

谢湛就这么歪坐着，有一眼没一眼地看着我，等到马车停下他由衷道：“‘战百郎’心理素质真是好。”

我扯动嘴角道：“您过奖了。”

谢湛下了车，我刚一站起差点儿被衣摆绊倒。他身量颀长，他那件月白袍子穿在我身上长出那么一大截，袖子一甩跟要去唱戏一样，瞄了一眼被他坐得发皱的衣衫，我当机立断道：“下官还是去买件衣衫吧！”

谢湛挑眉："你身上有钱？"

这人怎么净往我伤口上撒盐呢？我抿抿唇要开口，他又道："我出来得急，身上也没有钱可借给你。"我不死心再看驾车的何进，他摇头若拨浪鼓，没说话，但那摇头的频率好像在说：苟富贵，别害我。

我伸手将衣袖挽了挽，下摆也系了个结，这打扮活像要去下地干农活，跟在谢湛这等丰神俊逸的人身边更是被衬成了矮胖挫，我的心里苦涩至极。

四方楼如往常一样人声鼎沸，房顶上挂着的贵人送的礼物看着比上次来更多了，齐王送的苏绣都多了好几件。也不知道是谁督建的这楼，这么着房梁都不带塌的，人才啊！

一楼吃饭，二楼打架，三楼才是客房，经过二楼时又赶上一拨约架，只是还没等要盘瓜子就被谢湛拉着上去了。快到三楼时，在拐角楼梯处谢湛停了下来："今夜城门开不了，我只能等明日一早送你出去。这里鱼龙混杂不会有人太注意到你，今晚你睡觉警醒些。"

何进见状哼着曲儿往上去了，谢湛的身体向我靠近，将我堵在墙边，道："送你走也是无奈之举，如果可以我希望和你朝朝暮暮相对。放心吧，我已经和武安侯说好了，等这事儿平定下来再让你换个身份偷偷回来，不教我们分离。你放心，只要有你在，武安侯就会相信我。你也要为了我，为了武安侯府，好好地保全自己，别让我对武安侯失了信用。"

这话说得情深意切，如果不是提到我爹我还会去猜一猜他这话是真心还是假意。但是一提到我爹我瞬间就懂了，戏从这一刻就已经开始上演了。

不然他跟我爹说这些，我爹不打断我的腿才怪。

我微微红着脸，状似娇羞地点点头道："我都听你的。"

他的手抬起，指尖顺着下巴一路摩挲到我的眼角，在那里轻轻点着，笑着道："我在西北初次见你时，你眼睛里全是光。这样的神情我从小到大见得多了，但是每次他们惊艳过后眼底都会不自觉地流露出嫌恶来，嫌我长得和旁人有异。但沈婳，你没有。"

他眼里柔和得不可思议，我心头一动，却不知道这戏要怎么接。耳畔他似是笑了笑，随后温热的唇贴上了我的眼角，一触即发："好了快上去吧！"

我喉咙发紧，呐呐地应了一声慌忙地往上跑，那衣摆结没绑紧，这么折腾松开来我又是一绊，差点儿把我大门牙磕掉。

"慢些！"

身后扬高的声音此刻听起来和招魂的差不多，我头都没回跑得更快。

谢湛定的房间在三楼东尽头，四方楼为了广纳宾客，每间房都建得不大，靠量取胜。这个不大用具象来描述就是：何进住我隔壁那间，我能清楚听到他掀被躺倒，以及不出三秒就传来的呼噜声。

这人的心理素质真的是一绝了，这样都能睡得着。

我躺在榻上，斜对着的是一扇窗。今夜月光朦胧，星光迷离，窗前灰蒙蒙的。我伸手摸了摸眼角，那里还留着热意，再抬起胳膊，手腕间绑着的杏核滑到红绳最中央。

"谢湛，你到底想怎么样呢？"

我叹了一口气，楼下传来一阵"噼里啪啦"的打斗声，伴随着一道尖锐的女声："季三你个天杀的，老娘今不剁了你就跟你姓！"

男声吃痛地呻吟："姓岳的你还是不是个娘儿们？"

"我怎么不是？啊？不信洗澡去！"

又是一通打，感觉那岳姑娘拿季三当练拳的把式，拎着就"砰砰砰"地往屋顶砸，砸得三楼地面都在颤动。对面那个本来没烛火的屋子一瞬间就亮了，且越来越亮了起来，越来越红。我心下一沉，着火了！

我冲过去却推不开门，才发现这门不知何时被反锁了，我抬脚使劲儿地踹，那么大力气下去却只留了几个脚印，门纹丝不动。

那火像是有引线一样，从对面顺着烧到了我这房间的门前。我掏出帕子，拿桌子上的茶水浸湿之后掩住口鼻，折身去推窗，也是一样，纹丝不动。

"何进，何进！"我使劲儿捶着墙，大声喊隔壁的人。可那呼噜声此起彼伏，跟吹哨子一样。楼下依旧热闹，叫好声、欢笑声混在一起，根本没有人发现这里的异样。火舌舔着门扉进来时，我跌坐在榻上，自回长安以来第一次觉得惧怕。

那日在谢湛审问下，冯春终于松了口，供出了四方楼。

他和那个矮汉子曹得中都是在四方楼落脚时被人看中的，我和祝清欢还有沈遇来四方楼看见冯春和曹得中打架的那天，他俩最终被人带走向他们讨要赔偿。

冯春很硬气，说要钱没有，要命一条。

四方楼的老板不要他们的钱，也不要他们的命，只要他们帮着做一件事，之后不仅不要赔偿，还会拿十万两黄金给他们几个人作为酬劳。

没错，除了冯春和曹得中之外，还有另外五个人，也都是差不多的原因上了这条贼船。

因为四方楼的老板让他们做的事并没什么风险，只是扮成杀手去围攻一个人，不用真的动手，吓唬吓唬那人就成。

冯春等人猜想那人估计是跟四方楼有仇，这种撑脸面不用动手最后还能得酬劳的好事，谁都去上杆子去做！

事实证明，从天而降的不会是馅饼，只可能是陷阱。他们谁都不知道要去吓唬的那人是当朝五皇子谢湛，等到禁军一拥而上时才慌了神，然后就有了之前的那一幕。

谢湛让人给我送的信里将事情经过大致说了一遍，四方楼里鱼龙混杂，贸贸然地去抓人可能会多生事端。谢湛想釜底抽薪，逼四方楼老板先下手。

而我，就是这次引其上钩的鱼饵。

冯春的供词里，和他们一起被拉到四方楼贼船上的并没有钟无羡这个人。再联系钟无羡前后所说的"人脉广阔，有头有脸的金链子大哥"，言语之中很是熟悉，他应该从一开始就是四方楼的人。

冯春一行是吓唬谢湛，并非刺杀，钟无羡却拖了我下水，一口咬定我是他上线，刺杀谢湛是我交代他的。

所以我，才是这次事件所要针对的人。

上次我受到这般重视，还是在书院里被先生拎着站在讲台前边，当教学反面案例的典型。

既然有人不想让我活，一旦知道我能活得下来怎么能忍得住不出手。谢湛“偷偷”地接了我出来，又“秘密”地将我送到四方楼住一晚，就是在等幕后人出手。

方才下马车进四方楼之前，谢湛扯了扯我道：“你别担心，这周围我都布置好了，一会儿何进跟你一起住进去，一旦有动静他会立马过去。我就在这附近守着，你放心。”

我笑着点点头道：“多谢五殿下关心。”

他走了两步又停下，我不解：“又怎么了？”

“你还是别去了，这方法还是有危险，等回去再想个别的什么法子再说吧！”

他眉宇间轻轻蹙着，神情竟是少见的犹豫。我笑出了声，拍拍他的肩膀道：“有五殿下守着能有什么危险，更何况这是我自己身上的污水，我也想尽自己一份力早点儿洗干净。”

……

火势渐大，我半个身子已经发烫。这几间客房应该是做了什么手脚，不然对面那间房烧成那样没有道理不会惊动人。而何进，别说护着我，我不连累他就应该不错了。

能想到的方法我都试过了，除了加速浓烟吸入肺部的速度外没什么用，我挨着窗根滑下，居然还有闲情逸致地想，我在这儿变成了烤人干之后，谢湛会是什么反应？

谢湛那个人一向是算无遗漏，这次遇上了对手估计会气坏了吧？！他靛蓝色的眼里似是有冰雪覆盖一般，脸上一丁点儿表情也没有，就像那次在大理寺守着尸体的那晚，我误会他来的动机一样。

烟雾缭绕间我像是回到了武安侯府，我的七个哥哥，沈遇正对着一只兔子做研究，其余六个捉对厮杀在一旁玩闹着。沈及躲过我七哥的扫堂腿，桃花眼一挑道："咦，小八回来了，老三别玩兔子了，玩小八！"

我娘推开我爹搭在她肩上的大脑袋笑着迎上来："婳婳，我给你找了个相亲对象你肯定满意，照着你的审美找的，祝清欢她娘看到眼都看直了。走走走，我带你去看看。"

分花拂柳，穿堂而过，东苑门前那棵桃树一日开花，有个人站在树下，一袭白衣，笑吟吟地看着我，道："'战百郎'，我可等你好久了。"

画面一转，眼前人没变，武安侯府变成西北那座山。白衣变成一身英气的铠甲，我拿着一柄沾了胭脂水的木剑，跟他相对着站立，四下的兄弟在看好戏，旁边的桂花含苞欲放。

"沈将军躲了我这么些天，我只有如此才能见你一面。"

……

再然后，眼前越来越模糊，像是日刚落下，月亮还没升起的那一刻，天地间都是灰蒙蒙的混沌一片。

我的手指捏着手腕上的杏核儿，捏得指尖都沁出了红："谢湛……我不想死……"

当年我痛苦至极跑到西北去躲着，如今好不容易走出那时的阴影，我还没好好地享受几天，我不甘心，我真的不想死。

我的呼吸越来越困难，拿着湿帕子按在脸上的手无力往下滑，火舌已经舔上了我的鞋底，我闭上眼，听那"噼里啪啦"的声音持续不断地响着，模模糊糊中还听见一声似泣血般的嘶吼："沈婳！！"

好像是在叫我……

我撑着眼皮想要睁开眼，可却实在没有力气。

"属下过去就好，殿下不能去啊，殿下——"

"滚开！都给我滚开！"

"殿下——"

太吵了，吵得人头疼。等到不吵了之后，好像有人冲到了我身边，再然后我被人扣着膝盖窝打横抱起，我落在了一个熟悉的怀抱里。

不知是谁在我耳边一声声地重复着同一句话："你不能有事，你不能有事……”

那声音听起来撕心裂肺，我这么良善，真想睁开眼好好地安慰他。可我没力气，只能歪在他怀里轻轻嗫嚅着。

“谢湛……”

小时候我娘带我去天南寺，算命的大师说我能活到八十八岁。

我娘一听这话就叹了一口气，道：“祸害才活那么长，这娃娃也没啥做祸害的资本啊！”她这是变相地说我长得不好看，还不大有脑子。

彼时我年小但也能感受到她对我的嫌弃。不过当还有机会睁开眼时，我就觉得嫌弃就嫌弃吧，能活得到八十八岁就好。只是我没想到我睁开眼第一个看到的人会是何进，还是跪着的，见到我醒过来，他喜极而泣道：“大人你终于醒了，老天有眼啊！”

我咳嗽了两声，开口说话时声音沙哑得很：“你怎么在这儿？”

“都怪属下一时大意，刚进四方楼那间房就被藏在门口的人给打晕了，差点儿害大人出事。多亏五殿下及时赶过去，不然，不然……”何进说着哭得越发惨烈，挺好的一个英俊小伙儿，倒像是水做的，一碰就掉眼泪。

后来发生的事，我稍微有点儿印象，只不过不太真切，不管如何，活着就好。

这间卧房很大，梁上雕花精细，四下摆着的物件素雅古朴，我虽然不太懂这些 ，但是那种从内而外透出的“贵”气还是能感觉出来的。

“这是五殿下的府邸吧？”

何进哭声一滞，点点头道：“新开衙建府来不及，皇上让人重新修缮了老安王的府邸给五殿下。对了，五殿下让属下告诉您，他去大理寺了，武安侯府那边他也让人知会了，让大人安心在这儿歇息。”

“我知道了，你起来吧！”

“五殿下让属下在这儿请罪，沈大人就让我继续跪着吧，属下……”

我头皮发麻：“得得得，别哭别哭，你起来吧，五殿下那儿我去说。”

何进嘴巴一闭，立时眉开眼笑道:“多谢大人。”随后拍拍膝盖站起来，一边喊着一边往外走，“那个谁，给沈大人的药熬好了吗？赶紧端过来啊！”

我嘴角一抽，所谓人以群分，我身边这些人真是一个比一个让人不省心。

吃了药又喝了点儿粥，我蒙头继续睡，这一觉睡得香甜，睡到太阳落山时才醒来，还是被谢湛叫醒的。

“再睡下去脑子该睡傻了。”他拧着眉头，模样有些严肃，我打了个哈欠，抹掉困疯了挤出的眼泪，才发现他额角发红，“五殿下怎么受伤了？”

那伤面积不大，也就是指甲盖大小，但是在他那张无暇的脸上却格外显眼。谢湛摇头：“没什么事儿，大夫说抹几日药就好了。”说着那张脸倏然靠近，语带戏谑道，“说起来我腿上的伤还没全好，你看我全身都是为你留的伤，感动吗，‘战百郎’？”

这种话他重复说了好几次，以前没啥感觉，现在……

我抿抿唇，诚实地点头道：“很感动。”

谢湛微微地怔住，随后唇边漾起了笑，怪好看怪撩人的。只不过我现下还在病着，很多事情脑补过度大概会休克，想了想还是转移话题，问道：“五殿下那日是怎么发现我出了事的？”

谢湛直了直身子，淡然道：“那日有几句话忘了跟你说，再加上有些不放心就折回去了，快走到门口才发现你房里着火了，门外还落了锁。你那队禁军在选拔的时候都是各有所长，刚好有人会开锁我就让他赶紧过来，这才赶得上救你出来。”

他语气波澜不惊，但我还记得那一声痛极的嘶吼，他不说我也不想拆穿他。

“四方楼那边怎么样了？”

谢湛抬手将我额间的碎发拨了拨，脸色有些冷冽，说道：“我让人封了楼，将四方楼的老板淮方押到大理寺大牢里，有冯春和曹得中的口供，再加上谋害你的事实，他想否认都没用。只是四方楼建得诡异，三楼的门窗都是特制的，连地板也是，刀劈斧砍都不管用。你住的那间房和对面的那间屋子都埋了透明的火线，就是那线引了火过去的。我不信一个普通的商人会有这么多心思，还会莫名其妙地针对你下手，淮方的背后肯定有人，但他咬死也没松口。不过，我有的是方法能让他开口。”

他脸上又浮现出那种轻蔑的表情，话说得轻柔，眼角眉梢凌厉非常，比那晚去大理寺大牢发狂还瘆人，看得我心尖一跳。没听到我答话谢湛垂下眼，默了默后敛起表情：“吓到你了？”

“没有，就是你这副样子我没怎么见过。”

“我这副样子没几个人见过，你不觉得反差强烈吗？”他说着自己笑了笑，只是片刻又清肃着一张脸，认真地道，“有些事你应该能猜到。沈婳，我确实不是一个良善的人，你见到的我大多都是明朗的那一面……但我不会对你不好。”

我的心狂跳不止，看不得他那太过明亮的眼，别开眼微红着脸点点头道：“我知道了。”

“你怎么也有点儿不一样了？”谢湛不依不饶，脸跟着凑了过来，我忙垂下头，看到指尖因为捏那杏核儿太过用力而留下的红痕，心念一动，突地抬起脸，直视他道：“我想看看你脖子上挂的那个物件。”那个我几次一闪而过见到的红色细绳。

这一场九死一生之后，我有很多事情都看透了，胆子也跟着大了很多。连黑白双煞都要怕我，我还有啥可惧怕的。

本姑娘无所畏惧。

但很明显谢湛是有点儿畏惧的，他瞳孔微缩，非常少见的脸色不自在，耳尖也有点儿发红，衬得那无双的容貌更是招眼。

能让一个不管说什么做什么都雷厉风行的人这样，我自打认识谢湛以来第一次觉得自己赢了一回，心头这个畅快，要不是嗓子不好都想唱首歌了。不过他很快就恢复了一直以来的气定神闲：“什么脖子上挂的物件？你这一场当真烧坏了脑子不成？”

我斜睨了他一眼，身子一下发软直接往后倒。谢湛眼疾手快，上身前倾一把将我捞在他怀里，我嘿嘿一笑，手直接往他脖颈儿处招呼。

他无奈地叹了一口气，抚着我的背坐直，自己将外衫和中衣的衣襟都拉开一些，拽出那条红绳。

比我手腕上那个要精致很多，打了许多细细的麦穗结，中间坠着一颗乌色的杏核儿。

“五殿下这么千尊万贵的，身上怎么会戴着这种东西呀？”

谢湛蹙了蹙眉道：“明知故问。”

“哦……”我点点头，然后沉默。

谢湛眉头皱得更紧：“‘哦’是什么意思？”

我没回答，手绕到后腰扯开他的手，随后躺了下去，再翻身就只留个脊背对着他：“下官太累了不是很想说话，要再躺一会儿。”

随后屋内陷入一片寂静，我清晰地听到谢湛的呼吸声比平时重了许多，想象一下他吃瘪窝火的表情，我不仅想唱歌还想跳个舞。这撩拨和被撩拨果然是两种概念，前者让人邪魅一笑，后者让人脸红心跳。

如今我确定了他的心思，又被打通任督二脉自然是要认真怼几下挽回一下局面，不然总让他这么欺负实在是太窝囊了。

过了一会儿我听见窸窸窣窣的声音，随后身侧床榻往下沉了沉，微弯的脊背撞入一个怀，我立时没了得意，不自在地想挪开。

“你昏迷了两日，我便两日没睡，别动，陪我睡一会儿好不好？”他的声音轻轻的，透着一股子疲倦，我心一软真的就没再动了。

他的手臂搭在我腰间，头顺着埋在我颈窝儿处，是一个严丝合缝贴近的亲密姿势。

我想起之前他恨不得逢人就念叨我在西北和他“同榻而眠”，每次我就很想捶他，可眼下倒是不声不响的，任他把这些话给坐实了。

这样想一想我还是心里不大痛快，正想借着生病再找点儿什么碴儿，身后人的呼吸声逐渐变缓，轻轻细细地搔着我的耳后。

“婳婳……”他低低地念着这两个字，这还是谢湛第一回这么叫我，我喉咙一紧，听他继续无意识地在梦中嗫嚅呓语着，“醒了吃药……”

心脏突然跳得飞快，我放弃了找碴儿。

在梦里还能把我撩拨得腿发软，这世间恐怕也只有他了。不过他长得那么好看，向美色低头，说起来也不是太丢人。

我在谢湛家又养了几日，本来打算醒来第二日就回大理寺当值的，但是谢湛死活不让我回去，像是我会把嗜睡症传染给别人一样。

我就眼睁睁地看着谢湛每天晨起去大理寺，晚上再阴沉着脸回来。我每次想问些什么，他就让人给我端来好吃的，整整齐齐地摆了一桌，等我吃饱喝足后他脸色也好了，我也就懒得再问他。

何进因为差点儿坑了我内心十分愧疚，特意在这儿照顾我不说，还编段子逗我开心。

“沈大人，属下这儿有个填空题您可以做一下——愿你的仇人出走半生，回来仍是什么？”

院子里我和何进对坐着，一开始他不肯坐，后来段子一讲来，哪儿还管谁是谁，大家都是段友。

我托着下巴道：“仍是脑瘫？”

“哈哈哈哈，可以可以。”

“那你给个更好的答案。”

何进清清嗓子道：“没有座。”

见我不明白，他耐心解释道：“从漠北到长安的马车，一路站着或者蹲着没有座位。”

我一听腿肚子都发软，两个人凑在一起哈哈哈地狂笑着。

“你们说什么这么开心，也给我说说。”

院门口闪现出一个人，微笑着走近，何进见状立马收笑、起立、拱手作揖道：“沈大人的药应该熬好了，属下这就去取来。”谢湛扬扬手，何进飞也似的没了影儿，活像身后有大狗熊追他。

谢湛坐在方才何进坐的位置上，又问了一遍：“你和何进说什么呢？”

“没什么，他给我讲了个段子，他这人可有意思了。”话一说出口我就暗道不好，再看谢湛的脸色果然有点儿不对劲儿，我强自镇定端起手边的茶抿一口，以不变应万变。

“你喜欢他？”

纵是做了心理防备，我还是没忍住“噗”的一声将茶水吐了一地。

我深刻地思考，我在谢湛眼里到底是个什么形象，大概是八爪鱼？走过路过就要跟人有一腿？脑补了一下画面我“扑哧”笑出声，谢湛的脸色就更难看了：“就这么开心？”

想了想我还是不要再祸害何进了，遂摇摇头，谢湛眼尾一勾，浑身的煞气以肉眼可见的速度在消弭。他拍了拍手，月门外有几个人抬了几口大箱子进来。

“淮方咬死不开口，钟无羡也不过是听淮方的吩咐，也不知道幕后的那个人是谁，如今只能一边继续审着淮方，一边从四方楼着手。这些是从四方楼搜来的东西，大理寺同僚每人带回去两箱检查。”

“对了，祝清欢现在怎么样了？”

谢湛打开一口箱子，随口道：“你是被陷害的，她的确是妨碍了大牢守卫办公务，只罚了她半年俸禄，官复原职，如今正在大理寺审讯淮方。”

罚俸半年，这处罚貌似重了些，心疼我手帕交。

秋日的最后两天比平时暖和一些，黄昏时分，就这么坐着也不觉得凉。

何进估计是个路痴，取个药快一个时辰了都不见回来，就我和谢湛两个人坐在这儿相顾无言，一人一口大箱子翻着东西。

这几口箱子装的是四方楼大堂房梁上挂着的东西，放在最上面的那串牛肉干看得我饥肠辘辘，肚子“咕噜咕噜”地叫个不停。随后就变成我坐在一旁的石凳上吃东西，看着谢湛一个人在那里翻箱子。

他认真做事的时候不喜欢说话，下巴绷得紧紧的，很是清肃的一张脸。所谓秀色可餐，就是这么来的吧。我一边盯着他的脸一边拿着盘子里的红豆糯米糕往嘴里塞，不一会儿一盘红豆糯米糕就吃了个精光，再喝一碗莲子甜酪，刚好垫了个底儿，又蹲在箱子边随手捞出一样物件来瞧。

一个用苏绣绣着财神画像的灯罩子，每一面各绣着“恭”“喜”“发”“财”四个大字，非常精致，是我见过最好的绣娘都没法比拟的那种精致，连财神的每一根发丝都是栩栩如生，就是这寓意太深刻了。

“这东西倒是挺精致，之前就听说齐王殿下心灵手巧，今日算开了眼。”

谢湛他二皇兄，齐王谢元启有一双巧手，长安城都说齐王不用靠俸禄，光靠着绣帕子都能富甲一方。除了这个灯罩外箱子里还有几样物件，每一样都是华美到极致，绣景致时那花那鸟那树，绣美女时那胸那腰那臀，真是人比人得死，货比货得扔。

不知道齐王殿下还收不收徒弟，吃得多干得少长得一般的那种。

谢湛闻言“嗯”了一声道：“二皇兄的才能可不止单单在这绣品上，他对建筑也很有造诣，当初大理寺一号牢房重建的时候，父皇就是让我二皇兄督办的……”他的声音越来越低，最后几个字近乎吞咽在唇齿间，听不真切。

指尖摩挲着锦帕上那朵绽开的大红芍药花，我仰头看了看天。

随着日落天空最上面已经隐隐泛了灰，下面蓝色由浅到深晕染开，最下面青蓝色与红色相接，太阳只剩了一个边儿。

最后一队鸟雀从北往南，掠过晴空，叽喳作响。

视线里的景致有些孤寂，随后映入了谢湛那张脸，四目相对时我低下头，他蹲在我身前，手扣在我脑后往他胸前压去。

我默了默，抬手环住了他的腰身。

谢湛带着我连夜去了大理寺，祝清欢被这几个缠人的犯人搞得头晕脑涨，歇斯底里。我到时我三哥沈遇正白着一张脸看气到跳脚的祝清欢，面无表情地从怀里掏出一把细小的凿子给她，悻悻然道：“从第三根肋骨下三寸往里刺，会疼得要死不活，但不会死人。”

祝清欢喘着粗气接过凿子真要往审讯室里冲，我忙上前拦住她道：“要走心，走心啊，不能屈打成招！”

“你病着怎么来了？”她不满地看着我，再越过我看谢湛时脸上不耐烦的表情立马收得干干净净，恭敬行礼道，“见过五殿下。”

这差别待遇真是不要太明显。

谢湛点点头，欣然道：“这几日辛苦了，先回去歇歇，这里交给我和沈婳就行。”

祝清欢又看了我一眼，道：“于公这是下官分内之事，于私这次受害人是我当成亲妹妹的人，还请五殿下开恩，让下官留在这儿。”

我心下一震，没想到祝清欢矫情起来也是一把好手。

谢湛脸上荡起笑：“那好吧！”

审讯室里，淮方静静地靠墙坐着，听着人推门而入眼皮都不抬一下。他的外形倒是真如钟无羡所说，凶神恶煞，是个戴着条金链子的大哥，只是谁能想到这么粗犷的外表下却藏着一颗细腻的心。

“我和你无冤无仇的，你就要那么恶毒地要将我烤了，这可不太地道了。”

淮方抬起头，迅速看了我一眼便移开了视线，不说话。

“他那个人也不太地道，让你在四方楼就动手，还是这么没遮没挡地动手，不说我爹，就依着我四哥那个睚眦必报的性子，就算不是你干的，他也会把整个四方楼都算成杀害他妹妹的帮凶。这样了他还让你下手，摆明了想兔死狗烹甩掉你嘛，比《无心囚妃》里的帅皇帝还要恶毒。哎！你说他对你有什么好，不就帮你建了个四方楼，多送了你几样绣件，你至于这么死心塌地为他丧心病狂吗？”

淮方额上的青筋暴起，这么粗犷的长相居然有一双澄澈如水的眼睛，此刻正喷火般瞪着我：“他才不会这样对我，你闭嘴！你闭嘴！！”

话一出口他自觉有异，忙恨恨地抿住唇，像两片刀片一般厮磨着。

我回过身看谢湛，点了点头便走了出去，我的试探达到了目的，再留在这儿也没什么用。

沿着路径漫无目的地向前走，越走我心里越苍凉。

四方楼的设计和大理寺一号牢房同出一辙，那日四方楼外来刺杀的冯春一行人面纱上绣的花样和齐王送到四方楼的也一模一样，有了这些蛛丝马迹，再试探了淮方的态度，整件事就找到了突破口。

只要照着这个口子一点儿一点儿地往下撕开，撕到最后，就是血淋淋的真相了。

我和谢元启无冤无仇，我连他长啥样都记不清了，他这么丧心病狂地针对我，不过是因为我身后的沈家，和我身边的谢湛。

从进入大理寺的那一刻起我就知道，不管事实到底是怎样，在外人眼里我和谢湛已是一条船上的人了。谢湛一直默默无闻，不受皇上待见，在朝臣眼中他就是个没能力、没后台，没威望的人。这么快就拉了淮王谢南岸下台，众人很容易就会自我解惑：沈家肯定出了不少力。

对于武安侯府，每个意欲夺储位的皇子都是持“拉拢不成，也不能得罪，更不能让别人抢走”的态度。沈家也确实这么多年都保持中立，因为我的原因，这个中立的姿态开始跑偏了。

谢元启想挑拨我和谢湛的关系，挑拨不成就干脆痛下杀手。一旦我被害，谢湛和武安侯府的关系就会戛然而止，甚至于会因我的缘故和谢湛反目成仇。不管是哪一种，都是他所乐见其成的。

我自西北回来一直避免这样的事情发生，结果有些事就和有些人一样，命中注定就是你的劫，怎么躲怎么避都是绕不开的。

“再往前走就是沈遇平日解剖尸体的地方了。”

耳畔响起的男声有些粗粝，我停下脚步，转回身去看他。

就那么巧，这里是我上次守着米螺尸体的那处院落，今日我又要质问谢湛了。

月亮半圆，周围星星点点。

谢湛的神态有些疲惫，眼底却还是柔和的：“‘战百郎’可真是聪明，一下子能想到大理寺和四方楼之间的联系，不然这案子不知道什么时候才能有进展。”

“我能想到的，五殿下必定也早就想到了，就等着送到我面前让我发现吧！”

谢湛走近，在我面前停下，诺诺道：“你怎么了？”

我握了握拳，攥得骨节“嘎吱”作响，仰起头直看向他的眼底：“你到西北接近我，言语之间引我回长安，费尽心力把我弄进大理寺，是不是为了我身后的武安侯府？”周遭静悄悄的，我听见自己的声音平静得无波无澜，“是不是？”

谢湛靛蓝的眸子满是挣扎，平地起风搅碎一汪净水，最后他微抬眼，牙关一松道：“是。”

我“哦”了一声表示知道了，垂着头发了一会儿呆，仰头看他又问了一句：“谢湛，你喜欢我，是不是？”

他怔得更厉害，紧绷的下颚在瞬间松缓，空中的半月在他眼底，亮成了天边星。他没有犹豫，吐出的一个字重得像是咬在唇齿间：“是。”

“哦……”

我点点头，没再说多余的话，等了一会儿，谢湛有些慌乱地开口道：“我不是故意想要利用你，我那时不知道我会这么喜欢你，若是知道——”其余的话被我堵住，我红着脸踮着脚，双手捧着他的脸，将唇贴近他的唇。

表白就表白吧，说那些有的没的干吗！果然老天爷都是公平的，用他十世情商，换今生长得好看。

# 第八章 出来亲迟早要还

当你的男上司看上了你，而你一时头脑发热强吻了他之后该怎么办？

要是放在祝清欢身上，她今日强吻了我三哥，那第二日武安侯府就要办喜事，第三日他俩就能怀个娃。

要是放在惠安公主身上，她强吻了我四哥，我四哥肯定笑得满面春风，得意扬扬地道："你刚吃的这个香糕软不软？甜不甜？要不要四哥给你再换一样别的口味的点心吃一吃？"然后小公主脸红似火，娇娇地点头，两个人腻腻歪歪，没羞没臊。

而我，恬不知耻名声震西北的"战百郎"，在亲了谢湛之后，脚底抹油直接开溜。溜的速度太快，我都忘了去瞅一眼谢湛脸上的表情。

但可以肯定的，那绝对是五颜六色精彩绝伦，还带一点儿羞涩动人。

平复心境之后我躺在东苑的榻上，我心里的悔，如滔滔东流水，这么重要的一幕我居然没看到。不然等下次谢湛再口无遮拦的时候我也能有个话头怼过去啊，真是错失良机。

这样想着，我揉了揉还在发烫的嘴唇，叹了一口气将锦被拉过头，不禁"哈哈哈"地笑出了声。

之后的几日，我以伤病为由请了病假在家待着没去大理寺，前几日我都在谢湛府上，就我娘那个性子，没风她都能卷出三尺浪，更何况这次还是有点儿风的。

好在我以前也经常不着家跑去和祝清欢厮混，我娘倒也没起疑心，只是她刚要出门觉得我有些不对劲儿，葱白的手指摸着我脸上几块青黑的地方，问道："你这脸怎么了，和祝清欢跑去烧窑了？"

我扯着块麻辣牛肉丝往嘴里塞，闻言差点儿把自己卡死，喝了一口茶顺下去才道："我俩去书院齐先生家房顶踩着玩，后来房顶塌了砸了一下，没啥大事儿。"

我娘这才信了我的话，对不起齐先生，我不是故意要拉你下水的。

但是躲得过我娘，躲不过沈家老四。在家昏昏沉沉歇了一整日，到晚上沈及回来就拐到了我院里，倚在月门前，双臂环胸看着我，脸上一副"我知道你干吗去了"的奸笑。

我认命，站起来去寻了把铲子，院里有一棵长了快百年的杏树，我去西北之前在树下埋了两瓮竹叶青酒。

将坛子上的泥土擦净，沈及啧啧道："我还以为这辈子都等不到你把这酒取出来呢，有好几次我都想偷偷挖出来还是忍住了，毕竟不道德的酒喝了会烂舌根的。"

快入冬了，晚上凉风习习，但我们倔强伪文艺兄妹还是上了屋顶。

没有比在房顶上更适合喝酒谈人生的地方了，视野开阔，景色优美，喝多了还能一脚把沈及踹下去。

沈及回自己屋拿了两大食盒食物过来，冷吃兔、麻薯团、酱鸭掌……"公主来的时候总说饿，我这才备着的，便宜你了。"

几口酒穿肠过，身体一点点暖和起来。沈及双腿一盘，剥着花生，一边嚼一边开口道："我前天去找宋寓，回来时刚好路过五殿下住的那座府邸，我就是好奇地往里瞄了一眼，就看见我家小八妹和那人笑逐颜开，笑得牙龈都能看见。这种事吧，本来我也不想多嘴，但你这人死心眼儿得很，夏离就能让你远走西北这么几年才放下，我要问问清楚才能安心。"

外人只当我是打不过我七个哥哥才去了西北，只有我家人知道这其中真正的原因。矫情点儿说是我躲去西北疗我那还没开就谢的豆蔻情伤，简单点儿说，就是我爱上了一个不爱我的人。

彼时我年岁小，也想不出其他的办法就只能躲出去。没想到我远走第二年那个人也离开了长安城，我刚回来，他也跟着回来了。

这大概就是传说中的"孽缘"吧！

想到这儿我仰头喝了一大口酒，辛辣里透着竹叶的清香，又暖心又刺激，就跟谢湛给我的感觉一样。

我扬着嘴角笑了笑："对谢湛我好像是见色起意吧……"

沈及挑眉："然后呢？"

"然后就没有然后了。"我嘴巴咧得更开，笑眯眯地看着他道："谢湛帅气多少年，我估计就对他起意多少年。"

谢湛如果不勒发际线美貌再维持二十年毫无悬念，在这未来的二十年里，我估计我也找不到比他更好看的人了。其实心里有太多乱七八糟的想法，有太多牵强的理由，我就挑了个最直观地说给沈及听，反正他长得没谢湛好看。

沈及少见地愣了愣神，随后竖着兰花指往我脑袋上一弹，嗤笑一声道："你这矫情劲儿上来，真的一点儿都不随我。"

我在侯府躲了三日，这期间外面可以说是天翻地覆。

大理寺那边以淮方为突破口猛力地撕下去，一撕到底，在四方楼后院找到了一个密室，里面是朝中诸位大臣的记述，以及四方楼和齐王谢元启这么多年的往来书信。

四方楼从建立伊始就与谢元启勾结，私下将楼中得来的消息汇总卖给谢元启，谢元启再以此为要挟找到涉案的朝臣，拉拢到自己身边。

这事儿做得隐秘，谢元启对外又一直是"不理世事一心绣花"的手艺人形象，很少有人能把他和四方楼联系在一起。

当今皇上的六子三女里，大皇子也是原太子谢乾在元庆四十六年因德行有亏被废圈禁，后来郁郁而终，剩下的这五个皇子中，五皇子谢湛出身低微极不得宠，六皇子谢康生下来就病恹恹的，整日药不离口地活到现在。

之前朝堂内外明争暗斗最厉害的是帝师陈立力保的三皇子淮王谢南岸，和丞相佟吾拥护的四皇子谢清溢，然后这两个人被关进了宗人府。

谢南岸被手下坑得贬黜流放之后，陈立一言没发，跟着自己的儿子、新任两江总督陈德新去赴任，离开了长安城。

所有人都在盯着宗人府，盯着丞相佟吾，看看他还有什么举动能扭转局势，在这千钧一发之际，谢元启异军突起，闪亮登场。

众人都是一脸懵懂：这位皇子是打哪儿冒出来的？

皇上的病刚缓过来一点儿又出了这么大的事情，气得直吐血，随即就下了圣旨：谢元启私下缔结党羽，草菅人命，废黜王位，终身圈禁宗人府。

四方楼被查封，淮方被判三日后斩首，其余一干人等倒是没怎么太严惩，只被杖责就释放回家了，就连和这件事关系颇深的钟无羡也被释放了。所以说这天子之心，胜过海底针，有时候还真猜不透他是咋想的。

这事儿说起来也没啥意思，以下酒的谈资太过枯燥，沈遇在吃完饭后提起，大家都是一副漠不关心的冷漠脸。他擦了擦嘴，开口道："五殿下让我去看看淮方，这人男相女脉，我很想解剖看看他的构造，一定很有意思。"

沈及差点儿把刚吃下去的饭吐出来，一脚就要踹过去："老三你这爱好……"

我从桌底伸脚勾住沈及的膝盖窝，转头看沈遇："三哥你是说，淮方是女的？"

沈遇点点头，道："她现在这副模样应该是吃了某种改变筋骨构造的药物，我从前只在书里见过，倒是第一次碰上真人。这药吃下去身体损伤极大，就算不砍头她也活不过五年。"

如果淮方是个女的，那也能说得清她为何这般维护谢元启，以一种偏执狂热的情感。

这不是友情，这是爱情啊！

我正和沈及凑在一起感叹着，福伯笑眯眯地进来，道："五殿下来了，说是皇上体恤八小姐这次受了苦，差他送些药材补品过来给八小姐的。"

沈及登时笑了，阴阳怪气地拉长声调道："哟，我家八妹真是受苦了……"

我脸一热，把方才沈遇没踹上的那一脚给补上了。

五皇子奉旨而来，武安侯府自然是整齐列队地出门相迎，我窝在人群中间，微垂着脸看着脚尖。说起来我这种恬不知耻的人不应该觉得羞涩，但毕竟是强吻了人家之后第一次见面，有点儿不好意思也是理所应当的吧。

"这个时辰打搅武安侯了，父皇让我送些补品来给沈媔大人。"谢湛朗声道，随后一溜捧东西的人在福伯的带领下往东苑走。

我规规矩矩地跪下行礼谢恩，再站起身还是盯着自己的脚尖看。

沈及看热闹不嫌事儿大，"咦"了一声道："小八脖子扭了？咋一直低着头？”

我额角青筋突突地直跳，恨不得撕烂他的嘴，深吸一口气抬起头，正对上谢湛笑吟吟的眼神，我的脸就更红了。

“五殿下这个时辰过来可用过晚饭了？”我娘没注意到这里面的暗潮汹涌，她和我一样一见到好看的美男子就走不动道，热情地眉开眼笑的，我侧目一看，我爹一张脸黑沉得可以榨出墨汁来。

谢湛勾着乖巧的嘴笑道：“我从大理寺办完事就进了宫，刚出来还不曾用过晚饭。”

“五殿下不嫌弃就在这儿吃一点儿，福伯快去吩咐厨房做几道菜……”

“娘，别往花厅里摆了，小八好几日没去大理寺，五殿下应该很多正事要跟她说。让福伯把饭菜摆到小八那儿去，让他俩一边吃一边说正事，多好。”沈及一副思虑周详的模样，我娘想也没想就点了头。

谢湛眼尾微勾，惑人的眼神一闪道：“那就劳烦沈大人了。”

谢湛来得太突然，我完全没有准备，我们孤男寡女围坐一桌吃饭也太突然，我得有点儿心理准备才不会太尴尬。

在福伯吩咐下人摆菜上桌时，我将那剩下的半坛子竹叶青酒搬过来：“谈事情最好喝点儿酒，说起来我也好些时候没和五殿下喝酒了，这是我珍藏了很久的酒，五殿下不尝尝那可就糟蹋我的心意了。”

谢湛笑了笑，道：“放心，我不会糟蹋你的。”

我心猛地一跳，你说话可以不要只说半句好吗？

谢湛喝完酒就自动变五岁，把他灌倒了就一切大吉了。菜上齐了，福伯等人自动退下，还贴心地关上了门。

谢湛脸上的笑随着关门声敛起，眉宇蹙着道：“你那天——”

“喝酒，喝酒。”我拿着酒杯碰了一下他手上端着的酒杯，仰头豪迈地一饮而尽。谢湛默了默，抬手也将杯中的酒一饮而尽，白如皎玉的脸霎时荡起红晕。

看他这样我一颗悬着的心终于落了地，我真怕他揪着我强吻他那件事来问我啥意思，问我是不是看上了他，问我喜欢他的美貌还是他的智慧。

我当然会回答：都有啊！

但是人家真的很羞涩，那天脑子一热亲了他后我恨不得变成一只刺猬缩起来，我需要一段缓冲的时间来适应一下。

谢湛眼睛开始发直，我伸出筷子给他夹了一点儿菜，母爱泛滥地摸了摸他的头："乖啊，吃饱一点儿，回家睡觉觉好不好？"

"谢五岁"嘟着绯红的唇，摇头道："我好累，我不想吃太饱，我现在就想睡觉觉，就在这儿睡。"

"在这儿？不行不行。"

"你之前还说会对我好的……"他眨巴着眼睛，靛蓝的眼底蕴了一层水雾，鼻尖微红，唇瓣一颤一颤的，要多可怜就有多可怜。

我的心一软，立时就答应了下来。大不了他睡这儿，我去和沈及挤一挤。

"你吃点儿东西，我给你铺被子。"

"谢五岁"乖乖地点头，拿着汤勺小口小口地喝着熬得浓稠的蟹肉羹，我又揉了揉他的卷发，走到里间卧房去铺被子。

没一会儿脚步声就跟了过来，谢湛每次喝完酒就有点儿缠人，我动作未停口中温声道："等一下，马上就好了哟！"

"嗯——"他轻轻地应了一声，随后一双大手环上了我的腰身，后背上贴着一颗毛茸茸的脑袋。我艰难地在他怀里转了个身，直接坐在榻边，耐心地抚着他的卷发："好孩子是不能闹的，乖乖听话才有奖励哟。"

谢湛从我腰腹处仰起头，眼睛亮得有些慑人，问道："什么奖励？"

"给你糖吃啊！"

他眼睛更亮了，手直接松开我的腰站了起来。我十分欣慰，心想：这孩子真乖。随后乖巧的这孩子，结实的双臂杵在我两侧，脑袋直接压了下来。

那温软的嘴唇贴在我唇上，合着清甜的酒气和呼吸的灼热。当步骤进行到轻轻摩挲时我才后知后觉地反应过来，我被谢湛亲了！

我下意识地推开他，他却像未卜先知一样两条胳膊往里一拐，从腋下架住我，身子直接压了下来，我身上没有着力点只能往榻上倒，随后身上又压了一个他。

“谢——”我红着脸刚一张嘴，却像是给了他机会一样，下一刻那灵活的舌头便跟着探了进来。

濡湿的手心被他的手寻着，十指相扣地紧握着，我浑身发麻，睫毛都在打战，颤到牙齿时没忍住用了些劲儿，身上人吃痛，胶着的唇总算舍得分开了。

“你，你，你——”

谢湛亲了亲我的嘴唇，道：“你说你要给我糖吃，没有什么比这个更甜的了。亲自戳穿自己的谎言，换吃这么甜的糖，很值得了。”

“你，你，你——”

“婳婳，为什么躲着我？”他幽幽地看着我，语气有些不善，“非得要我找借口上门来才能见到你，你是后悔亲了我，还是不想跟我在一块儿？”

他的问题比我想象的更尖锐，我一时不知道该怎样回答才不会让他一时失手掐死我。

他见我不言不语眸色深了深，直直地盯着我的眼睛，像是顺着眼能望进我的心底，语气冷硬道：“你喜欢纪南方？”

又来了，我叹一口气，戚戚道：“……不喜欢。”

“那你喜欢李常？”

“不喜欢。”

“你喜欢冯春？”

“不喜欢。”

“那你喜欢谁？”

“喜欢你。”

话像顺口溜一样刚一脱口我就蒙了，有诈！倒在身上的谢湛眉心舒展，眼底笑意上浮，完全不给我说话的机会，又细细密密地亲了下来，“好，让你喜欢。”

临走时，谢湛笑吟吟地嘱咐我说，多在侯府歇息几日，不必急着去大理寺，补品让我一日吃上一碗。

之前还说我躲着他，现下人也抱到了，嘴也亲到了，想听的话也听到了就直接改口，敢问谢大兄弟你到底想要怎样？

翌日黄昏，沈及拉着我出了侯府，拿着一个食盒直奔大理寺而去，路上却一言不发。

“四哥，出什么事儿了？”沈及的眼神有些深邃，和平日里相差甚远，远到有那么一瞬间我以为我四哥被人调包了。因着我大理寺少丞的身份，我们一路畅通无阻，最后驻足在大牢门前。

“四哥？”我实在纳闷得很，我没听谁说过大理寺大牢里关着沈及认识的人啊？

沈及眼睛微眯，大踏步就走了进去，随便拉了个狱卒问：“四方楼的淮方被关在哪儿？”

狱卒看了看眼前盛气凌人的年轻人，视线越过他又看了看我，求救一般的眼神，我轻轻地点了点头，他才松了一口气道：“这位公子这边请。”

淮方后日便要斩首，在大理寺一号牢房里他关押在一个独间。陈升虽然性格耿直，但人很善良，自打他五年前做大理寺卿以来就对那些要上黄泉路的罪犯非常友好，一应吃穿都尽量给好的。那时的大理寺还处在和刑部抢风头的时候，就张贴出了告示——

“大理寺大牢，舒适度媲美长安城悦方客栈，是送您最后一程的最佳选择。现往大理寺投案自首，还可获赠榻上三件套。”

这样抢风头的下场就是大理寺因为这榻上三件套赔了不少银子，最后彻底沦为刑部的下属，但给死刑犯独间的待遇却是一直沿用到了现在。

狱卒打开了牢门，本靠在墙上呈挺尸状的淮方听见动静没抬头，只嘴角勾了勾，道：“所有的事情你们不是已经很清楚了？又来找我做什么？我只求一死，什么都不必再问了。”

“我来送你。”沈及走了进去，将食盒放在地上。

淮方身形一滞，怔怔地望着他，那双清亮秀气的眸子里浮起一层水雾：“四公子……”

这种场合其实我是应该走的，但我实在是控制不住那颗想知天下事的心，遂将自己缩成一团蜷在墙角边，看沈及将酒菜摆在地上，随后直接坐在淮方对面。

“我一开始没猜到是你，我一直以为你消失不见是因为大哥跟着大嫂云游四海不想留在长安，却不想你改头换面开了四方楼。这些年你过得还好吗，方焦？”

听到这个名字的那一刹那，我觉得整个大牢都被狂风掀开，随后三道大雷齐齐地劈在我的脑顶，劈得我目瞪口呆。

我眼前浮现出一个身姿俏丽的姑娘，极好看的眉眼慢慢地和眼前淮方的眼重合在一起……还真是她。

说起方焦，就不得不提到武安侯府大公子，我大哥沈一。

我大哥在长安城时，可算是个厉害角色，手下小弟众多，关系网十分庞大，方焦是他的左膀右臂。我那时还不到十岁，只记得她总爱穿俏丽颜色的衣裙，眼睛总是晶晶亮地看着我大哥。

后来沈一跟着我大嫂离开长安城之后，方焦也跟着不见了踪影，再也没出现过。

“我这条命是老大给的，他离开长安的时候我追了上去，我说让我做什么都行，我只想留在他身边。可是他说，我总不能这么看低自己一辈子，他说聚散终有时。他不要我了，他眼里心里只有他的穗穗。”方焦牙根一松，泪一滴一滴落在地上，砸开一朵朵清亮的水花。

沈一为人孤傲，在我记忆里他从未笑过，只有面对我大嫂时才有笑模样。他能这么掏心掏肺地跟方焦说这番话，也是拿她当亲人看待。

“这天大地大我又是孤零零一个人，我游魂一样就近扎到一家酒肆，喝得昏天黑地，出来时已不省人事，被几个贼人看见拖进了一条巷子里……”她话头顿了顿，泪眼里满是苦楚，却又瞬间柔和下来，“然后我遇见了他，他救了我。我从没遇见过他那样温柔的人，他拿着绢帕一寸寸擦着我脸上的脏污，他告诉我再怎样伤心也不该作践自己……”

一个无家可归的苦难女孩儿，再次深陷泥潭时，任何人来拉一把她都会千恩万谢，更何况是谢元启这般出众的高贵公子。

我叹了一口气从牢房离开，后面的故事不用听也能猜出个大概来。

不知道方焦是不是命里没桃花，我大哥不解风情就算了，这谢元启也不是可托付的对象啊！他和齐王妃十五岁便成婚，夫妻俩青梅竹马好得跟一个人似的，王府里别说侧妃，连个伺候的丫鬟都没有。

方焦也应该是知道这些，便换了个默默守护的路线，服了药改了身份化名“淮方”回到长安城，接了我大哥从前在长安的关系网，建了四方楼和谢元启有所联络，再然后同上一条船。

谢元启利用淮方来杀我，这是一个死局，不管我结局如何，四方楼和淮方都是一定保不住的，很显然他很早就看出了淮方就是方焦。

他算准了方焦的心思，料定了她会将所有事都自己扛。如果不是他用来安抚方焦心思的绣件和四方楼特殊的构造，透露了一点儿痕迹，这件事可能永远也不会有真相大白的一天。

以情杀人，给不了名分甚至连爱都给不了，就能若即若离吊着方焦这么多年，谢元启也算是个狠角色。如果不出事改行去写个话本子《我有撩妹一百计》，估计会盛行长安城。

我心里有些发堵，大牢再往前就是谢湛办理公务的院子，也不知他这时在不在？

原地纠结了一会儿，我就迈开步子往院子那边去。这条路不算宽，两边都种着树，这也是当年陈升大人的手笔，说多种花多栽树，建立我大晋最美衙门。

这人从前怕是说快板的？

此时树叶早已掉光，灰突突的枝杈，灰突突的树干，好在有夕阳最后的光斜斜地映过来，红融融地看着才不至于那般凄凉。

我刚走到第六棵树旁，突然从树后窜出来一个人，我攥着拳头下意识地就挥出去，幸亏及时看到了他的脸，不然这拳可能要捶得他毁容。

他的眉眼笑弯着道："沈大人不必每次见到我，都要打一顿吧！"

想一想我和纪南方这几次相遇，还真的不是在打他，就是走在打他的路上。我忙将拳头收起来，轻咳了一声道："你怎么在这儿？"难道刑部大牢待不下他，又跑到大理寺大牢继续蹲了？这人莫不是蹲大牢上瘾了吧！

纪南方向后退了一步，手将挺起的胸膛拍得"噼啪"作响："我从刑部大牢出来之后，想了想还是从了我爹，从今日起我和沈大人就是同僚了。"

我这才发现他身上穿着绛紫色的大理寺官服，看胸前绣的是正七品图案，应该是大理寺负责抄录文书和档案的主簿。

敢情这位公子大牢坐了个遍，妖也作了个遍之后同意了他爹的决定，花钱捐了个芝麻小官，真是不可思议的人生。

大晋朝堂一直有这个规定，六品以下的官位可以花钱来捐。人家花钱捐官是为了面子上好看，朝堂因此能多赚一大笔银两，这是双赢的买卖。而且若是真的有能力做出成绩，皇上会酌情提拔。

在拐弯抹角往国库划拉银子这一点儿上，当今的皇上真是个天才。

只是纪南方来的地方是大理寺，谢湛对这位的态度貌似不太友好……再看看纪南方，我不由得心生同情，小哥，保重啊！

"我听大理寺的同僚说，每次有新人来，年纪相仿的同僚都有聚一聚以表示欢迎的老规矩，我已经做了一揽子安排，不知道沈大人晚上有没有空？"纪南方一笑，抛去他不同常人的行为暂且不谈，人温温润润的很让人心生好感。

他进刑部大牢我真的做了巨大"贡献"，和新来的同僚保持友好的关系也是很有必要的。这样想想，我点点头答应下来。

纪南方左手握拳一捶右手，大声说道："太好了，算上沈大人和五殿下刚好十个人，十全十美，大吉大利。"

我说："你还请了五殿下？"

纪南方“啊”了一声，手往前边一指：“我刚从五殿下那儿出来。”

“他……答应了？”

纪南方清了清嗓子，有些不好意思道：“五殿下说衙门里大家都去他便去，我就说年纪相仿的所有人都答应了，五殿下特意问了下沈大人是否答应了？我觉得沈大人这么好肯定会答应，就直接点了头。”

那种心惊肉跳的感觉又来了，我默了默问道：“当时五殿下是什么反应？”

纪南方摸了摸下巴道：“五殿下笑了一声道，‘很好’。”

心惊肉跳之余，我还有点儿想哭。谢湛对别人笑那是习惯使然，对纪南方笑，那还能很好？很好才怪。

“沈大人怎么了？在想什么？”

“我想静静。”

因为四方楼被查封，纪南方的欢迎会就改了个地方。西门街里边有一家酒楼，名曰“望月”，走得是高雅路线，吃一顿饭底价一百两银子。

长安城最不缺的就是有钱人，像这种踏进门就能彰显自己的身份高贵的事情那是多多益善的。所谓无形炫富，才最致命。

我回侯府换了身衣衫，然后纠结了一会儿要不要吃点药，装个病什么的，把这个饭局躲过去。就算没有纪南方这一层关系，大理寺的聚餐向来都是银子平分，这吃一顿望月楼我明天就可要改吃土了。

不过转念一想，既然纪南方到大理寺供职了，那日后接触是免不了的。我躲这一次，肯定还有下一次，次次吃药、装病，也不是办法。

至于平均分摊吃饭的银子……我翻出了沈及上次给我的优惠卡，小心地揣在怀里。

天有些冷，寒风刮得脸生疼，我一路走到望月楼外就看见纪南方在门口杵着，看见我脸上挂了笑迎上来：“我怕沈大人到这儿找不到人，就在这儿等你了。”

“多谢纪大人。”

我上次来这个地方还是跟我五哥一起来的，我五哥沈息是做生意的，那时候各种买地皮盖酒楼，有的是钱……当然，后来赔得血本无归这种事就不要往下说了。

望月楼要价贵，东西倒也值这个价钱，坐的是金丝楠木桌椅，用的是玉碗金筷，吃的是燕窝鱼刺猴脑……反正怎么补怎么来。我五哥那时候在长安逗留一年，整个人活生生地补大了一圈。

二楼的雅间里大理寺其他人都到了，谢湛作为大理寺实际掌权的老大自然是坐在主位上，我一进门就看见了他。谢湛目光灼灼地看着我，脸上微微笑，看来心情还不错。

“沈大人，快进去坐吧！”纪南方把我往屋子里让，谢湛视线挪到他脸上，这笑还是笑，但眼神就有点儿不对劲儿了。

“婳婳，快过来，就等你一个人了。”祝清欢绕过来拉我的手，她旁边有两个空位，按照正常人的逻辑我肯定是坐在紧靠她的那个位置，旁边的空位就是纪南方去坐。纪南方的旁边……就是谢湛了。

但祝清欢显然不是个正常人，她将我按在谢湛旁边的座位上，随后自己一屁股坐我旁边，还笑着招呼纪南方：“纪大人坐我旁边，我们可以接着上次继续聊。”

纪南方看了看我，神色有些失望，但很快又恢复了那副开心的模样坐在祝清欢旁边，两人凑在一起笑得花枝乱颤。

我对面的沈遇青白的手指捏着酒杯一饮而尽，阴沉着脸像谁欠他几千两银子一样，祝清欢笑得就更开心了。

大理寺的欢迎会非常单纯不做作，反正就是促进同僚之间感情，开心就好。那边几个同僚开始见到谢湛在还有点儿拘谨，后来看祝清欢和纪南方从闲聊到开始兑各种类型的酒喝也就放开了，单支了一张桌子玩起了马吊。

我其实也想跟他们一起玩，或者和祝清欢他俩一起喝酒，但我身边杵着这尊大佛，我还真有点儿不敢动。

我也不知道为什么我现在一看谢湛就有点儿害羞……像在西北军营

那种放荡不羁的模样，当着他的面我再也做不出来了。

但这么呆坐着，光看他们玩真的是太没意思了，此地不宜久留，我深吸一口气，看向谢湛，低声道："下官有点儿不舒服，就先告辞了。"

谢湛正伸筷子夹了一块梅花形状的糕点，放在嘴里咬了一口，眉头皱了皱又舒展开，之后才慢半拍地看着我，道："我数了一下，今晚他看了你十三次。"

这都数，可真闲。

"但你进门坐下之后就没有看他一次。"谢湛将剩下的糕点都放进嘴里，仔细咀嚼，这钝刀子拉肉的感觉真的是让我快崩溃了，他吃完抿了抿唇又道："也没有看我一次。"

"我和他的待遇一样了，你之前还说不喜欢他喜欢我，现在看来……"他越说声音越低，我都有点儿听不真切。

"谢五岁"没喝酒就已经开始缠人，逻辑非凡地下了结论，听得我想打人。尤其是我现在本来就是百爪挠心的躁动，听他说完缓了一缓，直接推开椅子站起身。

这动静有点儿大，屋里人齐刷刷地看过来。

我朝着谢湛抱拳一礼："下官实在身体不适，五殿下见谅。"

说完也不看他，从怀里摸出优惠卡递给纪南方："用这个可以省很多钱，就当我的份子钱。"

纪南方摇摇头："不用给钱，这望月楼是我家开的。"

"哦。"我手要收回来，纪南方却"嗖"地一下将优惠卡抽走，揣进怀里欣然道："不过这是沈大人第一次送我东西，我会好好收着的。"

你开心就好。

婉拒了他要送我回家的好意，我独自走出了望月楼。外面竟然下起了雪，地上已经浅浅地铺了一层白，这是元庆五十一年的第一场雪。

我没有直接回家，而是绕着望月楼一边踩雪一边数着步子，数到第二十一步，寂静雪地里就不只有我一个人"吱吱"的脚步声了。

我停下脚步，谢湛也跟着停下，人没上前，只有那声音从后边传过来：

“我娘亲只是宫中一个没名没分的胡姬，我长相妖异，钦天监的正使一度说我会让大晋江山不稳，朝政波动，父皇避讳，把我赶到冷宫旁的一处废殿居住，和我娘亲一起。

“我和娘亲相依为命，十二岁那年我连娘亲都没了。这些年我一无所有，心越来越冷硬，人也变得阴鸷多疑。

“我不是故意要那么跟你说话，我只是忍不住，别人多看你一眼我都觉得他想要跟我抢你似的，我不舍得那样对你，也就只能嘴上讨点便宜而已。婳婳，你能体谅我吗？”

我……

我能怎么说？

我能说我只是想跟他们一起玩马吊，但是怕在你面前毁了形象才躲出来的吗？

我实在没想到谢湛会来这么一出表白，言辞恳切，还将自己的小伤口捏着给我看。我心里又酸又软，心疼大过无言。

虽说我知道他以前的日子过得不好，却没想到不好成这样。冷宫啊，那可是阴煞气最浓郁的地方，他能平安长大还长得这么优秀更是难能可贵了，性格稍微扭曲一点儿也是可以理解的。

我快速地调整面部表情，转回身时云淡风轻地“嗯”了一声：“看你这么诚恳我就不计较了。”

谢湛像是交上满意试卷给考官的学生一样，松了一口气，嘴角弯弯地翘起，几步走到我跟前，手抓着我的胳膊，道：“站稳一点儿，刚下雪容易摔。”

我点点头，他的手却没松开，试探性地一点儿一点儿往下，嘴上还在一本正经地跟我说着话：“我方才吃的那个梅花糕很甜，味道是你喜欢的，我叫人包了几份你带回去吃。”

说到“你喜欢的”时，他凉凉的指尖已经触上我的指尖，勾了勾，见我没避开眼角眉梢都是笑，五指张开插进我的指缝里，与我的手指十指相扣。

心上像是被种下一颗种子，我和谢湛有意无意地做过许多亲密无间的事，就像是以野蛮的姿态往地面上拱的草芽，不讲道理，不头破血流就绝不罢休。而此刻的温情像是草芽破土而出后见到的第一缕阳光，没有想象中那么炽热，比月光还要温柔。

元庆五十一年冬的初雪，我和谢湛手牵手，一圈一圈地踩着雪，直到两个人的手速已经赶不上为对方拂去脸上雪的速度才终止。

“五弟？还真是你！你怎么在这儿？”

一道清亮的男声响起，我“唰”地收回手，向旁边迈了一步和谢湛拉开点儿距离。说话的那人已经迈开步子从望月楼门前走过来，有月光有雪，周遭明亮如昼，清楚映出来人一张脸，生得十分周正，眉眼间和谢湛有几分相像，是四皇子谢清溢。

说起这谢清溢算是方焦和谢元启一事里唯一一个受益者，可能是皇上看关在宗人府的皇子接二连三的出事，觉得那地方煞气得很，所以就找了个理由把四皇子谢清溢给放了出来，是以现下才能看见他在这里出现。

“四皇兄。”谢湛点头算是致礼，随后解释道，“大理寺新来了一个官员，方才在望月楼给他接风。”

“原来是这样，咦，这不是武安侯府的小八吗？”

我娘姜梨和皇室渊源很深，她母家齐齐战死沙场之后老太后就接了她去宫中，嫁给了我爹后偶尔也会往皇宫里去，也带我去过几回，是以宫中这几位皇子我都见过……除了谢湛。

谁又能料想我现在和这个没见过面的谢湛凑到了一起，缘分真是妙不可言。

我不知道方才谢清溢看没看到点儿啥不该看的，掩住心虚，双手抱拳行了一礼：“见过四殿下。”

“听说你如今在大理寺做官，可真是辛苦。姑娘家还是早些找个合适的郎君，就不用再在外面奔波了。说起来我倒是有几个朋友，家世好，长相好，学识也好，改日我介绍他们给你认识，先交个朋友嘛！”

我忘了这位四皇子的别称——皇家保媒师。如果不是怕我三哥趁我熟睡时解剖我，我真的很想把祝清欢介绍给他，真是臭味相投的两个人。

我尴尬地笑笑，道："不，不用了吧！"

"哎呀，别害羞，我都懂的。得了，我得先回去了，过几日我将他们的画像差人送武安侯府去。"

我不敢回头，谁能替我看看谢湛的脸色。

算了，不用看了，直接告辞了。

# 第九章

## 爱情鸟它飞来了

方焦斩首的前一晚，沈及又来找我喝酒了。

前一天雪下了一整日，那夜冷风吹起，吹得人心头发凉，只有喝几口酒才稍稍觉得温暖一些。在我的记忆中我四哥露出这种哀痛的神情，除了以前惠安公主出事时有过之外，就只有我大哥沈一离开长安时了。

这些年，大哥偶尔会和大嫂一起回家看看，上次我从西北回长安他们也回来了，只是第二日又走了。

我大嫂行医，志在云游四方，治疗天下疑难杂症。

我大哥……我大嫂干啥他就干啥。

沈及看起来油嘴滑舌，但对于我来说，他带着我长大，给了我精彩的年少生活。我四哥之于我，就如同我大哥之于他，甚至更严重一点儿。

天不怕地不怕的我四哥，唯一怕的人就是我大哥，讲个笑话大哥若是没笑都要心惊胆战咬嘴唇的那一种。

这回我大哥身边的人出了事，他再怎样逞强心中也是痛苦的。

沈及只喝着酒没说一句话，我也就只静静地陪着他，末了轻轻将他抱住。他身形僵了片刻，随即整个人软在我的肩膀上。

“那年大哥走之前告诉我，让我给你做个好榜样。他还告诉我，若是方焦在长安城就让我多少顾着她一些。我没做到大哥吩咐的，可小八我真的尽力了……

“——尽力收敛自小张狂桀骜的性子，做教你疼你的四哥，这已经耗尽我的全力。”

我收紧手臂，吸了吸鼻子：“四哥，方焦的路是她自己选的，你左右不了她的思想，大哥会理解，他不会怪你的。”

因为方焦是近阶段第一个斩首的要犯，怕路上出什么差错，除了原本的守卫之外，又有我这个大理寺少丞亲自带着那队禁军护送。

昨夜喝酒喝得头有点儿疼，晨起时几乎是被我娘揪着耳朵拽起来的，我素来有些怕冷，官服里面套着厚厚的大棉服，远远看上去就像一只大笨熊。

这比喻是后来何进跟我说的，段子何的原话是这样的：“但见茫茫雪地间一人形巨物缓缓地向监斩台方向移动，比大笨熊的眼睛亮，比大象少条鼻。众守卫大喝一声：‘呔！来者何方妖孽’”

那妖孽冷笑，将一张脸露了个清楚。

监斩官顿时浑身抖若筛糠：“天哪，‘战百郎’！！！”

很好，“战百郎”这个名号已经从西北传颂到长安城了。

一路到刑场都没出什么事儿，我找了个能晒太阳的地方，垂着头昏昏欲睡。我突然发现沈及昨晚除了发泄下自己内心的苦闷之外还有故意灌我酒的嫌疑。

我这人心软，对方焦虽不如他，但到底是个熟人，眼睁睁地看她被砍头还是很心酸的。如今头脑不清醒也好，等清醒时一切就结束了。

迷蒙中我被一个大嗓门吓醒，那声音沙哑粗粝，响得能震落树杈上的积雪。

我恍惚间身子打了一个趔趄，脸被横过来的一只大手直接托住，我的手顺着抓住他的胳膊站稳。

“这样站着也能睡着，真是服你了。”我睁开眼，就见谢湛一副“你这孩子没我可怎么办”的表情。

方焦的鲜血染红的那一大片雪地前，几个禁军正拉拽着一个男子，方才那声音就是他喊出来的，此刻他的一身华服早就失了颜色，消瘦憔悴到快要分辨不清容貌。他扑倒在地上，手一下一下地抓蹭着地上的白雪，拼了全力想要往前。

“这是齐王？”

“是，是我二皇兄。”

我看过无数的虐恋情深话本子也不及眼前给我的冲击大，这辈子可能都不会忘记这一幕——正阳的黄，雪的白，血的红。围观人的冷笑，偏执人的尸身，还有一个人在幡然悔悟后，自顾自怜的情真。

人死才知情，这是做给别人看，还是做给自己受尽谴责的良心看的？

估计齐王自己都不知。

我摇摇头，突然感觉一道灼热的视线直直地盯着我。我迅速回头，正撞上一男子的视线。见我发现他也不躲闪，轻轻地点头一笑，以示友好。

这么坦诚，那我也不往坏了想。

片刻后他转身自人群中离开，脚下很轻，落地无声。

除了谢湛之外，终于有个正常人能透过我狂放不羁的外表，注意到我那颗柔软的心，我很欣慰。

我回过头，脑子又是一阵发蒙地往前一栽，还没触到地就被谢湛伸胳膊拽了回来，他的手指戳了戳我困得昏昏沉沉的脑袋："下次困成这样就不用过来了，本来就不聪明，再砸到脑壳儿可如何是好？"

我打了个哈欠，耍无赖道："傻了你养我呗，反正是工伤。"

话刚说出口我就有点儿后悔，这话说得好像有点儿厚颜无耻。

谢湛的手从戳改为揉，声音带着笑，雀跃又轻快地道："好啊，就这么说定了。"

"好了，我让人先送你回去吧，这儿走不开，我还得留在这儿，晚些时候我带你去吃东西。"顿了顿，他又道，"最近长安城不太平，你平日除了武安侯府最好不要到处走动，危险。当然，我带你去是可以的。"

得，把我当柔弱小姑娘了，当我"战百郎"是吓大的？

我睡眼惺忪地斜睨着他，还有，我怎么觉得你更危险呢？

谢湛所说的长安城最近不大太平也并不是空穴来风，其实但凡双眼未失明的都能看出来。当然良善如我，就把他多此一举的叮嘱当成是关心了。

我爹武安侯沈青山自从大晋没什么大的战事之后就闲赋在家，打打儿子，陪陪老婆，日子过得逍遥自在。这几年他只有逢年过节才会往皇宫走一趟，去皇上那儿点个卯：臣还活着，老婆还是我的，谢谢。

因为很多年前，我娘姜梨和宣昭帝是正儿八经的青梅竹马，若不是我娘不爱钱也不爱权，我如今可能就是个金光闪闪的公主殿下了。

于公于私，皇上都是不想多看我爹一眼的。但这段时日，皇上频频地召见我爹入宫，一去就是好几个时辰才放回来。

我和沈及明里暗里多少次盯着我爹娘那院子的门，生怕错过任何一个可以知道内情的机会。这一晚快到子时我爹才从宫中回来，刚一推门进院，我往前一扑抱住他的大腿，沈及从墙外飞身而出，双臂吊在他的脖颈儿处，两个人一前一后就是俩千斤坠，哪怕我爹虎背熊腰也挣扎不开。

“两个兔崽子做什么？快放开，老子急着去见媳妇的。”

在外威名赫赫的武安侯，回府时不管夫人在哪儿都要立刻去见，随后柔情蜜意一番。

在我情窦初开时，每逢碰见还会羞羞脸，后来就习以为常了。沈及的长相随了我娘，但是宠媳妇这点儿却十成十地随了我爹。

“请武安侯正面回答我们的问题，否则今晚就算我们拼了性命也绝对不会让您踏入尊夫人房间半步的！”沈及阴恻恻地开口，我狐假虎威地随声附和道：“没错！”

我爹低头看着我，我赶紧说道：“这边要是动静弄得有些大，惊动我娘出来，只要她一个眼神扫过来爹你照样要顺从，还不如现下就说了，这天寒地冻的，折腾我娘再得风寒什么的，到时候——”

“闭嘴！”我爹额角青筋一跳，声音压得更低，“要问什么快点儿问！”

沈及急忙道：“爹你进宫干什么去了？”

我附和：“干什么去了？”

我爹浓眉拧了拧：“皇上最近精神好了些，找我这个老朋友谈谈心。”

沈及：“胡说！皇上看您一眼病情只会加重，怎么可能找你谈心。”

我：“就是！”

我爹本就不擅长说谎，平日里板着一张严肃脸掩盖所有情绪。这下陡然一戳穿，他整个人恨不得头发都竖起来。沈及对我使了个眼色，我会意，侧头，扯嗓，一个山路十八弯的“娘”只是喊一半就被我爹捂住了嘴。

“长安城巡防营和禁军重新布防，皇上来找我商议。我只能跟你们说这些，你们自己掂量着办吧！”我爹眉心结一松开，仰头看着一轮清月，轻轻地叹了一口气，轻松将我和沈及都挣开，快步进卧房找媳妇去了。

留下沈及和我一脸茫然。

敢情我爹就是逗着我们玩儿的，姜果然还是老的辣。

巡防营主管长安城巡视，禁军主管皇宫内外的护卫，巡防营和禁军一个主皇宫外，一个主皇宫内，两班人马彼此分割但还有交集，所谓布防说的就是这个。

之前的布防还是我爹尚在朝中时做的，皇上想要重新换布防再找我爹去也是可以理解的，但要命的是，如今这个时间点实在是太敏感了。

齐王从刑场被抓回去后神智就有些不清，没过多久就开始胡言乱语地发疯。他身边的侍从说齐王夜夜被梦魇缠身，痛苦不已，醒来时就大声地喊着一个陌生的名字：方焦。

太医诊过脉之后回禀给皇上，过了一日圣旨才下来，念齐王已疯，也算受到了惩罚，就送他到南山寺去吃斋念佛。

这太医刚好是我四哥好哥们儿宋寓的朋友，姓李，这事情辗转几个人落到我耳朵里已经过了很多天了——齐王的疯不是自发的，而是有人在他食物里下了致幻散，让他夜夜梦见被他辜负的人。

李太医也是个大嘴巴憋不住事儿的人，趁着一次喝醉酒没忍住就跟宋寓说了。

我四哥知道了，然后我也知道了。

心疼李太医，估计很想拔了自己舌头吧！

单说齐王被人下药这件事，我都怀疑是他自己干的。如果他没疯，流放估计是免不了的，哪能像现在这样在佛寺里安然自若地吃斋饭呢！

齐王这么一倒，如今长安城的皇子除了病恹恹的六皇子谢康之外，就只剩下四皇子谢清溢，五皇子谢湛了。

谢清溢背后是两朝老臣、内阁肱骨、当朝丞相佟吾，而谢湛背后……经过种种谣言和种种误会之后，大概也就只有武安侯府了。

在外人眼里，从前默默不得志的谢湛因为大理寺接连的大案而备受瞩目，又有武安侯做后应，除了出身不好之外倒是真的可以和谢清溢争一争这储位了。

而经过昨日，就更加奠定了争夺这储位的基础。

皇上下旨，以“破案有功，忠义赤诚”为由，册封五皇子谢湛为冀王。那个不受宠，几乎是被赶出长安城的五皇子，如今成为皇室里唯一的一位亲王。

冀，希冀，希望。皇上定下的这个封号寓意深远，一时间冀王府的门槛都快被踏破了。

如今长安城守备换防，看来这天是真的要变了，只是变成谢湛……我躺在榻上，胸口像是堵着一块大石头，热时发胀，胀到整个胸腔都要爆开，每换一个姿势都要比上一个更让人难受。

谢湛如果将来真有那么一天能坐在那个位置上，他就不会再是我一个人的了。

这个想法让我恐慌，更多的是无力。这是谢湛一直以来想要的，有什么会比坐在那个位置上更能让他不会被人轻视，不会再受苦？

没有。

所以但凡自尊一点儿都不会去阻止，按如今的发展势头来看，也压儿根阻止不了。

所以我难受了片刻，就安然入睡了。

进入十二月，我就“被休假”在家了。自从谢湛被封了冀王后我们就几乎没怎么见过，唯一的一次就是他让我回家待着。说是为了我安危着想，绝对不是上位了就想踹了我找别的名门闺秀。

并且俸禄照发。

本来我听前面那句话还面无表情，听到后面这句才喜笑颜开。我就是这么一个容易满足的人。

对此，沈及说我心真大。

近来，我没怎么见谢湛，他也不好日日派人送东西来，实在太招人眼，沈及又忙着进宫去看他的小公主，就没人带我到处去逛吃逛喝了，而我的那点儿俸禄除了每个月往我爹那交的之外也没剩下啥，真的很惆怅。

这日，我偷了厨房的干馒头就着白开水往肚里咽，吃得我想哭。

我“战百郎”什么时候受过这样的委屈？这样馒头就白开水的日子，不想再有！

于是我装扮一番驾着老李的马车出了府，想着就今日跑一单“滴答马车”也不会有人发现的。

这个时节长安城滴水成冰，我以为不会有几个车夫跑来拉人，事实证明我错了。挨着墙根停着一溜马车，车夫大多都是一身紧身黑衣，那手臂的肌肉贲张得快要溢出来。剩下不那么粗壮的几个也是脚下点地无声，一看就是高手。

眼前的场景再配上身旁萧条的枯枝白雪，整个画面透出一种诡异——此地不宜久留。

我驾着马车默默地掉了个头，摸了摸鼻子望着天：“啊，我怎么记错了路，不该拐过来的，呵呵……”

刚要出这条街，前面闪过一个人影，枣红色的小母马被这速度吓得蹄子缩了缩，那人已经撩开车帘直接钻进了马车里。

我心头一喜，真是想什么来什么。

我压低声音，转了个西北口音问：“这位客官，往啥子地方走啊？”

后面一时静默无声，行事很谨慎。我的身子又往后挪了挪，套近乎道：“上了我的车就是我的朋友，这位朋友不用拿我当外人。”

这时里面才有了动静，片刻后他开口道：“去长东街角卖早点的那摊子。”

这声音清冽好听，像是春日潺潺流过的高山之水，但是听多了就容易耳鸣。我眼眸凝住，呵呵地笑了笑，道：“这位客官若是想去长东街角，就算用爬的半个时辰也能爬到了，何苦花大价钱来坐我这马车，我可干不来拉人绕行那么昧良心的事儿。客官下车吧，再有下次可遇不上像我这样良善的车夫了。”

“你确实很良善。”他似乎是在笑着说这句话，有些含糊，说完又道，“既然这么良善，那就带我去一次吧！”

很好，还会举一反三了！

我扭了扭手腕，拉住缰绳，道："那我先跟客官说清楚，我这是按时辰收钱的。"没等他回答，我出其不意狠狠地抽上小母马的屁股，顿时整个马车像离弦的箭一样"嗖"地窜出去，我清楚听见马车里传来"咚咚"两声，应该是那人没坐稳脑袋撞在一侧车板上，随后又撞上另一侧。

听着就很疼了，啧啧。

多绕了五六圈，半个时辰后马车停在长东街角时，那人腿都是软的。他伸手递出一张一千两的银票，而我从始至终半垂着眼睫，只在看见钱时才稍稍抬了抬眼。

我接过银票，他却又摸出了一张递给我："我还没吃早饭，陪我吃一次多给你一千两。"

我犹豫了片刻，接过银票将马车停在一旁，和他一起坐在一张桌子旁边。

"老板，两碗豆腐脑，五个油饼，两个不要撒葱花。"他非常熟稔地点好吃食，那老板长长地应了一声。

我垂着头数着桌子上斑驳的纹路，他也不说话。过了一会儿老板端东西上来时，很是惊喜地道："啊，小哥你来了，可有几年没看见你了。前些日子总跟你一道来的那姑娘来了，我还寻思着你怎么没一起过来……来来来，快些吃，我再给你端几碟小菜来。"

那人一筷子夹着一个没放葱花的饼放在我手边的碗里，我取下帽子，又用袖子抹了抹脸上蹭的锅底灰，抬眼看着对面的那个人。

和四年前相比，他的骨架又长开了许多，英挺的鼻，微弯的眼，是那种难以形容的坚毅模样。刚去西北的那一年，我几乎夜夜都会梦见他，之后我见过满山的桂花，看过最明艳的红日，最温柔的月光之后我就再没有在梦里见过他。

此刻这么一看，倒还有点儿陌生。

我拿起筷子夹了一个撒了葱花的油饼大大地咬了一口，他眼中浮现诧异。

咽下油饼后我才开口说道："我的口味早就变了，以前怎么也不吃葱，现在不放葱花都不想吃了。”

他唇畔溢出苦笑，道：“也是，已经四年了，口味改变也是应该的。小婳，你过得可好？我听说你如今在大理寺供职，在冀王手底下做事，我还听说——”

“挺好的。”我打断他即将到来的排比句式三连发问，以前他就这样，有时候听完他一段话，我都不记得他前面讲了啥。

“大理寺清闲，冀王殿下对下属很关照，我吃得好睡得香，最近又胖了三斤呢！你呢？听说夏大人回长安城述职，现如今在兵部，那日后必定是我大晋的栋梁之材了，敬佩哦！”

这一声“夏大人”听得他面红耳赤，我试探着换了一个称呼：“那夏将军？我也不知道如今夏大人是供的什么职位，您自己选称呼吧！”

“小婳，你一定要跟我这般客套？”

“这是规矩，也是礼貌，我要是不遵守别说我爹娘，我四哥都不会放过我的。”微微笑说着话，我抬头看了看往上爬的太阳，从荷包摸出几个铜板扔在桌子上，“我四哥不让我在外面过中午，怕被坏人拐跑，我这份钱放这儿了，夏大人继续吃吧！”

昂首阔步地走到马车边，我徒手把后面的车身给卸了，随后翻身骑上马，英姿飒爽地从摊子边呼啸而过，扬起混着土的雪准确地往那人身上扑。

迎着寒风一路驰骋，冻得脸都没有知觉了才停下。

举目四望一片白雪皑皑，亮得我眼睛都要瞎了，一时间还真没分辨出这是哪里。

自从沈及说起夏离要回来，我试想过很多种跟他见面的场景。

比如我成为大晋首富，在给大家群发金叶子时偶遇落魄沿街乞讨的他，他看着我，眼角有一滴晶莹的泪珠。

比如我成为军中元帅，呼风唤雨，小弟无数。在一次上街收保护费时掀翻了卖红薯的摊子，摊主点头哈腰地赔笑脸，我一抬眼才发现居然是已经又老又丑的他，四目相对时他眼角有一滴晶莹的泪珠……

但凡有过一段过往的男男女女再相遇，总会下意识地比较自己和对方，看对方过得不好自己才能好，让对方意识到错过自己是一生的遗憾。

可现在呢！我一个大理寺少丞，官位不高，俸禄还少，兼职去给人驾马车还被他撞个正着。他那两千两银票砸碎了我之前所有的臆想，还狠狠地扇了我一记耳光。

他离开长安城这几年明显混得比我好！好气啊！

"这个世界总是为难我这样的可爱小仙女！"恨恨地揪着缰绳，我闭上眼睛准备缓一缓寻找个方向再回去。深吸几口气，再睁开眼，惊得我一声吼："哎呀！可吓死我了！"

我正低着头，一睁开眼直接就对上一张扬起下巴的脸，这猝不及防的对视，就算他长得俊美无双也无法缓和这诡异之感。

"婳婳，你是来找我的？"谢湛靛蓝的眸子在白雪中更加显眼，神情是说不出的期待。

"是，我是来找你的。"谢湛笑得很甜，"方才管家来跟我说，看见你骑着一匹马在附近转来转去的，我还以为他看错了呢！"他说着递过手，我见周围也没什么人就搭了上去，被他托着稳当当地落在地上。

谢湛今日穿得很是赏心悦目，青蓝里袍，上面绣着一枝白梅。外面罩着一件白狐裘大氅，风毛出得极好，看着就软，就是尺寸好像有些小。

"你在自己府中也穿成这样啊……"看不出来，他还挺爱打扮。

谢湛刚解开狐裘大氅的系带，闻言笑容僵了僵，将大氅直接裹到我身上，急速别开的耳根有些发红："先进去吧！"

我眼珠一转，恍然大悟。

他该不会是发现我来后，特意换了身衣衫吧！很好，很精致。

进了冀王府我才知道，这府里还有别人。一眼扫过去，有五六个穿官服的人眼巴巴地看过来，饶是我脸皮厚也有点儿扛不住。算算时辰，这些人估计是下了早朝就跟谢湛直接过来的。

"我让管家带你到处走走，我这忙完了去找你。"谢湛伸手将大氅的带子系好，这话听得我脸更热了。

我转身离开的时候，好像听有人说兵部什么什么的，但那人刚开口就不说了，随后一行人神神秘秘地进一处小院去议事了。

我收起好奇心，随着管家逛起了王府。

因着之前谢湛在皇宫时身边只有一个伺候的小太监，后来还死了，如今开衙建府身边的都是新人，这位管家也是。看着模样他也就二十七八岁，能管着这么大一个王府肯定有过人之处。

仿佛看穿我内心一般，管家非常坦然地开口道："奴才姓年，名苏。当初上边来内务府挑人，他们都不爱来，奴才愿意就过来了。如今五皇子封了王，估计他们都后悔得不得了。"

我默了默，"年管家你是——"

年苏兰花指一竖，道："沈大人也可以叫奴才年公公。"

这王府我之前住过几日，也没什么可逛的，象征性地走一走我就去花园前面的那个阁楼里歇着了。在窗边坐着，往东面能看到一簇簇刚含花苞的梅花，往西面是刚结冰的池塘。年苏叫人在旁边支上炭火盆，我就有一搭没一搭地和他说着话。

"冀王平日里就这么跟朝臣见面啊？"

"这个奴才不知。"

"那王府里是不是多了许多人送来的奇珍异宝，带我去开开眼呀！"

"这个奴才不清楚。"

"你们王爷有没有金屋藏娇？"

"这个奴才——"年苏的话咬半截，正正经经地道，"奴才可以保证，没有。"

我有些绝望，怪不得这人能做管家，这嘴跟装了开关一样，什么也套不出来。我也懒得再跟他说话，遂将半张脸都埋在狐裘里，安静地看外面风吹下飞檐积雪，看得我迷迷糊糊的直犯困。

半睡半醒之间，比狐裘和炭火盆加一起更热的火炉贴了上来，还是半环抱姿态的，脖颈儿处细细密密的绒毛都被那股热气蒸得发颤，脸被扭过去，唇齿间跟着发烫起来，我这时才清醒过来。

这地方保不齐会有人看见，他怎么就动上嘴了？

“谢，唔——”张开嘴像是迎着他那不速之客般的舌头闯进来，肩膀跟着被转过去，侧着身子靠在他胸前，我的呼吸开始不稳，他的却在加重。等他松开我的唇，胶着的一瞬间他薄唇上的一层水光看得我脸热心跳，恨不得找条地缝儿钻下去。

他缓缓揉着我的唇，低低笑道：“小生刚到西北时就听闻‘战百郎’大名，说‘战百郎’五大三粗，虎背熊腰，性情残暴，专抢清白少年郎。如今看‘战百郎’如此娇羞可爱，小生想让‘战百郎’抢了去，只抢我一个。”

“你不害臊，还说这种话……”我捂着耳朵不想再听他瞎说，再听下去我觉得我要变禽兽了，那种扑过去对着他的脸一顿乱啃的禽兽。

本来我就有点儿扛不住谢湛这张脸，这双眼，如今也不知道他哪根筋被打通，小情话说得一句更比一句撩，撩得我脸红心跳，还有点儿腿软。

“如果不是如此，怎么能亲到你。”他的唇逐渐向下，滑过下巴，寸寸吸吻着我的脖颈儿，看来我明日出门要围个脖领子了……

等谢湛终于放开我时，我急促地呼吸着，羞涩地埋首在他的肩窝处，这才发现他身上又穿了件狐裘大氅，和我身上这件一样。

“这狐裘大氅情侣装？”

“前些天和武安侯去西山打猎，猎到两只白狐，我叫人拿去做了两件一样款式的大氅，你身上的这件狐裘是特意给你做的。”

哟，还是情人装，够浪漫的啊，怪不得我穿着尺寸刚好。

“武安侯？你和我爹去打猎了？什么时候的事我怎么不知道？”想想我爹和谢湛站在一起的画面，我整个人都不好了。

“武安侯私下找我过去的，这事儿没谁知晓，当天一个随从也没带。”谢湛给我倒了杯热茶，我喝了一口还是压不住震惊：“他叫你，你就自己一个人去了？万一出个什么事儿可怎么办？我倒不是说我爹会害你……”

“武安侯想试探我，我当然要以诚相待。毕竟，武安侯府的未来女婿也不是轻易就能当上的。”谢湛展颜一笑，容颜明丽，眸底澄澈，却是说不出的认真与坚定，“我当时想过了，就算武安侯让我上刀山下火海，我也不会有丝毫犹豫。还好，他也只是试探我没怎么下狠手。”

我将下巴搭在他的肩窝处，眼睛盯着不远处窗棂上的雕花。

“怎么不说话？是生气我没告诉你，还是……担心我？”谢湛一只手在我脊背上轻轻地拍，和他在一块儿什么话我都不用说，因为他都替我说了。

轻轻地叹了一口气，我环住他的腰身，将这个拥抱扣得更紧密：“我没想到我爹会来找你，我以为他什么都不知道……”

我们兄妹八人的事情我爹素来不怎么过问，尤其在我精明能干的娘的衬托下，我爹的形象更是粗犷豪迈。我是真没想到他会知道我和谢湛的事儿，还会背着所有人私下去找他。

这一刻我体会到了久违的父爱。

享受了一会儿相拥的甜蜜，我将身子往后退了退，眼睛盯着他，道：“你怎么和朝臣来往这么密切，不怕有人说闲话吗？”

谢湛笑眼弯弯地欺身又拥紧我：“那你会说闲话吗？”

我蹙眉：“我能说什么闲话？”

“那就行，我只管你就好，别人我实在是分不出心去管了。”

顾左右而言他，以情话堵我之口。

如今谢湛这套路是越使越顺了……行吧，谁让我就吃你这一套呢！

转眼进入腊月，快到年下，日子过得飞快。

这些日子我依旧是偶尔去大理寺点个卯坐上半日，听何进讲讲新段子再回侯府。也不知道是我来的时间不对，还是大理寺如今借着谢湛封亲王的名声扬眉吐气，人人忙得脚不沾地，反正我来几次都没碰上纪南方。

当然也没怎么看到谢湛。

只不过我每次来，就有人送来几盘热腾腾的糕点，全是我喜欢的口味，我吃得眉眼皆开，再出大理寺就是精神饱满，可以通宵打马吊的那种。

这一日我吃掉三盘梅花糖糕，出来时精神饱满，肚子还有些撑，就没坐何进赶的马车，打算自己一个人消消食走回去。

很快我就非常后悔这个决定。

我绕了路，从西门街往回走，走到望月楼门前就听到自二楼有人热情地呼喊：“嗨，沈家小八，可真是巧。”

我停下脚步看过去，居然是谢湛他四哥谢清溢：“本来我还想去武安侯府找你呢，如今刚好碰上，快上来喝杯茶。”

他这么热情洋溢的打招呼，我不去也不太好。进了门就有店小二来引我过去，一推门我才发现这雅间里还不只是谢清溢一个人，他对面还坐着位公子，容貌倒是其次，主要是人气质舒朗，看着很顺眼，还很眼熟。

“沈姑娘不记得我了？之前淮方行刑那日，在下与沈姑娘有过一面之缘。”

他这么一说，我倒是想起这档子事来，原来是那日对我笑的那个人。

谢清溢的眼睛在我和那公子身上转，露出欢喜的笑意，道：“原来你们早就见过了，这话怎么说的，姻缘天注定啊！”

“啊？”什么姻缘，谁的姻缘？

谢清溢见我面露不解，好心解惑道：“上次我跟你说过要给你介绍个朋友，本来想着把画像送去侯府呢，刚好遇见你，还刚好你们之前就见过，这不是缘分是什么？小八啊，我跟你讲，这言树可是长安城出了名的青年才俊，不是我跟你夸大，他……”

后面的话我没听进去，整个脑子都被谢清溢振聋发聩的“缘分”两个字砸得一片空白。

“沈姑娘，沈姑娘……”

我回过神时雅间里谢清溢已经不在了，估计是想给我们这对“有缘人”提供单独相处的机会。

“沈姑娘是身体不舒服？”

我摇摇头，虽然这言树看着哪儿都不差，但那脚踏两条船的事情我是不会干的。我斟酌着开口道：“言公子，我觉得四殿下是误会了，我才从西北回来不久，还要在朝堂上发光发热的，现下还没打算考虑婚嫁的事情……”

“我知道的。”言树轻声打断我的话，“之前在刑场时我看见沈姑娘和五殿下关系非同一般已经心中有数，君子不夺人所爱。我托四殿下搭个线，不过是想和沈姑娘交个朋友。我对西北风光很是向往，也希望能多和沈姑娘聊一聊西北的事情。”

伸手不打笑脸人，他这般说我反倒不好再说拒绝了：“言公子如此坦诚，你这个朋友我交了。”

言树自袖口取了张银票放在我手边，笑得斯文又内敛，娓娓道：“这是定金，哦，沈姑娘应该还不知道，在下是写话本子的，想由沈姑娘口述西北趣事，由我执笔记录出版一本《西北见闻集》。定金沈姑娘先用着，等话本子成了之后还有尾款。”

居然还有这种操作？敢情这位当时见我时双眼带光，看中的不是我的皮囊也不是我的灵魂，而是闪闪一大袋子金子。

“这有份合约，要是沈姑娘觉得价钱不合适我们可以再谈的，直到谈到沈姑娘觉得可以签这份合约为止，我们书斋跟沈姑娘合作诚心诚意，还请沈姑娘给我们一个合作双赢的机会。”

一场相亲最后演变成了谈生意，这转变真让人啼笑皆非。但一看合约上写得那笔尾款数目，我觉得偶尔笑一笑也是有助于身心健康的。我矜持地一笑，道：“既然言公子这么有诚意，我再推拒就矫情了。”

之后我除了在侯府躺着养膘儿、在大理寺坐着养膘儿之外，每日的活动多了一项——到望月楼给言树说书。言树是个好听众，我说的每一个点他都能给我建议，绝不会冷场，有时候兴起还能跟我对唱一曲西北民谣。

谢清溢估计完全想不到，他眼里我们的“友爱”相处，其实内容如此奇葩。

这一日我从大理寺出来照旧往望月楼走，何进驾着马车赶到门口道：“属下送大人回侯府吧！”

“不用了，我走回去就成，没事，我不会跟冀王说的。”

之前每日我都这么跟何进说，他象征性地挣扎一下就会放我走，今日也不知道为何格外固执：“冀王殿下吩咐了，属下也不好违背，这雪天路滑的，还是属下送大人回去吧！”

我心里有些不高兴，还有点儿着急，何进眼看着我没动，跳下马车伸手就要过来拉我，手伸到半路觉得不妥又收回去，挠了挠脑袋，期期艾艾唤了一声：“沈大人……”

我吃软不吃硬的个性，看他这样我顿时也没了脾气，撩开车帘坐进了马车里。

我虽然甩不开何进，但是想办法让何进驾着马车绕路还是可以的。借口要吃望月楼的蟹粉酥我让何进在门口停了马车，他左右看了看：“那大人快一些。”

“你今日是怎么了？家里着火等着你去救？怎么急急躁躁的？”

这会儿他倒不说话了，就只抿着嘴。我急着去和言树打个招呼，也没再去管他，径直往楼里走。

言树和往日里一样坐在雅间等我，我抄着桌子上的茶杯喝了几口水，才道：“一会儿大理寺有急事要处理，今日怕是没时间给言公子说书了。”

“哦，这样啊，那今日不能和沈姑娘说话可真是遗憾。他日沈姑娘可要给在下补偿才行，毕竟，在下有合约在手。”他这一句话说得我差点儿被自己的口水呛到，狂咳不止，谁能想到瞧着这么斯文的小哥居然也有做恶霸地主的潜质。

言树靠近，伸手拍着我的脊背帮我顺气，也不知道是咋的他越拍我越觉得后背发凉，身上这件厚厚的狐裘大氅在这一刻薄成了一张白纸，一口气都能吹透。

我下意识地心里发慌，下一刻雅间的门“砰”的一声被人从外面踹开，何进收了脚，给了我一个“自求多福”的眼神，便闪开了身。

他身后的人明明嘴角挂着浅淡的微笑，眸底却冷若冰霜。

我挡开言树的手离他远一步站着，看着谢湛那虽然不动声色，但明显气到癫狂的模样，第一反应是心虚。

可我没干什么见不得人的事，我有什么可心虚的，于是挺胸抬头，没话找话道：“你怎么来了？”

我不知道这句话哪个字刺激到他那颗骄傲的心了，谢湛的呼吸陡然变得粗重，整个人像豹子一样迅速地靠近我，手攥着我的手腕，拉着我就要往外走，如果我是那种娇滴滴的小姑娘，估摸着骨头都要被他捏碎了。

“冀王殿下身份贵重，但也不好在大庭广众之下就强抢民女吧！”言树挡在我的面前，丝毫不惧他浑身的戾气。

不见谢湛发脾气，连声调都不改分毫，只是陡然力道变大的手泄露了他此刻的情绪：“本王和沈大人有公事要谈，不可耽误。”

言树看了看我，让开了路，抬手一揖道：“是草民误会了，在这儿向冀王殿下赔罪。那沈姑娘，我们明日照旧这个时辰在这儿见。你上次说到西北军营附近有满山的桂花，明日我让他们做些桂花糕来，边吃边聊，你看……”

话音未落，谢湛突然松了手，失去控制一样一拳打在言树脸上。言树没有防备直接被打翻在地，嘴角渗出血迹，谢湛揪着他的衣襟，拳头雨点般往他身上抡。

“你干吗？！发什么疯！”我冲上去拉着谢湛的手，这发疯的人真的是难以招架，我拉扯了半天也没有效果，等他打累了我站在他身后，双臂横过他的腰身猛地将他整个人抱起来，狠心地扔在一旁。

“言公子你没事吧？”言树吐了一口血，扶着我的胳膊借力站起来。

谢湛被我一扔，倒在放着摆件的架子上，靛蓝的眸底隐隐泛着红，一眨不眨地盯着我，像痛极的老虎，受了伤还要强撑着摆出一副倔强的模样，看得我心里一阵抽搐。

“沈婳。”他只唤了一声我的名字就没再说话，推开要去扶他的何进，决然地转身就走。

外面依旧一片白，谢湛身上穿着那件白色的狐裘大氅，我从看窗柩过去，身影很快就融入天地间，再寻不见。

我收回视线，看着虚弱的言树，道：“我帮你找个大夫来吧！”

有落地无声那般轻功的绝世高手居然能被谢湛这个半吊子给打成这样，还打吐了血，也真是奇观了。想到这，我扶着他的手一个酸软，指尖杵上他红肿的脸。

于是言树红肿的脸就更红，更肿了。

“不好意思，手滑了。”

# 第十章 想你想你想着你

谢湛来望月楼的那表情、那语气、那控制不住挥舞的拳头，按照我从小到大看话本子无数的经验来看，他应该是来捉奸的。捉奸捉双嘛，这个“双”自然是指我和言树。但是我和言树也没有做什么，若是正常人也可能就当成单纯路过，尴尬地聊几句就离开了，但谢湛不是正常人。

别说纪南方这种比较容易引起误会的人，就连那一张骷髅脸的钟无羡，还有那没事儿就哭唧唧的何进，谢湛都会有危机意识，更别说是已和我私下会面许久的言树了。

谢湛偏执、占有欲强，他是因为在意我才会这么轻易地被激怒，这个我理解，所以我象征性地拦了拦便让他继续了。

反正打的也不是我。

而言树的伤，真是伤得非常有技术含量。看着肿头肿脸的吓人，大夫诊了脉说他内里没什么损伤，开点儿跌打损伤的药酒抹一抹就好了。

谢湛使那么大力，其实也没造成什么严重后果，我觉得以后这种事真的不要让他来了，丢人得很。

“多谢沈姑娘送我过来。”

言树满脸感激之色，我忍俊不禁，对他道：“言公子还是等嘴角不渗血了再说话吧！”瘆人得很。

虽说罪魁祸首是抽风的谢湛，但言树被暴打这事儿是因我而起，我愧疚地在医馆陪他包扎上药，又将他送回了他家中，这么一折腾天已经快黑了，大理寺衙门也快下衙，我干脆就直接回侯府了。

临走前言树发音含糊地叫住了我：“我等着沈姑娘明日再来。”

得，还赖上我了。

我呵呵笑着应承下来，转身离开。一进武安侯府的大门，福伯就迎了上来：“大理寺那边有人来了，正在花厅等着你呢，坐了有好几个时辰了。”

我点点头，进了花厅见是何进我一点儿也没觉得意外。而见到我的那一刻，本来正襟危坐的何进一秒变脸，“扑通”一声跪下，眼看就要来抱我大腿，我非常有先见之明地往旁边一侧，他扑了个空之后直接抱着桌腿哽咽道：“属下上有年老的父母，下有红粉知己无数。沈大人啊，救救属下吧！”

我发闷的胸口此刻堵得更厉害，气急了反倒笑出声，拣着把椅子坐下，问道：“我能救你什么啊？”

“冀王殿下那儿，还请沈大人说说情，不然，不然——”

“不然怎样？他还能杀了你？”我喝了一口桌上的茶，温温的，晾得刚好，“冀王让你日日送我回侯府，我没让你送这事儿怪我，若是罚俸我帮你补上，降职的话……估摸着也没有可降的空间了，放心吧！”

何进哭声一滞，随后咧着嘴准备酝酿着更猛烈的攻势，我随手拿了个果子塞进他嘴里，也懒得再跟他说笑，笑得我脸酸。“你虽说是我的下属，但整个大理寺是冀王掌管，所以他让你做什么你就得做什么，我也不能有什么意见。我只是觉得你有点儿像墙头草，前几日你没跟冀王说，是在心里衡量，今日既然跟他说了，也预备着跟他一起去望月楼捉……捉奸？就算是捉奸吧，那你也不应该在我上马车时就那么明显地提醒我啊！

“你既要出卖我还想卖我个人情，你心中这小算盘打得可是噼里啪啦响。可冀王比你想象的要聪明，他到了望月楼就知道我和言树不是第一次见，也猜到你之前一直瞒着他。我虽然没他聪明，但也没傻到不辨是非吧，被你差点儿卖了回头还要保你？这种事我可不干。再说，如今还不知道他心里怎么想我呢，大概也不会再听我的话了。”

本来应该火力全开地怼何进，但说到最后，想起谢湛临走前留给我的那个眼神，我还是不禁声音低哑下去。

何进吐出果子，呐呐地唤了一声：“沈大人……”

“他让你来找我做什么？”

何进是个圆滑聪明的人，他不会在这个时候平白无故地送上门来让我戳穿，是有人逼着他来的。谢湛这个人，有时候让我觉得他是我肚子里的蛔虫，将我那点儿心思看得透透的。

他懂我所思，知我所想，我却完全不知道他有什么打算。我和谢湛之间看起来每走近一步都是谢湛在询问我之后，循序渐进地发展，但实际上我始终都是落了下风。

这种智商上的差距让我想想就头疼。

“冀王殿下说，他后日生辰，问沈大人能不能亲手做一碗桂花圆子当成贺礼。”

每一次我们之间有一丝丝嫌隙，谢湛都会不经意地用我们在西北的那段回忆来让我心软。

我这次也和过去一样，心瞬间像被一只无形的大手揉碎，但也就只是那一瞬间而已，我摇了摇头：“你告诉冀王殿下，这时候不是桂花开的时节，做出来的圆子也不好吃。还有，让他不用再想办法派人过来了。至于你——”我叹了一口气道，“你既然这么聪明，哪里用得着我来救，该干吗干吗去，下次说话直接说正题，别再来欲扬先抑这一出。”

何进脸部颜色变得和彩虹一样，末了抱拳一礼：“属下知错了。”

腊月的长安城，寒风吹得喧嚣。

可能就是因为风太大，小道消息也顺着风而四处飘散，传得比往日都要快得多。

翌日长安城就疯传着：冀王上位伊始如着三把火，望月楼暴打无辜百姓甩手就走，即不道歉，也不赔偿。

四皇子谢清溢背靠丞相佟吾都还只是个皇子，而冀王用小半年时间从一个没名分的胡姬所生的皇子一跃成为亲王，这对比本身就够有爆点。

普通百姓最想看的就是草根阶级的励志上位史，如今这冀王还没上位几天就开始膨胀得打人了，这实在是让暗地里支持并歌颂“有梦想谁都了不起”的大众们失望不已，甚至义愤填膺，不敢当众抨击，就私下聚众侮辱人了。

我有幸听到一段侮辱谢湛的话，那叫一个舌灿莲花，字字锥心。如果不是我认识谢湛本人，还真会喜欢上那个人，我可能真就信了他们的言论，跟着一起鼓了掌。

这件事后续的走向也出乎我的意料，有人在侮辱谢湛之余分析起了冀王上位史。

冀王是在掌管了大理寺之后才开始在世人面前有存在感的，齐王谢元启、淮王谢南岸都是在这阶段出的事。两位亲王一个流放，一个疯癫，谢湛却乘了办案有功的东风上了位。

如果说是碰巧，这运气未免也太好了些。

这猜测如同滚雪球越滚越大，由民间传到朝野，再传到皇上的耳朵里，不过就是短短一日的工夫。

冀王被传召进宫，他承认打了言树，但坚决否认齐王和淮王的事情跟他有关。皇上并未多说，只是让冀王带着补品亲自去向言树赔礼道歉。

冀王却是认打认罚，但绝不向言树赔礼。皇上龙颜大怒，当场传了藤鞭，冀王咬着牙忍着不发出一点儿声音，最后被打到昏厥，是被抬着回的冀王府。

皇上这一言不合就抽人的习惯还真是十年如一日，当年我大嫂以平民身份状告太医院院正慕正，以民告官要被杖八十，还是我大哥沈一出面替我大嫂挨的打。

这夜我躺在榻上翻来覆去地难以入睡，只要我一闭上眼仿佛就能看见谢湛浑身是血，气息奄奄地瘫在榻上，眼眶通红地看着我，道：“婳婳，我疼……”

他肯定会很疼，可我的心更疼，疼得难以言表。

睡不着索性不睡了，我裹着狐裘坐在窗边，就着月光数着被风吹落的雪花。

我几乎可以想象这个时候，就在这座长安城，谢湛醒来时脸上不会有一丝一毫的痛苦色，他会将这些积攒着，等到再看见我时，一股脑儿地摆出来给我看。

数了三百二十四片，我盯着雪地一片白的眼睛终于被晃得有些睁不开，索性闭上，对着空荡荡的庭院自言自语道：“谢湛，怎么会有你这样的人呢？看西北的事情没让我心软，就想方设法地糟蹋自己，直到我心软为止。唉……不知道我上辈子到底造了什么孽，这辈子遇上这么一个你，长得妖异就算了，人也多智近妖，我认输。”

自己絮絮叨叨地嘟囔了好半天，我推开门走了出去。

东方破晓时，府中各处一片寂静，厨房里没人，只有各种食材齐齐整整地堆在案台上。案台下边有一个半人高的瓦罐，打开盖子一股浓郁的桂花香扑面而来。

我娘最喜欢桂花，记忆里每年秋日桂花盛开时，我娘都会带着我们兄妹几个拿着长长的竹竿将花打落，沈及最不喜欢出力，一只手抱着我，一只手捞着一捧桂花，两个人躲在远处咬着花瓣里甜香的汁液。

每当这个时候我爹就会鬼魅一般地出现，然后把沈及暴打一顿。

收起来的桂花兑上蜂蜜和糖水储藏在瓦罐里，做圆子的时候就舀一勺桂花糖浆进去，这味儿我从小吃到大。临去西北前夕，我娘担心远在千里之外的我吃不到这一口，就给我临时突击了一下厨艺。只不过西北的军营里有做桂花圆子特好吃的伙夫老王，也没我什么用武之地。

糯米粉揉成小圆子，在锅里煮到软烂，再加桂花糖浆进去，小泡泡“咕嘟咕嘟”地冒出来。

“哟，八小姐你怎么在这儿？”

门口有了动静，来上工的厨娘陈大娘见到我震惊不已，我拿着大勺子将圆子盛到砂锅里，将盖子盖好，才笑了笑道：“今日是冀王殿下生辰，他想吃我做的桂花圆子，我就赶着做了点儿给他送去。对了陈大娘，我半夜起来现下困得很，劳烦你把这个装食盒里，差人送到冀王府去，就说是我送的就成。”

陈大娘笑吟吟地拍着胸脯道：“八小姐放心吧，我马上就差人去办。今日有你爱吃的粉糕，大娘给你留几块放锅里热着，等你睡醒了再来吃。”

“多谢陈大娘了。”

东苑后面的墙外就是一条巷子，僻静得很，这寒冬腊月的更是没什么人。我从墙上翻过去落了地，见墙根下杵着一个人吓得我脚一滑，结结实实地摔了个四仰八叉。

沈及伸出手，把我拉起来。

“四哥这是玩了一宿刚回来吗？这么巧，我也刚要出去玩的。”

沈及没回答，静静地看着我自圆其说。如果平时我能跟他演上一整场《西厢记》，可今日我是真的没心情，那假笑没撑一会儿就撑不住了。

“大哥从前的那些关系网也没有全交给方焦，很多要紧的其实给了我，万一武安侯府他日遇到个什么不测，也好能早做安排。前几日我就听到消息说你总往望月楼跟人见面，交个朋友也无可厚非，可那个言树我怎么查也查不到他的底细。”沈及眉头一蹙，审视般地看着我，“你对冀王的心思我知道，如今他出事在家你让别人送东西给他，自己却去别处……小八，四哥不能看着你冒险，哪怕只有万分之一的可能，我也不会让这种事情发生。”

谢湛如果说是我肚子里的蛔虫，我四哥估计就是吃我心头肉长大的蛊了。我感动之余脑壳儿还有点儿疼：“我确实是去找言树的没错，谢湛把人给打了，现在又闹得这么大，我想让言树出面解释一下这件事。再说这个风口浪尖上我怎么可能大白天就去看谢湛，夜深人静才适合啊四哥，你这关心则乱想太多，都影响你机智无双的判断力了。”

沈及定定地盯着我，像在逐字逐句地分析我这段话。我毫无畏惧地迎着他的视线，道：“你方才说你手上有一些大哥的关系网，那肯定知道长安城不少劲爆的消息了，放出一点儿去分散一些谢湛这件事的热度，这样等言树再出面一说，估计事情就差不多能了了。”

沈及盯着我，我回盯着他，四目相对讲究的就是耐力，半晌他揉了揉眼，摆摆手边走边道：“还没嫁出去的妹妹好比泼出去的水，还没怎么样就让本热血少年帮未来妹夫忙活了，啧啧……”

我凝着眼看他飞身越过墙之后才敛起脸上所有表情，我这么多年锻炼出来的演技就在方才这一刻爆发了，不容易，总算能骗过我四哥一次。

我到的时候言树依然在家里，被暴打的猪头脸看着没昨日那般不可直视了。

他这模样说话着实是有点儿费劲，我也就没跟他做唇舌上的客套，开门见山地开口道：“望月楼的事情我想让言公子出面解释一下，这是一场误会。如若言公子肯帮忙，条件随便开，能办到的话我都可以答应你。”

“我有一位朋友，他的娘亲因为不得他爹的喜欢，死后都不得入土为安，只能火化成骨灰装进盒子里。他爹明令不许任何人祭拜，我那位朋友这些年只能在生辰当日偷偷地去祭拜，儿的生辰娘的苦日，尽尽孝心也是应该的。只是可惜——”言树开了口，不像昨日那样含糊不清，咬字清晰，停顿得当，成功地让我一颗心提到了嗓子眼儿里。

“可惜什么？”

“可惜今年那位朋友行动不大便利，不过就算是行动方便估计也是尽不了孝心的，因为他娘亲的骨灰盒被贼人盗走了。可怜他娘亲生前遭受欺凌，死后受不到香火，如今连个安身之所都没有。”

“你们！你们欺人太甚！”我立时想到谢湛，怒极攻心，手朝着他脖颈儿而去，却被他一个旋身轻松避开。

我从第一眼在方焦的行刑场上见到言树的时候，就觉得似曾相识。

不是那张脸，而是那身形步法，灵动轻巧，落地时几乎无声无息，是绝顶高手。在我驾着“滴答马车”撞见夏离的那一日，那街口一溜的车夫里，应该就有言树。

沈及都查不到的人不是真的没什么问题，就是问题极大，用各种手段掩盖身份，让人查不出所以然来。言树，很明显就是后者。

他既然想尽办法地接近我，肯定是有所图。谢湛的名声能在一夕之间崩塌成这样，言树，以及他背后的人都脱不了干系。

我捉摸不透言树让我来的目的，反正肯定不会是什么好事。

我稳了稳身形，也稳了稳情绪，沉着声道：“话既然已经说到这个地步了，你到底想怎样直说吧！”

言树扯着嘴角，道：“作为朋友我自然是想帮他的，奈何我的脸伤成这样，这寒冬腊月的也不好抛头露面出去吓人，不如沈姑娘帮帮我那位朋友，往千南山走一趟去拿回骨灰？”

我没有任何犹豫立刻应了下来：“好，我去。”

我转身欲走，手腕却被猛地拉住。行武之人的手掌比寻常人要冷硬，这么一触真像是一块冰贴在我皮肤上，凉到钻心。

言树挑着眉眼，似是有些惊诧，道："你这么轻易地就要去千南山？你就不怕我骗你？"

我抽了抽手腕想甩开他，他反倒抓得更紧，我冷着脸道："不管你是不是骗我，我都要去，我不能拿他娘亲的骨灰开玩笑。"

之前谢湛数次提起过，当年在冷宫旁的宫宇之中他和他娘亲相依为命。如果言树所言非虚，那千南山上放着的就是谢湛母妃的骨灰。

如果因为我的顾虑，让谢湛娘亲的骨灰在这世上绝迹，别说谢湛，就是我这辈子都不会原谅自己。不管是真是假，我都要尽力一试。

言树眼中分明有一瞬间的迷惘，却只是片刻就恢复如常，他将手指一根根地松开："雪天路滑，既为君子不能让沈姑娘这样的女子独自前行，在下已经备好了马车，可以送沈姑娘过去。我那位朋友入夜前便要祭拜亲娘，倘若沈姑娘酉时二刻能拿回骨灰就再好不过了。倘若不能，夜间风大，那一盒骨灰瞬间就没了。"

这威胁可说是绵里藏针了，只是我瞅着他这模样，真的很后悔，谢湛打他的时候我为什么没跟着一起动手。

我这么大力气，最起码能打他个面部瘫痪。

如今正值长安城守备换防期间，城门查管得很严。马车有些颠簸地在城门前停下，有驻守的侍卫例行检查。

车帘被撩开，瞬间灌进来的冷风激得我直打哆嗦。

"这是怎么回事儿？"

检查的侍卫上前询问，声音清冽，无比耳熟，居然是有些日子没见的夏离。听说他去了兵部述职，如今却接了巡防营的差事在城门前守着……

我突然想起和谢湛在大雪天约打猎的我那慈祥的黑脸父亲，守备换防是他安排下去的，他不会是故意找夏离的碴儿给我出气的吧！

这么公器私用？

我喜欢。

随后驾车的车夫开口道：“这是我家公子的一个朋友，身患重病要送出城去找游方神医宋凉医治。军爷也知道，宋神医行踪不定，如今这时候也就只能死马当活马医，拉出去碰碰运气了。”

为了让我成功离开长安城，还不能因为我是武安侯之女的身份引起骚乱，我要在马车里呈挺尸状，当然，脸上戴了层人皮面具。

我虽然在西北从过军，但到底没走过江湖，这还是第一回用上传说中的人皮面具。

就一个感受，糊得我脸紧绷绷的。

夏离沉默了一会儿，再开口时声音沉了沉：“行了，走吧！”

我上一次到千南山还是因为去大理寺兼职背尸体，那时满山红枫，现下只剩白雪压枯枝，寂静的山林空无一人，看着无比的凄凉。

已经过了正午时分，太阳貌似罩着层纱衣，没舍得分太多的光泽给大地。我扯去脸上那层人皮面具，紧了紧身上的狐裘大氅。

“我家公子说让小的就送姑娘到这儿。”车夫冷冰冰地扔下这一句话，赶着马车便离开了，走得却是跟长安城相反的方向。

我往手心哈了一口气，提步踩着山间小路快步往上走。越到这个时候，我心里越发平静，我不知道会发生什么，但我的目标是坚定的，不论以后的路如何曲折，我尽了全力就不会后悔。

我娘总说，我们兄妹八人虽然长相各不相同，但骨子里的倔强都一脉相承随了我那英明神武的爹。他当年为了我娘甘愿放弃亲手打拼下来的前程，现在我也想为我喜欢的人做些事情。

也是这一刻的奋不顾身才让我意识到，我原已经这么喜欢谢湛了。

我虽然嘴上说，烦谢湛每一步都要算计都要计较的模样，但实际上我说得厌恶的地方恰恰也是我喜欢他的地方。

而这些，可能要归功于夏离了。

夏离十来岁就在军营跟着我爹，我情窦初开时就喜欢那个时不时就带我策马，陪我打猎的英武小将军。那时每日只恨天亮得太晚，黄昏来得太早，让我和夏离在一起的时间那么短。少女的情思来得热烈，恨不得跟整个长安城的人说，我沈媔看上了夏离小将军，你们都给我离他远一点儿。

所有人都知道我的心意，所有人都恨不得以身代之，替夏离小将军出面应下我这段姻缘，只有夏离本人对此一言不发。

他不排斥跟我往来，每每在一起我也觉得他是开心的，但他从来不说承诺，也不给我一句准话。我那时觉得他大抵是矜持，却不知，他若想过我们的未来，怎么会连句回应都没有。

再后来，元庆四十六年，原太子谢乾被揭发多条罪状，废黜在即，夏离突然找上我爹，请求我爹出面帮太子渡过难关。

“我会娶小媔为妻，我这一辈子都会对她好。”

彼时我在花厅后面偷偷地听墙角，我没想到我听到这一句日思夜想的话，是在这样的情况下说出来的。

夏离是谢乾的人，他靠近我，他接近我，为的也不是我，而是我背后的武安侯府。我爹那样的暴脾气都忍住没有暴打夏离，而是在这晚找上了我，问我：“小八啊，你是不是看上姓夏的那小子了？”

我爹什么也没说，只是单纯地询问我。我强压住眼底涌上来的热意，扯出一抹笑道：“哎哟，都是大家开玩笑的，我还小呢！”

我爹点点头说好，我却分明见到他松了一口气。

再后来，原太子谢乾被废，夏离没有被牵连太多，只是外放。第二年秋日过后，我请命去了西北。

夏离离开长安城之前，来见了我一面。

“我知道我没有被牵连是武安侯的意思，小媔，我对不起你。”

我偷拿了两坛酿好的竹叶青酒，人生第一次喝酒，却越喝越清醒，干脆将剩下的酒封住，埋在院中的那棵梨树下。那夜下了雨，走了人，我捂着脸终是哭得泣不成声。

而后我遇到的许多人，只有谢湛像夏离，却又不像。

他和夏离一样是带着目的靠近，却不像夏离一样藏着掖着，而是捧着那颗心，那份藏不住的感情到我面前，清楚明白地说清他所想，所要，将所有好坏都摆在台面上，让我自己选择。

我想要的，不过就是一个喜欢我，我也喜欢的人。只要我喜欢，我什么都可以为他做。

夏离不明白我的心，而谢湛懂我。所以我面对谢湛时总是防备他，却又忍不住泥足深陷，说到底……还是因为他长得好看。

一边矫情地分析着我的感情史，一边往上爬，这山路显得比那日短了许多。山顶有一块地方被炸得凹下去，看起来像一个大坑，旁边还时不时的有沙土和着雪粒往下滚。

我四下翻找着谢湛母妃的骨灰盒子，这茫茫一片白晃得我眼睛快瞎了，手拿着柄匕首在稍微凸起的地面上挖着，手冻得通红，开始还觉得冷，后来麻木也没什么感觉了。

时间一点儿一点儿地过去，翻找却毫无进展，我阖上眼睛一边歇一会儿，一边在思考着对策。

山顶这么大，像这样毫无章法地找，明年谢湛的生辰都找不到。言树既然让我找，肯定是有所目的的，他的目的是什么呢……

——“倘若沈姑娘酉时二刻能拿回骨灰就再好不过了。”

我脑中回荡着言树的这句话，再抬眼看了看天，快到酉时了。

可为什么是酉时二刻，掐得这么精准的时辰？

就好像是酉时二刻在等着谁一样。

这个念头在心口一转，我倏地睁开眼走到那个大坑前，安静地打量了一会儿，小心地顺着大坑的斜面往下滑。

这坑倒是不深，因为是被炸开的，四周凹凸不平，一个没站稳就容易摔倒。没一会儿就滑到了底，我拿出随身携带的火折子，借着火苗四下打量。

不远处有一排脚印，因为太深，就算在下雪也只是薄薄地掩了一层，脚印消失在拦腰处有一大块凸起的洞壁，下面滚下来的沙土比别的地方都要多，是有人踩着踏上去的结果。

将火折子含在嘴里，我反手握着匕首，艰难地照着那凸起的洞壁往下凿，凿了几十下匕首受了太多力“啪”的一声卷刃断了一截，我急得没办法，只能徒手上去扒。

指尖渗出血来，我却笑开，因为扒开的那地方摸到了木料的一角，找到了！

“真的在这儿，太好了，太好了。”

我一边嘟囔着一边给自己鼓劲儿，最后那盒子被整个挖出来，我紧紧地把它抱在怀里。

酉时一刻，我从衣裙下摆扯开一大块布，将盒子包起来绑在我的小腹处，再用双手托着施展轻功飞快地从山顶往下跑。

其实一跃而下是最快的，可我也不是那些情爱话本子里的女主角，随随便便跳个崖也不会死。

谢湛还在等着我，我可不能死。

寒风在我脸上肆虐，如刀如剑，刮得我疼痛无比。我体力不支，腿也有些软，脚下要踩着东西借力才能继续向前。也就是脚尖点在一块山石上时，我突然感觉到了一阵震颤。

不是我小腿肚子抽筋，是整座山在颤。

电光火石间，我脑中闪过一个画面，心下惴惴不安，脚下用力落在一棵枫树上，再蹬开时一截树枝“咔”地应声而断。

我这辈子都没有这一刻跑得这么快，活脱脱像是身后有几百条大狼狗追着我咬一样。

山脚蜿蜒的路在眼底若隐若现，我咬着牙根直接往下跳，脚刚一着地，又是一阵地动山摇。

耳边除了山石叽里咕噜往下滚的声音之外，还有“嗒嗒”的马蹄声，由远及近。

我心下一凛，腿却因为用力太过有点儿不听我使唤，只能拖着蹭着地往前走。

视线因为被雪刺激得有些模糊不清，但渐暗的天地间，那一抹靛蓝却那么清晰。

“谢湛……”

我喃喃地出声，声音和情绪仿佛都在这一刻凝住，直到那打马而来的人整个出现在我的视野中，我才终于缓过来，咬着下唇用力地向前。

“谢湛快停下！别过来！！”

马上的谢湛被我这凄厉的一嗓子吼得停住，我捂着发疼的胸口继续：“回去，快走，快！”

话音刚落，我的腿再也撑不住，整个人栽着往前倒。

谢湛立时翻身下马，飞快地伸手将我接在怀里。我闻到他身上的血腥味，被鞭挞的伤口因为骑马的剧烈动作而被撕裂得更开，他腰腿处的衣衫被染红，可以想象里面的斑驳。

“快走……”我瓮声瓮气地撑在他的肩膀上，谢湛不明所以也照着我的话做，打横将我抱起，安置于马上，他坐在我身后，双手探过我的腰际策马狂奔。

那马跑了片刻突然嘶声发狂，将我们甩下马背时谢湛搂着我的双臂收紧，按住我的脑袋在他胸前，翻滚了几个回合才停下。

耳畔是他粗重的呼吸声和紊乱的心跳声，我感觉到那股袭上来的热浪，唇贴在他心口处，轻轻地一吻。

身边的人因我这个动作浑身发怔，我趁机离开他的怀抱，掀开大氅，将藏在大氅里的骨灰盒子献宝一样地给他看：“你看，我厉不厉害？”

谢湛瞳孔剧烈地一缩，木呆呆的模样倒不像他了。

我得意地笑了笑，在那一声爆炸声响起前扑着压在他身上，双手捂住他的双耳：“谢湛，我喜欢你。”

耳膜和意识全被那一声巨响震裂，我强撑着的精神跟着一松，便没了知觉。

我好像陷入了一个冗长的梦境中。周围是一团漆黑，没有光，没有颜色，我一个人站着，弱小无助又楚楚可怜。我听见像是从遥远处传来的声音，嘶哑的、模糊的，一声又一声。

“婳婳，我让人做了你最爱吃的糕点，摆了整整一桌。”

“婳婳，红梅开了，我去剪了几枝插进白瓷瓶里，之前在西北你看着我营帐里的那瓶花眼睛都直了，以后我日日给你插花好不好？”

“婳婳，婳婳……”

这声音如魔音绕梁，刚开始听的时候还觉得挺有意思，可翻来覆去就是那么几句话越听越烦，我不堪其扰地摆摆手，对着那声音吼着：“闭嘴！”

那声音一顿，随后惊喜地狂叫：“你醒了？”

“她醒了，醒了！”

我眉头紧皱着缓缓睁开双眼，就看见黑压压一群人，脑袋挤着脑袋，看得我发怵。

“你们都先往后一些。”人群里一个娇小的女子挤过来，将那群围观的人赶走之后，坐在床边，伸手搭上我的腕间，关切地道：“小八，你觉得怎么样？哪里不舒服？”

“大嫂，你怎么回来了？”这声音弱小如蚊呐，我都听不出来是我自己的。

眼前这位看着只有十六七岁的小姑娘就是我大哥沈一的媳妇乔穗，也是声名远播脾气古怪的游方神医宋凉。

之前言树的车夫说是去找宋凉治病，我就觉得他若是去摆摊算命可以名震大晋。

“你伤得这么重，你大哥都要急疯了，我能不回来吗？”乔穗说着收了手，歪着头笑看着我，“我家小八这身体素质就是好，昏睡了七日就醒了，若是放在一般人身上不瘫痪都是万幸。”

我动了动身子想坐起来，下半身却像被大马车碾过一样酸疼得抬不起来。

乔穗按了按我的膝盖道：“虽说没瘫痪，但用力过猛肌肉拉伤，你最近半个月最好别动，要是想做什么让小四背你去。”

被点到名字的我四哥站出来一步，恭恭敬敬地点头道：“好的大嫂。”

一旁冷脸的沈一露出满意的微笑。

我也不由得跟着一起笑，可想起昏迷之前的那一幕，抿抿唇还是没忍住问道：“谢……冀王呢？”

乔穗“噗”地笑出声：“他守了你七日都没怎么合眼，方才见你醒了高兴过头去叫人，然后就直接晕倒了，福伯着人背他去客房歇息了。”

这怎么和想象中不大一样。

“得了，小八刚醒还要休息，咱们先出去吧！”沈一上前拍了拍乔穗的肩膀，看着我，“你安心歇着，哪儿不舒服就差人去叫你大嫂。直到你痊愈，我们都会在长安城。”

我点点头应下，等到一大屋子人拉帮结伙地往外走，我轻咳一声道：“四哥你留一下。”

被再次点到名的沈及在我大哥的注视下，满脸慈爱地走回床边：“小八想干吗，四哥帮你。”

等那一声掩门声响起，他那慈兄笑瞬间垮下，一屁股坐在榻边，喃喃道：“有事说事，别耽误本热血少年追求梦想。”

我斜睨着他：“什么梦想？”

“老婆孩子热炕头啊！”

我惊得差点儿坐起来，扯到拉伤的肌肉又疼得躺回去：“你要和惠安公主成婚了？”

沈及轻轻地笑着，“志得意满”四个大字像是刻在脸上：“就你翻墙跑的那日皇上下的旨，二月初二的婚期，现在皇上的龙体越发不好，算是冲冲喜。”

“恭喜啊，盼了这么多年总算要娶到你家小公主了，开心吗？”

“开心啊，尤其有这么惨的‘战百郎’衬托我的幸福，更开心了。”他阴恻恻地盯着我，“行啊阿郎，出息了，还敢骗我了，嗯？为了个外面的男人欺骗自家亲哥，你想被咱娘写进话本子里被全长安城的人攻击？”

提起这碴儿我脸上有点儿不自在，但我还真没有一点儿愧疚感，反而觉得自己帅裂苍穹。

“我想见见那个男人，你背我过去吧！”

沈及一脸“你还真敢做梦”的不屑眼神看着我，我叹了一口气道：“不背就算了，我去找大哥，我……”

“行了，行了，我背还不行，就当照顾家中残疾人士了。”

大哥在府上的这段时日，我相信沈及会是一个对自家八妹有求必应的好哥哥。

谢湛就在东苑的客房歇息，那屋子虽然平日里没什么人住，但却也整洁温馨。帷帐都是嫩嫩的粉色，床头挂满了精致的小香囊。

嗯……是沈及留给他家小公主偶然来侯府串门子歇午觉时用的。

谢湛此刻躺在榻上睡得正沉，眼下一片青黑，眼皮时不时地颤动一下，睡得十分不安稳。

沈及搬了张靠椅放在榻边，小心翼翼地将我放上去。

“我赶到千南山的时候也吓了一跳，看见他浑身是血，踉踉跄跄地抱着你走，那场面真的是惨不忍睹。这么大一个男人看见我就哭，哎，你别说，哭得我也要跟着哭了，‘战百郎’你说这是不是会传染啊！”

“这笑话不好笑。”

沈及撇了撇嘴，又道：“这小子还不错，我就是很愁，这日后咱们怎么论辈分啊？让我跟着公主管你叫五嫂，我立马就掐脖子自尽。”

我忍俊不禁，沈及见大功告成，揉了揉我的头顶：“估计你这会儿也不想走，我先出去看看。”

屋子里静悄悄的，我手臂撑在床边，凑近去看谢湛的脸。

千南山埋了火药，应该是用了什么可控制的装备，在酉时二刻将其引爆。

谢湛为何而来我不清楚，做了什么我也不清楚，我那时已经不省人事，但原本不太待见他的沈及都替他说话，就可以说明一切了。

毕竟七日七宿不眠不休地守在我榻边，这事儿真不是一般人能做得到的。

不瞎都是他命好。

我双手用力拖着下半身爬上榻，和衣躺在他的身边。

拽过他的胳膊搭在我的腰际，再蹭一蹭，整个人滚进他的怀里，脑袋抵在他的胸前。

迷迷糊糊地跟着睡了一觉，再醒来时猝不及防撞进一双靛蓝眸子里，四目相对的瞬间我们都是一愣，随后又都傻兮兮地笑开来。

“醒了？”

“嗯……”谢湛刚睡醒不久，说话时还带着鼻音，“你觉得怎么样了？还有哪儿不舒服吗？”

“你呢，你的伤怎么样了？”

我们又同时愣了愣，谢湛的头往下挪了挪，与我平行：“我们变成两个病号了，不过我好像病得更严重一些，以后我就住在武安侯府，你照顾我吧！”

“不害臊。”我哼哼唧唧地反驳着，“你只是被鞭挞再加上睡眠不足，可我行动都不方便了，明明我更严重。”

“可看你倒在我身上，手里还紧紧攥着我娘亲的骨灰盒，我这儿疼得厉害，好像被人拿刀扎了一样。”他握着我的手按在他左胸口，“你摸一摸，是不是能感觉出内伤？”

内伤感觉不出来，耍无赖倒是真的。

我红着脸想抽回手，他却握得更紧，另一只手从我脖颈儿后绕过来，按着和他做一个鸳鸯交颈的高难度姿势。

这姿势亲密，我还看不到他的表情，只能听到他的声音贴在我的耳边，低低地说着：“我之前冲到望月楼发脾气实在是不对，婳婳，我向你赔个不是，你原谅我这一次好不好？”

我手指抠着他衣襟上的竹叶花纹：“我没生气。”

“没生气就好，我不是怀疑你如何，我只是不想让旁人靠近你，你心思这么单纯万一被谁骗了该怎么办？”

我撇了撇嘴道：“我又不是不谙世事的小孩子。”

“嗯，知道你不是，可我还是忍不住担心。所谓关心则乱，大抵就是这个道理吧。”

情话小能手谢湛再次出现，几句话说得我春心萌动，萌动完还是觉得这姿势太过暧昧，慢慢地撤回脑袋，和他额间相抵。

“再睡一会儿吧，醒来刚好吃晚饭。”

我有无数个问题想问他，可这时温情难得，贪欢一刻，其他的以后再说吧！

这晚我再次醒来，谢湛已经不在我身边，皇上传了圣旨召冀王入宫。

因着我受伤，晚饭陈大娘做了稀粥配上酱菜，我这七日都没进食，一口气吃了三大碗，要不是沈及在旁边拦着，我可能把整钵粥都要吃下去。

“圣旨里没说因为什么事传冀王入宫吗？”

沈及接过碗又端了杯热茶过来：“必然不能说啊，这大晚上地传一个亲王入宫，肯定有不可向外人道的事，这怎么能瞎传呢，你是不是病傻了。”

“不是病傻了，我只是……”

“担心啊？你有那工夫多担心一下你自己吧，你瞧瞧你这腿，若是成了瘸子，你看谢湛还会不会要你。”

我愤愤地捏着枕头照着他那张脸砸过去，被沈及这么一打岔，我那点儿焦虑心思顿时烟消云散了。

翌日何进带着大理寺卿陈升大人的手令，以“传播不良信息，搅乱长安城安定和谐”为名查封了一家名叫“月鹿”的书坊。

也就是这个时候，我才记起大理寺还有大理寺卿这号人。

当然这不是重点，重点是这个罪名真的无比耳熟，仔细地想一想，和当初刑部托大理寺去四方楼抓纪南方的那罪名差不多。

当然这也不是重点，重点是这《月鹿书坊》的掌柜不是别人，正是言树。

只是大理寺去人的时候，《月鹿书坊》早已人去楼空，连言树的影子都没看到。

大理寺下衙之后，谢湛又亲自来送补品了。

他身上的伤还没有好全，走起路来步子很缓慢，但从脸部表情来看，完全看不出他身上有伤，真是坚强无比。

“今日觉得如何？有没有好一些？”

谢湛坐在榻边，翻了翻我手中的话本子道：“《月鹿书坊》那儿封了几十箱的话本子，你若是喜欢，我回头让人都给你送来。”

我摇摇头：“这回你自己翻吧，别找我一起了。”

谢湛一怔，手顺着捏了捏我的脸：“婳婳，你怎么这么聪明？”

“过奖，过奖，看跟谁比吧，跟你真的是比不了，也就比何进稍微聪明那么一点点。”

上次四方楼的东西拿到谢湛府上去，我一翻直接就翻出了与齐王相关的罪证，怎么可能那么巧？这回若是再翻出谁的罪证的话，那我这么神，估计要被当成个妖怪拖出去点天灯了。

谢湛笑了笑，曲着腿向前，将我抱在怀里，两个人叠坐着靠在软软的靠枕上。

“谢湛。”他揉着我手指的动作未停，应了我一声：“嗯？”

“我有话想问你，如果你不想说……”

“我知无不言，你尽管问。”

我“嗯”了一声：“那就从头说起吧，淮王和齐王的事情，你参与了多少？”

谢湛说我聪明，其实我也不聪明，我只是用很笨的方法去想事情。从外人的角度来看，谢湛不过是走了大运，接了大理寺的差事，查办了两个皇子的纰漏，因此一步登天，他算是个局外人。

可若他只是个局外人，最后受益的人绝对不会是他。

我和谢湛经常在一起，说他是幕后黑手操控一切怕也谈不上，但他绝对不是一个单纯的看客。

谢湛沉默了片刻开口道："从米螺临死前说出淮王兄那时起我参与进去，做的事情其实并不多……只是，钟无羡，算是我的人。"

"什么？"我差一点儿又要跳起来，被谢湛搂住："别乱动，小心你的伤。"

"但他也不是一开始就是我的人，我只能跟你说这么多。他坑你入狱的前一晚找上我，将自己的身份和盘托出。对于钟无羡的所作所为，有一半是我的授意，这长安城我不去争斗，别人也不会放过我。我让他想办法把你坑进大牢里，我再将你放出来，才有了四方楼的那场火。那晚之后我总在做梦，梦见你身边是熊熊的火焰，梦见你对着我哭，骂我骗你又害你。我从没想过将你置于危险之中，可我不杀伯仁，伯仁却因我而死。"

我从一开始的震惊里慢慢地走出来，抓着他的胳膊咬了一口，本想咬他个鲜血淋漓，但咬下去后又舍不得，只是浅浅淡淡地咬出了一排牙印："谢湛，你真的是坏透了。"

"嗯，是我坏，是我不好。"他认罪倒是从善如流，我听得心头更窝火，一拳捶在他的胸口，"别撒娇，继续交代。"

"齐王兄的事情结束之后，我就让钟无羡离开长安城出去躲一阵子。这次言树的事情，我一开始也说不准他到底是怎么回事，我只是看他的身形背影有些眼熟。"

那日言树让我离开长安城去千南山之后，写了封书信差人送去了冀王府，以我的笔迹。

信上写到：我在千南山遇到了些麻烦要去解决，让谢湛在酉时一刻独自一人准时到山脚下接我。

谢湛怕我出事，顾不得身上的伤骑马去了千南山，就有了后来的那一幕——我抱着骨灰盒子从山上奔下来，山上埋着的炸药在酉时二刻爆炸。

"你昏迷之后，我抱着你想去找大夫赶紧医治你身上的伤，这时山脚下窜出几个身形诡谲的高手，领头的就是那个言树。他要我承认在千南山埋炸药的人是我，不然便不放我走。他掐着我的七寸掐得死死的，我怕拖的时间长你有危险，没犹豫就想答应。这个时候正好巡防营的人过来了，有上百人。言树他们没等到我点头，就被迫逃了。”

言树用我为引子，让谢湛来自投罗网。一旦谢湛承认千南山的炸药是他埋的，那之前山顶炸开，压死米螺就会被当成是谢湛的所作所为，为自己铺路上位。

谢湛只要点头，就等于断送了自己的前程。他谋划了这么久，却因为我没有半丝犹豫就想低头……我心底有一丝小感动一波一波地往上涌，涌到鼻腔，涌到眼底。

我不想让他看见我流泪，忙压下情绪转移话题：“巡防营的人？他们怎么会来得这般快？”

巡防营的人在城门前守着，千南山离巡防营有很长一段距离。就算千南山爆炸巡防营的人赶过来，也断断不会这般快。

言树他们敢这么干，也就是抓住了这个时间差。

“我刚收到那封信，后脚巡防营守城门的统领夏离就到王府去找我，说发觉之前出城的马车有异，猜你可能出事了。我担心你就先过来了，他和他召集的巡防营人马行得有些慢，恰巧到千南山的时候时间刚刚好。”

“夏离……”那就怪不得了。

他能在长东街口一眼看穿我的伪装，估摸着在检查那辆马车时虽然当即没看透，过后也能感觉到不对劲儿。

谢湛之前一直在宫中养伤，也不清楚他知不知道我喜欢过夏离。

算了，还是别提往事让他醋意大发好了。

我抿抿唇追问道：“那之后呢？”

“夏离来之前应该是找人通知了武安侯府，之后沈及就跟着过来了。”

他话说得轻柔，三言两语就道出了整件事的来龙去脉，可我又怎会不知道这其中的波折动荡。

“这件事不会这么轻易算了的，他们既然敢对你下手，我就不会再有犹豫和心软。”我指甲不自觉地抠着掌心，被他一根一根掰开手指，轻柔地摩挲着那抠出来的月牙白印子道：“我保证，这是最后一次。”

我挑着眉，道：“最后一次骗我？”

谢湛盯着我，靛蓝的眸子满是无奈：“最后一次让你受伤，唉……我如今哪里还敢骗你了。”

我扬着下巴，总算挽回一点儿自己的面子，轻轻哼着道：“你知道就好，我如今知道你这些秘密，你再敢骗我瞒我，我就捅出去，让整个长安城的人都看看，他们口中纯真睿智的冀王那俊美的皮囊下的心黑成什么样，让你被他们口水淹死。”

“本王好怕的。”谢湛拍着胸口，眼汪汪地看着我。

我心情大好，看着他的脸却想起另一档子事：“你娘亲的骨灰盒可安葬好了？”

提起这个谢湛脸色有些阴郁，我猜可能是触动到他那颗脆弱的孝子之心了，我上半身在他怀里扭着，安抚性地亲了亲他的脸颊：“别想那么多，又不是你故意把你娘亲的骨灰盒弄丢的，她在天之灵一定会原谅你的。”

谢湛的脸色没见缓和，反而阴郁得更厉害。

这男人现在真的不好哄了，我唇往旁边移，又亲了亲他的脸。

还是没什么好脸色。

我沈家人都是不服输的，刚要往他白皙泛红的耳垂上咬，他兀自开了口道：“那不是我娘亲的骨灰盒。”

我的动作停下。

谢湛扭过视线看我：“我娘亲临终前让我将她的骨灰撒在水中，她说这样她就能回家了。不过婳婳，你为了我奋不顾身地就听信了言树的话去千南山，我很感动。”

“我被言树给骗了？”

我反应过来，恨不得把牙都咬碎：“言树那个浑蛋……你、你、你……你当时打他的时候为什么就没把他给打死，你当时想什么呢你？”

“想你。”

# 第十一章 你可以为所欲为

我这一次受伤其实还是有很多好处的，除了沈及像小弟一样任我差遣外，过年还不用跟着我娘忙东忙西，简直是逍遥赛神仙。

在我还没去西北之前，每逢过年我娘就要亲自下厨，炸春卷，炸麻花……我们几个排排站在锅灶旁给她打下手，我爹就杵在厨房门口一脸痴汉笑地看着我娘，时不时地拿着帕子给她擦汗，还时不时地把企图逃跑的我们兄妹用手腕粗的擀面杖吓回去。

想想就很心酸。

还好今年我用不着心酸了，真是美滋滋。

大晋除夕前一日是小年夜，宫中会在这一日设宴招待群臣，朝中正五品及以上官员都要携家眷出席，往年都是我爹娘带着我去宴会上胡吃海喝，今年我去不了，改成带我四哥。

小公主在宴会上胡吃海喝，我四哥在一边赏心悦目地捧脸看。但沈及去宫中也未免不是件好事，不然他俩就要在侯府打情骂俏了。

往年不管什么节日都能看见他俩腻歪在一起，中元看花灯，清明扫墓忙。

最开始看他们碍眼的除了我之外还有我三哥沈遇，有一次沈遇撞见他们打情骂俏后的第二日，沈及就在窗前看见了一只耗子的骨架，由本朝大理寺仵作沈遇亲自解剖、晾晒，还涂了好几层油，水滑滑，光亮亮的。

沈及看了一眼之后好几天都没吃得下去饭。

再后来，祝清欢总来侯府找我一起上书院，一起出去逛吃逛喝。沈遇那双只装得下各种动物骨架的眼里从此终于有了一个人影的存在，祝清欢走到哪儿他看到哪儿，跟装了定位装置一般，看着我的心就彻底地凉了。

前几日我还有些期待今年小年夜，毕竟如今我有了谢湛，也不是一个人了。然而因为皇上龙体欠安，下旨让冀王代他夜宴群臣。谢湛今日走不开，这让我失望不已。

之前皇上虽然毒打了谢湛，但又让他派人去查封了《月鹿书坊》，对冀王打书坊老板言树的事情只字不提，毕竟是自己的儿子，总得顾及一点儿脸面。如今又这般提拔器重他，朝中刚刚拐向别处的风立时又拐向了谢湛。

对于这件事我的关注点想想还挺歪的。

我在西北时沈及带来的消息大多都是“皇上性命垂危却迟迟不立太子，几位皇子按捺不住互相争斗，斗得跟乌眼鸡似的”。

这“垂危”就是大半年，皇上不愧是皇上，这生命力真不是一般人能比的。

象征性地吃了一点儿晚饭，我爹娘和沈及就出了门。

我五哥沈息从西域回来，见我腿脚不灵便就做了辆轮椅给我，沈及入宫后，这推轮椅的重任就落在了我五哥身上。

“这是不是就叫，搬起石头砸自己的脚？”沈息一脸嫌弃地看着我，“脚残就在屋里躺着，没事儿往外面瞎跑什么？”

我呵呵一笑道：“这不是小团圆嘛，总要出来吃点儿饭的。”

沈息这人如果用两个字形容，那就是“善良”，找遍整个武安侯府都没有比他更善良的人了，一见人笑他就跟着笑。

我大嫂说他这是病，治不好的那种。

沈息果然也跟着笑，他自己也觉得眼里嫌弃，脸上带笑是有点儿精神分裂，就没再骂我，推着轮椅将我送回了东苑。

“好了，就停这儿吧，我看一会儿星星。”我继续对着沈息呵呵笑，他笑得更魅惑，哼了声“毛病”转身离开了院子。

按照往年的惯例，待一会儿祝清欢就要以“找婳婳玩儿”为名，来跟沈遇眉来眼去了。为了免得看他们缠绵刺眼，我还是回我的小院独自待着比较好。

四下没有别人了，我揉了揉腿从轮椅上站起来，爬上了房顶。

乔穗说得没错，我这身体素质真是一绝，不过歇了几日腿就能活动了，但是装瘸就可以避免被我娘差使，我还得继续装一装的好。

昨夜刚下了一场雪，月亮被阴云遮住一小块，浅淡的金光晕上白茫。

我坐在房顶上，眺望西北方向。

不知道今年李常他们是怎么过的？老王包的饺子馅儿里有没有放姜末，前年他放了姜末，李常吃完吐了半宿。

他对姜过敏。

当时白砚嘴上嫌弃，身体却诚实地给李常熬药，边喂药边骂他一个大男人浑身是毛病，骂得十分有节奏，听得整个军营都是笑声。我嘴角轻轻地弯着，视线慢慢地下移，有长安城的万家灯火在眼底，也有那一簇新开的红梅，从墙外一步步地往上，最后次第开在我身边。

花枝移开，谢湛靛蓝色的眸子里盛满了笑意："一朵花一个牵挂，你数数看有多少朵？"

这一大捧，数完天都亮了："一、二、三……"我敷衍地数了几朵就侧开眼看他，"你不是在宫中夜宴群臣，怎么有空跑这儿来了？"

他的脸凑过来，薄唇啄着我的嘴角："想见你，想亲你，想和你做长安城最招人恨的情侣。"

我这人虽然脸皮厚，但受不得撩拨，脸突然热得发烫，手撑着他胸前企图将他往边上推。但我忘了我如今体力不支，这般软绵绵地推着不像是赶他走，反倒像是欲拒还迎。

在谢湛追着要靠上来时，我接过那捧花搁在我们两个人之间。

他的视线还很灼热，我有些不好意思地将花举高一些，花枝之间他的脸若隐若现："这花颜色很特别，红中带一点儿白，哪里摘的？"

"御花园里，前年宫中的花匠新培育出的品种，今年开的第一树花。"

有钱有权真的是可以为所欲为啊！

我内心感叹，鼻尖凑过去闻一闻这耗费无数花匠心神的品种到底是个什么香味，不想另一边的谢湛也跟着低了头。红白之间，他靛蓝的眸底漾着碎光，衬得一张脸更是绝色出尘。

他今日穿得也极是好看，绯红色的锦袍，腰间系着白玉带，头上戴着白玉冠，有那么一股子风流俊俏贵公子的风采。

我轻咳了一声，脑袋要往后仰，他一只手探过来扣住我的后脑勺，另一只手的长指拨开挡在他下半张脸的花枝，嘴角微翘，径直覆上了我的。

并不是第一次亲吻，但这个新花样让我浑身上下每一个毛孔都透着羞涩。谢湛的动作轻缓，亲一下再移开，再亲一下再移开，似是嬉笑着逗弄，模模糊糊的却总触不到实处。

“你，你要亲就好好地亲！”

他唇再一次移开时我没好气地脱口而出，谢湛眉峰轻挑，笑得恣意：“既是小姐吩咐，小生自是尽力。”

他轻缓地低语，在最后一个尾音落下时舌尖探出撬开我的唇。

他吻得认真仔细，逐渐加深、加重，花蕊被碾碎，和着花瓣一道簌簌而落。我心神都被唇齿间的动作搅乱，不知不觉手臂环住他精瘦的腰身，那捧梅花无人再管，任凭它散落在脚边。

等他的唇离开我的，他的长指抚着我已经红肿的唇瓣，很是得意地笑了笑：“婳婳，你这个样子，让我很有成就感。”

我细细地喘着气，听他说着这些话，满脸通红。

我上辈子一定是对谢湛有所亏欠，这辈子老天爷才派他来治我。不管我心里窝着多大的火，一看见谢湛这张脸就能消退掉大半。如果他再柔情蜜意地说几句话，抱一抱，亲一亲，得，剩下那一小半火也没了。

长得好看真的可以为所欲为。

时间一长，我总觉得自己太落下风有点儿不甘心，此刻有清风朗月做伴，我那点儿小心思也浮现了出来。

我“啪”的一声拍开他的手，挪着屁股坐得离他远一些，微仰着下巴，气势十足地看着他：“我觉得我们应该好好地谈一谈。”

谢湛眸中笑意不改，端端正正地侧坐着，样子还挺认真：“沈小姐想谈什么，小生愿闻其详。”

“我觉得吧，我们这进度有点儿快。”

谢湛“哦”了一声，表示疑问。我掰着手指头给他算：“你二月份去的西北，满打满算我们认识还不到一年。不到一年我们就……这样了，进度太快，而且太顺利，也没个别的什么对我矢志不渝的霸道公子，没个决心抢走你做你正妃的恶毒小姐。你看《霸道王爷爱上我》《遍地都是我孩儿他爹》这些盛行大晋的话本子里，男女主人公无不是历经九九八十一难才修成正果的，这样的感情才能历久弥新，源远流长……”

谢湛眼中那点儿笑意渐渐消失，只是声音还很温和，轻轻柔柔地问我：“你想找个对你矢志不渝的霸道公子了，嗯？”

“我就是举个例子嘛，如果有这样一个人掺和着……”

“那我就把你锁起来，不让任何人找到你，让你每日睁开眼第一个看到的人都是我。”谢湛有些阴郁地开口，刚才说得太激动，我这才发现他脸色有些不大对，看得我心里发怵。

“我……我只是随口说的嘛，又不是当真的。”我讪讪地嘟囔着，又觉得气势全无非常烦躁，“哼”了一声就要往下去，腰间突然一紧，下一刻身子就跌进了他的怀里。

谢湛箍着我腰身的手收得很紧，紧到我呼吸都有些微的不顺畅：“婳婳，收回你方才的话。”

我愣了愣，随后开始挣扎着要挣开他。谢湛虽说不怎么会武功，力气却大得很，任由我捏得他手掌一片红都不撒手，我气得很，张开嘴照着他手掌就咬了上去，他任由我咬，还是那一句：“收回你方才的话。”

“我就是随口说了一句，你用得着这么认真吗？我凭什么要听你的！我凭什么要任你欺负！我就不听，我不收回！”

我这正在气头上，声音有些大。

所以下场就是，还没等谢湛开口，由远及近的一阵脚步声传来，停在院子里。我大哥沈一两口子、我三哥沈遇和按照惯例来侯府的祝清欢，再加上我五哥沈息，五个人整齐划一地抬头看着我和谢湛，神情激动，手里就差一把瓜子了。

场面顿时很尴尬。

谢湛也没想到会遇上这种情况，猛地将手收回，随后顺着搭在一边的梯子下去，下了两步手递过来，示意扶我下去。

现在这样讨好，忘了刚才多冷漠了。

我鼻尖“哼”了一声，理都没理他，直接从房顶上飞身而下。

“穗穗，你的医术越发精进了，早起小八腿还不会挪步，晚上就能飞檐走壁了。”沈一皮笑肉不笑地看着我道，我心下“咯噔”一声，方才光顾着和谢湛置气，忘记我如今是装病之身了。

“是呀，我瞧着已经大好了，明日就能帮咱娘打下手了呢！”乔穗丧心病狂地跟着帮腔，急得我眼泪都要掉下来了。

“婳婳，这些日子受了不少罪，还请诸位帮帮忙，让她歇一歇。”谢湛站到我旁边，唇边挂着笑，看着良善得很。

“冀王殿下这是说得哪里话，殿下有事吩咐便是，草民自当遵从。”

“大哥不必这么客气，私下里直接叫我名字便是。”

我瞥了他一眼：“不要乱叫，这是我大哥，跟你有什么关系？”

祝清欢笑嘻嘻地凑过来道：“惠安公主马上要嫁到武安侯府来，按照辈分，冀王殿下叫一声‘大哥’也是应当的，婳婳你想到哪里去了？”

祝清欢，我记住你了！

“得了，得了，这天寒地冻的也别在这儿站着了。”沈一发了话，看了眼谢湛，“冀王殿下离宫时间太久，宫里人该着急了。”

谢湛立时接话，点点头道：“我这就回去了，改日有机会再正式登门拜访大哥。”

沈一点点头，叫我去送谢湛出去……从墙后。

经过这么一场闹剧，我也没了方才那吵架的心思，就是心里不大舒服。绕着东苑到了后墙边一路上也没怎么说话，谢湛竟也一言不发，两个人就这么默默无言，静静地走着。

“还生气吗？”

到了墙边，他终于开了口。

我点了点头，又摇了摇头道：“也没什么可生气的，你就是这个性子，我又不是第一天认识你。”

对于我，谢湛的偏执还只存留在话中，对别人，甚至是对他自己，都比这个要狠上太多。

“你总这么大度，其实你可以生气的。”谢湛牵住了我的手，在掌心里揉捏，“只是我一想起你可能去喜欢别人，我就有些控制不住我自己。方才是我的话说重了，我向你赔个不是。”

我垂首看着跟他纠缠在一起的十指，抿了抿唇。

“至于你所说的，我们进展太快……”他说着手上用了力，人跟着上前一步，伏在我耳边低语，“如果不是怕吓到你，我们的进展其实还可以更快一些的。”

我一个激灵，他在说什么我怎么听不懂呢？

“婳婳，要不要，更近一步？”

他说这话时哑着声音，像是在刻意地磨我的心神一般，磨得我耳根子都要烧起来，立时往后撤：“我爹知道会打断我的腿，我哥哥们知道会打断你的腿！”

谢湛歪着头，十分正经地道：“我只不过是想让你私下换个亲近的称呼叫我，你哥哥们为何要打断我的腿？因为嫉妒？”

他故意的！他一定是故意的！我恨恨地瞪了他一眼，真的恨不得一巴掌扇过去。却舍不得下手拍红这么好看的一张脸。

想想我爹在我娘的管教下多么温顺、听话，看看我娘再看看我，真的是很丢我们沈家的脸。

这个年，本就热闹的武安侯府因为谢湛的到来，变得更加热闹。

除夕夜一家人聚在一起，除了往年都会说的一些祝福话之外，其余的都在车轮战的、不提名地调侃我。什么“痴情少年为爱勇爬墙，未婚少女恨嫁恨断肠。”什么“府中本无花，有人爬墙送来，就有了一枝梅”，诸如此类的，不胜枚举。

我爹全程一脸蒙，我娘则目光晶亮地看着我。

我恨不得将脑袋埋在碗里，一顿饭吃了四大碗，吃得出花厅都是扶着墙出来的。

“怎么样，小年夜和心上人相见的感觉非常舒坦吧！”沈及追着跟上来，摇头晃脑地道，“你四哥我真是很良善，看你身体残疾心灵孤寂，寂，就想了这么个主意，有没有觉得好一点点？有没有想送你四哥一袋黄金？”

“是你告诉谢湛后墙能翻进来的？”

“不然呢！我昨晚在席间瞧见他，随口说了句：‘小八在府里寂寞空虚冷，夏大人碰巧请了病假没到宫宴上，他俩还真是同是天涯沦落人，夏大人若是从后墙翻进去，两人凑一起过个小年夜也不错。’等我出去透个气再回到宴席上，他人就没影了。”

沈及说完，手搭在我肩上又接着道：“不用谢我，我一贯做好事不留名的。”

我额角青筋突突地跳，甩开他的手走了几步又折回来：“你说夏大人……你跟谢湛提了夏离？”

“是啊！总要提一提的。”沈及嘴角挂着吊儿郎当的笑，目光却是澄澈得很，“你没跟他提起过，那四哥就要代妹妹提一嘴，不然到时候这个以前没提过的人突然冒出来，你觉得冀王心里会怎么想。”

我怔了怔，沈及拍了拍我的头顶：“我这傻妹妹呦——”

“小四，你在做什么？”身后大哥深沉的声音响起，沈及立马收回手，乖巧无比地迎了过去，“嘿嘿大哥，我跟小八比个头呢……反正要守岁，我陪大哥练一会儿剑吧！”

我明白沈及的意思，如今谢湛的身份不比往常，沈及是在为我清除我没有意识到的，可能产生麻烦的隐患。

他的爱妹情切让我感动，但我也察觉到一丝的疲累。我喜欢的人，可能将来要住在那宫墙之内。

恰是子时，皇宫方向有烟花准时绽放，在长安城的上空绚烂多姿。元庆五十一年，在我复杂的情绪间就这么过去了。

和往年一样，也不一样。

正月初十，各司各府开始正常上衙。

我在家中歇了这么久，也决定在这个时候回大理寺。谢湛对此没什么异议，只是让何进寸步不离地守着我。

自从上次那件事之后，何进还是跟以前一样面对着我，只不过那笑里藏了些小心翼翼，我不知道谢湛跟他说过什么，当然，我也并不是很想知道。

在去大理寺的前一天，我去找了夏离。他临时决定回长安城，府邸还没来得及整修，至今还住在客栈里，我带了一食盒我娘包的饺子给他。

开门时见到我，他眼中有一闪而过的惊喜。

我装作没看见，将食盒放在桌子上："我娘包的饺子，你以前最喜欢吃的。"

"我现在也很喜欢吃。"夏离笑了笑，这次回来他每见到我都是这般略带苦涩的笑。他因这些日子的病消瘦了不少，再配上这样的笑……我看着叹了一口气。

"千南山我能全身而退，也多亏了你。我知道你什么也不缺，我能当谢礼的，也就只有这一盒饺子了。"

他眼睛里的光逐渐消失，坐在椅子上，拿起筷子夹了一个饺子放进嘴里，他吃东西很安静，只一会儿一盘饺子只剩下三个。

看着人吃可真是要命，而且还是看夏离吃。

我咽了一口口水，刚准备走，他停下筷子，开口道："这几年，我经常梦见你。梦见我们在一起骑马，打猎；梦见你在我跟前，扬着脸问我喜不喜欢你？梦里我无数次地跟你说我喜欢你，像是要把之前没说出口的话都一口气说完一样。我后悔曾经没跟你说清楚，让你伤心远走。知道你从西北回来，我请旨调回长安，你怨我恨我，这都是我应该承受的。我只是抱着最后一丝的幻想，想我尽力弥补，就能再把你留在我身边……"

他转过头，看着我的眼，那里面是哀痛，是决绝。

"你出事的那一天，我反应过来后就去巡防营调兵。路过冀王府时，我下意识地就去敲了门。冀王二话没说骑着马就冲去了千南山，他没有考虑任何后果，担心你过于担心他自己的安危。而我喜欢你，可危机时我不会单枪匹马地去救你。那一刻我就知道自己输了，四年前输给了我自己，如今输给了冀王。”

我鼻腔中火辣辣的，连带着眼眶都热得发烫。

他说完就没再看我，我转回身掩上门。大抵是耳力太好，我分明听见那一声痛哭，在寂静里闷闷如蝉鸣。

踏出客栈的门，太阳升至半空。门口停着一辆马车，我怔了怔，随后快步走了过去，掀开车帘坐进去。

谢湛解开身上的披风裹在我身上，轻声地问道：“冷不冷？”我摇了摇头，靠近他，将脑袋抵在他胸前。

“今日下朝早，有十来日没见着你了我想早一些见到你，便打算去侯府接你一同去大理寺，路过客栈门口刚好瞧见你进去，我就在这儿等着了。”

经过何进一事，我知道他这是怕我还怀疑他找人跟着我。

我轻轻地“嗯”了一声，雪天路滑，马车只能缓缓地前行，像是老天特意给了恩典，留了这不长不短的时间，让我消化从前的苦涩，拥抱如今的甜蜜。

“你上次说要我换个称呼叫你，换什么？小卷毛？小蓝眼？小弟弟？”我说着说着，声音就不由得扬着笑。

谢湛的手顺着掐了掐我的脸：“我比你大一岁，叫什么小弟弟？叫哥哥！”

我第一回见到谢湛的时候，看他的长相以为他也就十五六岁的样子，后来才知道他比我大一岁。

“你不怕我那七个哥哥排着队打断你的腿吗？”

谢湛默了默，半晌吐出一个字：“怕。”

我笑得更开心，手搭在他的肩膀上，脑袋跟着覆了上去：“那叫阿湛吧！”

“好。”

“阿湛。”

“嗯。”

“阿湛。”

“嗯。”

“阿湛……”就凭着你奋不顾身赶去千南山，在我这里，你可以为所欲为。

他的额角与我抵在一起，不厌其烦地再次应着，带着鼻音，缠绵缱绻。

有风吹过，拂开车帘吹进来，携着那一年的雨，那一年的霜，和那一年的青草香。

阿湛，在你之前我曾经喜欢过一个人，在年少懵懂时。那是一场梦，我沉醉其中，做了许多年。

后来你来了，梦醒了，我浑浑噩噩许久的灵魂也跟着苏醒过来。

“冬无愆阳，夏无伏阴，春无凄风，秋无苦雨。”

四季如常的有变换，岁岁如常的在向前，而这如常对于我而言，便是彻底从过去的阴暗树荫里，走到明媚的艳阳下。

所以——

“阿湛，谢谢你。”

我有些时日没来大理寺了，这里一切如常，谢湛去了他办公的独院，我领着何进一队禁卫军无所事事，消磨时光。

因着天气太冷，我们不好似从前那样在大理寺周围绕圈，那真是在找罪受。就只能寻个背风的地方，一个个把自己捂得严严实实的。

月门里绕进来个熟悉的身影，一见到我们这帮人神情一怔，像是走错了地方一样退了出去，随后又走了进来：“好大的胆子，大理寺也敢这么明目张胆地聚众打劫！”

正是许久没见的纪南方。

他不说不知道，一说吓一跳。我回头看了一眼我们这队人，一个个或衣领子立起来神神秘秘，或围着黑围巾遮住大半张脸鬼鬼祟祟。再加上身形魁梧，扭手腕晃脖子，别说，还真像我少时书院里的那帮不务正业整日约架的坏学生。

“大家都不说话是吧，以为不说话就行了是吧。本大人家里有的是钱，我——”

“纪大人，纪大人是我！”我将脸上的围巾扯了下来，尴尬又不失礼貌地看着他。纪南方见到我先是一愣，一副不敢置信的模样，人又退了出去，随后脚下欢快地又走了进来，“沈姑娘，真是多日不见！之前听说你病了，我还打算去武安侯府看你的，可一直太忙，每日下衙都是深夜了。”

我同情地看着他的黑眼圈，大晋每逢过年各府司皆会放假，但衙门内会留人值班。看纪南方这样，估摸着这几日吃住都在大理寺了。

我呵呵笑着，由衷地赞叹道：“纪大人真是我大理寺的清流肱骨，日后我大晋朝堂就看纪大人的了。”

纪南方状似很不好意思地脸一红，搓了搓手道：“这还是沈姑娘第一次夸我，比我升职加俸禄还要让我开心。”

我继续呵呵地笑着：“纪大人开心就好。”

“开心，开心……”

“沈大人，大理寺卿陈大人有请。”迎面走来一位面容清白的书生，正是千南山下给我做方向指导的那个大理寺的主事，我很久后才记住他的名字，叫温故。他平日里都是跟着大理寺卿陈升大人的，而陈升本来就不太露脸，所以我到大理寺这些日子见过这位主事的次数不超过三次。

陈升居然特意来找我，这让我很惊奇。

别过纪南方，我跟着温故去见陈升。我和这位陈大人接触不多，冷不防面对他还有些不知道该说什么，就只抿着唇微笑着。

陈升也不跟我客套，没看我一眼就直接递了本案卷过来：“接到个案子，但不是什么大事情，本官和冀王殿下商量过，就由沈大人带着你那队禁军兄弟去办吧！”

我翻了几页，一时没忍住笑出声。

陈升肃着一张脸拍了下桌子道：“放肆！”

我一秒变脸，垂首敛眉：“下官知错。”

真的不怪我笑，是这事儿真的挺好笑。案卷中写到：城中德安镖局中有镖师强买强卖，客人上门要他们去押送东西的时候，镖师就会以各种理由让客人交各种费用。如果不交，好，那就打。再不交，继续打。一边打一边高喊道，老子上面有的是人，你今日敢去报官，明日我定让你一家老小看不到日落！

这天子脚下如此嚣张行事的镖局那还是闻所未闻，普通百姓见他这样当时腿就吓软了，谁也不想因为几个钱让一家老小置于危险境地，便也只好默默地忍下来，日后再不去这家镖局便是。

但这镖师仍旧不依不饶，在听说某位客人转去别家镖局托镖，当夜就冲进那位客人家里，拿着大刀吓得那位客人差点儿尿裤子，逼得人家签了五年的合作协议。

这样类似的事情发生过许多回，有受害者实在受不了了，偷偷地写了匿名举报信到大理寺，信中言辞恳切地请求大理寺一定要私下调查，一举抓捕，不能让那些镖师发现有人举报，不然他们都活不成了。

陈升对待犯人和民众一向都是一视同仁，这次特意让我不要暴露身份，用非常手段去解决这起事件。

我从陈大人那儿出来，见何进带着一帮兄弟无所事事地杵在那儿，想起方才纪南方的反应，瞬间就有了灵感，豪情满怀地一声吼："兄弟们，考验你们演技的时候到了！"

日近黄昏，长安城德安镖局。

王掌柜笑眯眯地将装满银两的钱匣子捧到霍厉面前："霍爷，这是这五日的收益，全在这儿了。"

霍厉眼皮子半垂，夺过来颠了颠道："这分量不对啊，爷我在这儿给你们撑门面是看得起你，你别给脸不要脸，当爷是好糊弄的？"

王掌柜登时一惊，连忙点头哈腰道："哪能啊，我骗谁也不能骗霍爷您啊，要不小的再给霍爷加点儿孝敬？"

"就算把你全部家当都给他，他也是有命赚没命花的。"

声音粗嘎，由远及近。霍厉和王掌柜双双看向门口，先看到的是十八个体型健硕的蒙面黑衣人，分两列一言不发地跑进、站稳，最左边领头的黑衣人高高地喊了一声：“恭迎大哥！”

这声音异常的粗犷且响亮，震得王掌柜一个趔趄差点儿摔倒。

随后两排人马弯腰鞠躬，动作整齐划一，齐齐道：“大哥好！”

千呼万唤中，传说中的“大哥”闪亮登场，脸上也同样遮着黑面纱，走路姿势十分霸气，走一步晃三下，谁看了都想上去踹一脚。

“大哥”摇晃着走到一把椅子旁，自有小弟拉开，扶他坐下，看得对面两个人一愣一愣的。王掌柜先反应过来，脸上挂着笑，道：“怪小的没见过世面，这位大哥是……”

“滚一边去，丢人现眼。”霍厉将王掌柜一把推开，虎目圆瞪，“我管你是大哥还是小弟，是人还是鬼，来我的地盘就得听爷的话！”

哟呵，以一敌十八还这么凶的吗？

我心里暗暗震惊，身体傲娇的往后靠，何进很有眼力见儿的以身体做我的靠背，我跷着二郎腿，嗤笑一声道：“早听说你挺狂的，但你也不去长安城黑道圈打听打听，谁不知我‘白玉阎罗’的名号！听说过黑花令吗？去年初就是小爷买了黑花令到西北追杀如今的冀王谢湛，为的是什么？就是见不得有人比小爷帅！小爷连皇子都敢杀，别说是你这种蝼蚁！你们也别想着指望去报官，别说砸你们的店，就是烧你们的人，今日也不会有人拦着的！小爷我上边没靠山，我就是靠山！”

众黑衣人一拥而上，就要去砸东西。王掌柜一张“一夫当关，万夫谁想踹他都可以”的怂脸：“众位大哥，大爷，有话好好说，好好说，小的就指望着这门店养活全家呢！”

“不让我们砸也行。”我坐直了身子，掸了掸袖口看不见的灰尘，抬手指向脸红脖子粗的霍厉道，“这人爷看着实在碍眼，赶紧把他解雇让他滚出长安城这地界。我今日就放话了，谁家铺子敢收留他，就别怪我‘白玉阎罗’辣手无情！”

“霍，霍爷您看……”王掌柜面露难色，半曲着身子看向霍厉。

霍厉将拳头攥得嘎巴响，猛地一下捶碎手边的凳子，拎着碎木条就砸过来，人也跟发了怒的豹子一样冲过来。我向后退了两步，由我的禁军兄弟们上。

来之前我就跟他们说了，不要有包袱，要下黑手，怎么卑鄙怎么来。

说是这么说，但如今我还是有些心情复杂。我挑的这十八个人，在我这队禁军中功夫都是最好的，如今看他们一个个的掏裆、绊腿、戳眼……打得那叫一个热火朝天，我摸着下巴不由得重新审视这群人，正经的外表下到底藏着一颗怎样放荡的心。

霍厉再怎么心狠手辣，也架不住这般折腾，没一会儿就鼻青脸肿的被何进一个过肩摔扔门外去了。周遭百姓可能被霍厉荼毒得够呛，不知道谁带的头，大家纷纷鼓起了掌。

霍厉肿着眼，说话都费劲儿还要耍横："你给爷等着！"

说完整个人像兔子一样"嗖"地窜了出去，我叫了一个禁军去跟着他，好回来给我描述霍厉吐血昏迷的场景，打人就要这样有始有终才能圆满。

我转回身，一步步地逼近王掌柜，他腿都在打摆子，看着可怜得很。

我将手搭在他的肩膀上，语重心长地跟他进行有深度的谈话："小爷知道这事儿你是被逼的，毕竟你也没赚到几个钱。但这事儿若是闹大，一个'雇人行凶'的罪名就能让你把牢底坐穿。"

王掌柜腿一软，"扑通"一声跪在地上，瑟瑟道："霍厉找上门来，我不合作他就要打人，我也是没办法才应了他……如今落到如此地步，还请玉大爷救命啊！"

"因此受害的人不少，你赔偿医药费，再买些补品什么的去表个态度，剩下的小爷可以帮你从中周旋。"

"这，这得要多少银子啊……"王掌柜颓然地跌坐在地，半晌认命地闭眼点头："唉……我造的什么孽！"

王掌柜的行动力比他腿软的速度还要快，当天就把要赔偿的医药费拿了出来，又带着补品挨家挨户地赔礼道歉，再涕泪横流地诉说着自己的悲惨遭遇。哭得被打的人家都有点儿不好意思，有两家还留他吃了饭。

不得不说，长安遍地是人才。

将事情处理结果报给了陈升，他装聋作哑地当不知道我们“白玉帮”在长安黑道圈出道的种种，轻描淡写地夸了我两句就让我走了。

为长安城百姓做了件好事让我心情大好，回家吃饭都比平时多吃了一碗。

此时，沈一和乔穗两口子离开了长安城，继续去云游四方行医看病。有时候我还挺羡慕他们的，自由自在，不愁吃喝。

若我自己一个人出去，估计就只能胸口碎大石卖艺养活自己了。

我寻思着我大哥他们走，我娘应该心下不大舒服，我爹今日又不在府上，贴心如我自是应该相陪。可我进到她屋里，就看见她正乐呵呵地忙活着，手上穿针走线，竟是一件大红色的喜服。

“惠安公主的喜服也要娘来绣？不是说宫里最好的绣娘已经准备妥当了？”我坐在她的对面，拿了块桌上的梅花糕往嘴里塞。

“谁家婆婆给媳妇做喜服啊，那都该是丈母娘做的。”

我又拿起一块梅花糕往嘴里塞，含糊地问：“那你这是给谁绣呢？”

“你啊！”

“噗，咳咳咳……”我被她轻飘飘的两个字弄得差点儿呛死，忙拎着茶壶往嘴里灌了几口茶水压下去，平复下来后对上的就是我娘一双眼，明亮犀利得很：“这人吧，总要找点儿东西来寄托自己的期盼。比如你五哥打小喜欢银子，没事儿练字就练‘银’这个字，当初就以这个字得了书法大赛的第一名呢！所以我盼着你嫁出去，就多练练绣给你的喜服，说不定什么时候也能得个奖呢！”

我娘数年如一日的话里有话，令人窒息。不过这个话题我一直没有跟我娘在明面上说过，今日趁着这个机会说清楚也好。

我躲开她的眼，手有些紧张地揪着衣衫，垂着眼睫看向窗根前插在瓷瓶里的那枝梅花：“娘，我有喜欢的人了。”

“哦？谁呀？”

明知故问。

我吐了一口长气，正面回答道：“是冀王。”

“哦，是他啊……”

“娘一直不让武安侯府涉进皇子之间的争斗里，是想保全我们。所以一开始我也不敢太过靠近他，可有些东西事是不可控的。我一直没说，是我不知如何说出口。我怕娘你不同意，也不愿意让全家人去冒这个险赌上这一局。你不提，我就当你不知道，从回到长安至今，这些日子我都是如此自欺欺人地过来的……”

我回过头，紧咬的牙根一松，眼泪顺着眼眶往下滑：“可是娘，我是真心喜欢他的。可我不会因喜欢他而失了心智，如果娘不同意，我不会私下再跟他往来，可我这辈子，不会再嫁给别人。”

我娘定定地看着我，恍然失笑道：“你这性子到底是随了你爹，一旦对谁上了心那真是十头牛都拉不回来，刀山火海也敢往里闯一闯。你喜欢就行，娘不会阻止你。”

她放下手中针线，侧过头看了眼窗外的皎月，安然道：“如今这种局势，武安侯府早就不能独善其身。你替我们做了决定也好，输赢我们武安侯府都担得起，婳婳，你不必再为这些事操心了。”

她抹去我满脸的眼泪，满脸慈爱，下一刻却又一变，手戳了戳我的额角，道：“行了快回去吧，对了最近少吃点儿，我怕我现在做完的喜服到时候你胖到穿不进去。”

这一夜我当真做了一个梦。梦里红绸帐，红烛燃，谢湛缓缓地走近坐在床沿的新嫁娘，掀开她的红盖头，露出一张明媚娇俏的脸。

“阿湛。”

……

这个梦做得有点儿美，美到翌日我被我娘揪着耳朵拽才从被窝里拽起来。打着哈欠去大理寺上衙，随后我就被一个消息给震得彻底清醒了。

消息来自于我昨日派出去跟踪霍厉的禁军，他跟了一晚上发现霍厉鬼鬼祟祟地进了某位官员的府邸。

“你说谁？你再说一次，我刚才有点儿没听清。”

禁军又重复一遍，一字一顿道：“兵部侍郎，宋寓。”

# 第十二章
# 请开始你的表演

宋寓，兵部的左侍郎，我四哥沈及的好友之一，“优秀”两个字贯穿了他的前半生。

因着太优秀，这些年也就沈及和他走得近一点儿。可霍厉居然会鬼鬼祟祟地去找宋寓……这就很让人费解了。难道这宋寓出众了这些年，终于要翻船了？

我让那禁军兄弟继续去监视霍厉的动向，如今谢湛上朝还没回来，我干脆就去他那儿等着了。

我有些日子没来这儿，之前摆着的梳妆台被挪走，换成了一方条案，上面摆着几个大小不一的白瓷瓶，里面插着几枝无花的枯枝，看着挺雅致。

我想起之前调侃谢湛长那么好看，是因为抹了梳妆台上的粉时，他那个表情我就忍不住想笑，笑够了走进里间和衣躺了上去。

昨晚上做梦做得太激动，到现在都没缓过乏劲儿来，我闭上眼没一会儿就睡了过去。回笼觉睡不长，一盏茶的工夫就醒了过来。眼前出现一道黑影，谢湛不知道什么时候回来的，正坐在床沿上看着我：“醒了？”

“嗯。”我揉了揉眼睛坐起来，谢湛将手收回，窗上有些炽烈的阳光扑过来，晃得人眼酸。

方才他举着手是在给我遮阳，让我能睡得好些，我心里甜滋滋的，连带着声音也比平日里娇柔许多：“你今日怎么这么早就回来了？”

“年后朝务不多，再加上父皇近日龙颜大悦，大的事情还是交给父皇拿主意。”他说着伸手整了整我压皱的衣襟，随口道，“我找个人在这榻边围上帐子，你睡得舒服些。”

“不用了，不用了，我也就睡这么一回。”

谢湛扬着嘴角，似笑非笑地看着我：“那可不一定。”

这话题再深入下去我脸就要红了，大白天的这可不太好。我话锋一转，将霍厉一事跟谢湛说了。

“宋寓不是这种人，静观其变吧，他可能给我们个惊喜也说不定。”谢湛含糊其辞，三言两语却撩拨得我好奇心大盛，默默地凑近他，仔细盯着他的眉眼道：“你知道的是吧？”

谢湛不承认也不否认，不置可否的态度看得我身体里像是住了只小猫，左动动，右动动，抓我的心挠我的肝。

“那你告诉我呀！”我凑得更近些，脸快要和他贴在一起，企图用美色迷惑他。

但我忘了谢湛看惯了自己的脸，在他面前，哪里还有其他的美色存在？

我唇还没贴上去，他的脸就别到了另一边，一副严肃正经的做派：“告诉你我有什么好处？你知道我这个人，赔本的买卖我是不会做的。”

我愣了愣，这难道还不算好处？

谢湛看出了我内心的疑惑，道：“就算不告诉你我也可以亲得到，所以这不算好处的。”

“那什么才算？”

他看着我，靛蓝的眸底散着碎光，染了些晦暗不明的思绪。我似懂非懂，只知道自己从耳尖到脸颊绯红一片，翻身下了榻就要往外跑，半路被他拦腰截住，拉着我又栽到了榻上。

“我不想知道了，放开我，我回去了。”

他双腿压住我的膝盖，就算我力气再大也挣不开，听完我的话他人跟着覆上来，手指蹭着我的唇：“你害怕了？”

“谁，谁怕了！”我沈家人在任何境况下都是不会认输的，头可断血可流，面子不能丢！

谢湛脸上浮出笑意，凑在我耳边低语道：“不怕的话就试试看。”

他说着声音顿了顿，随后我感觉温热湿润的唇触上了我的耳后，我浑身猛地一颤，声音也跟着颤抖：“谢，谢，谢湛……”

“你上次不是这么喊我的。”他模模糊糊地呓语，将我发烫的耳垂衔在口中，细细地咬。

“阿湛，别这样，待会儿万一有人过来——”

话刚说出口我就想找块豆腐撞死算了，这时候我不一巴掌挥过去还说这个，这摆明了是助纣为虐啊！被族人逮到是要浸猪笼的！

“不会有人来的，就算有，这样也好。”他上身微微地撑起，扯过一条叠得整齐的毯子抖落开，蒙头搭下来，整个世界由亮变暗的瞬间，他滚烫的唇贴了上来。

这毯子将外界所有都隔绝在外，只剩下我和谢湛两个人。

我紧握成拳的手松开，扶在他精瘦的腰侧，反正试试就试试，谁怕谁！

这次的动作比之前大多了，渐渐地他的呼吸变得艰难起来，唇逐渐地向下移，亲过下巴，游移过脖颈儿，一路向下……

我脑中一片混沌，这试试看包括的内容，有点儿超出我的承受能力范围之外了。

“不会真的把你怎么样的。”谢湛的头又靠上来，啄了一下我的嘴唇，“就算我想，我也得顾及着你，还不到时候，放心，只是抱抱你。”

“抱哪里？”

他闷闷地笑出声，手跟着轻轻地一捏，我身子立时紧绷下来，随后软绵绵地躺在他身下，认命地收了手，把脸埋在他颈窝里，反正我不看了，爱怎样就怎样吧！

我看不见，看不见！

可视线一遮，其他感官就被无限放大，他的手四处游走，像焚了一把火，烧去我的理智，燃尽我的神思。我胸前酸软得厉害，人也跟着软了下来。

“婳婳……”他轻轻地呢喃了一声，脑袋顺着方才手放着的地方游移着，唇齿作乱，搅得我神智全无。

我是来找谢湛汇报事件发展的，结果变成了一只羔羊，让谢湛从里到外、从上到下地啃了一遍，幸好他还有点儿良知，不然连骨头渣子都不给我剩下。

从榻上下来，我的胸口热胀得厉害，估计是肿了。

“吃些东西，你喜欢的天香阁的点心，我方才下朝时带回来的。”

谢湛端着点心到我面前，颇有些讨好的意味。我横了他一眼，抱着盘子扭到一边不看他。

我沈婳是堂堂正正的人，不想跟今日的谢湛说话。

“别这么干吃，容易噎到，来，喝点儿热茶。”

他将茶杯递过来，我很有骨气地推开，没吃两口就真的呛到了。

“你看看你，呛到了吧。”他绕到我旁边的手顺着我后背轻轻地拍着，我抢过茶杯喝了一口茶，躲开他坐到了另一边。

“真的不跟我说话了？”

他这回没跟过来，直接坐在我方才坐的地方，“啧”了一声道：“你不想听我说宋寓的事情了？”

我抿着唇，手揪着衣角，不能向谢湛这股恶势力低头！

“宋寓这事儿可有意思得很，既然你不想听我就不说了。”

我眨眨眼，屏着呼吸，但眼睛已经背叛我的灵魂，开始不由自主地往谢湛那儿飘了。

“我去找沈及说吧，他应该会很感兴趣。”谢湛说着站了起来，往门前去的步子故意放得很慢，一下又一下，几乎是脚跟蹭着脚跟。

我握了握拳，雄纠纠，气昂昂地跟着站起来，几步追上他，对着他的背影凶恶地挥了挥拳头，随后双臂穿过他的腰身，声音捏得娇滴滴的，听得我自己浑身都不舒服。

“别嘛，我想听的，阿湛你跟我说吧！”

在小道消息面前，节操尊严皆浮云。

谢湛最后也没跟我说什么，他说这出戏要我自己看才好，提前看剧本影响观感享受。我气到要炸，捏着拳头要往他胸口捶，他在我纠缠之下又跟我闲聊了一些其他的话题，我悟出的意思是：兵部要出事。

兵部这地方如今还挺热闹，左侍郎宋寓牵扯进霍厉一事，右侍郎夏离，和我有过那么一段不堪回首的往事，而兵部尚书……年后皇上换了人，便是四皇子谢清溢。

跟谢湛掌管大理寺不同，在兵部并没有能与谢清溢分庭抗礼的人，简而言之，这整个兵部，基本就是谢清溢说了算。

当然，如果兵部出了事，皇上责罚谢清溢也是首当其冲。

经过“玉面帮”以暴制暴的手段，霍厉再没出来兴风作浪。长安城受苦受难的百姓们都对“玉面帮”感激涕零，每家凑了份子钱要给“玉面阎罗”送份薄礼以示感激，但无论怎样都找不到人。

有礼物谁不想要啊，我恨不得直接从大理寺冲过去，大喝一声：小爷就是“玉面阎罗”！

然而这乱糟糟的时候，我若是出去被人扯了面纱暴露了真容可咋办。

我倒是无所谓，但堂堂大理寺少丞扮成黑道人物欺负人，这传出去有损大理寺的颜面。

就在我还没将这个消退时，多日未曾露面的霍厉又出来了，直直地冲进德安镖局的门。他身形矫健，又满脸凶相，本来王掌柜就对他心有惧意，这会儿更是什么话也说不出来了。

“把爷害成如今这般模样，我讨点儿补偿总是应该的。”光天化日之下，他近乎土匪行径直接将买给“玉面阎罗”的礼物——一块成色极好的玉章，揣进怀里，又搜罗了目之所及所有值钱的东西。

也是凑巧，事发的时候我刚好就在这一条街上巡逻。

之前长安城巡防营和禁军重新布防，定下来的方案在前几日开始实施。

我爹这个人，为了我大晋安好，可以贡献出自己整个家族每一滴血和泪，这一点从我沈家每一代都要送一个人去参军就可见一斑。

他见我在大理寺整日游手好闲，于是这次布防就把我连同我手底下这队禁军都编了进去，巡逻的地点在城西的四街七巷，德安镖局也恰好就在这四街七巷里的西三街。

对此谢湛没有任何意见，还连连夸赞武安侯实乃我大晋肱骨，国之柱石。

当时我就在他旁边，我认识谢湛这么长时间还是第一次见他脸上挂着奉承的笑。

不过想想也对，谢湛若是敢有任何意见，那下次我爹去找他单独狩猎，那弓箭射的就不是狐狸，而是他的腿了。

我一身巡防营装束带着何进几个人到街上去巡逻，刚拐进西三街，就见一道体型壮硕的人形物体从一处门店内飞出来。他估摸着也没想到这街口会拐进来一队巡防营的人，脚下一个健步猛地站稳，差点儿跟我的脸撞到一起。

哟呵！这不是霍厉吗？

还真是冤家路窄。

霍厉虽认不出来我就是那日找他麻烦的“玉面阎罗”，但他抢劫啊，最怕的就是穿官服的官兵，他怔了一瞬，立马撒腿往另一个方向跑。

都不用我发话，何进直接就窜了出去。我往门店上一瞅，果然就是德安镖局，遂背着手悠闲地踱步走了进去，视线在一片狼藉的大堂里游移，落在蹲角落里抹泪的王掌柜身上。

“掌柜的在这儿蹲着做什么？”

王掌柜抹了抹眼快步站过来，恭恭敬敬地抬手作揖道：“小的见过大人，不知大人来小的这门店有何公干？”

“巡逻累了，来讨杯茶喝，顺便等等人来。”

王掌柜没问别的，忙招呼小二端茶水并几样点心过来，很是殷勤。

我这儿茶只喝了一半，门就猛地被人推开，一个庞然大物“砰”的一声被扔在我脚边，外面那件衣衫几乎被撕得没剩下啥，手脚都被捆住，连嘴也被堵上，在地上挣扎着跟一只大号的虫子一样，吓得王掌柜面白如纸。

何进面无表情地站到我旁边，道：“大人，这抢劫的狂徒已经被属下抓住，还请大人发落。”

我肃着脸点点头，内心不无感慨，想何进以前也算是个正经的禁军，如今扒人衣服扒得如此欢快，实在是深得我真传了。

“王掌柜你看看，这东西是不是你店中的？”

王掌柜的脸色由白变青，看着说话的何进，又看了看躺在地上的霍厉，抖着唇没敢言语。

我心知他这是怕霍厉还有什么后手，于是温言宽慰道："天子脚下，胆敢光天化日抢劫的，我回长安之后也就遇上这么一个，按照大理寺的规矩，他最起码得蹲个十年八年大牢的。王掌柜也不用担心他上边有什么人能让他从大理寺离开，我是大理寺少丞沈婳，武安侯是我爹，掌管大理寺的冀王殿下是我至交，有我在，他跑不了的。你尽管大胆地说，这东西是不是你店里的？"

王掌柜看着我，重重地点头："回大人，是小的店里的。"

让手下的人将王掌柜和霍厉都送去大理寺，我带着剩下的几个人继续巡视。

"刚才做得很好，回去本官就向冀王汇报，给你嘉奖。"

何进摇头道："属下只是尽分内之事而已。"

天还是很冷，雪融化后又结成薄薄的一层冰，街上的行人稀少，我哈了一口气："不过你是怎么这么快就抓到他的？"

霍厉虽然脑子不太聪明，但行事还是很粗暴的，何进这么快就能制服他远在我意料之外。

"这条街再往前就是死胡同，属下直接绕过去等着他的。只不过能这么顺利，多亏了有人来帮忙。"

我脚步顿住，道："有人帮忙？谁啊？"

"不认识，他帮着我绑住霍厉后就走了，身手倒是很敏捷，从背影看上去非常瘦，比正常人要瘦很多。"

居然还有如此做好事不留名的壮士？我还真想会一会了。

除了今日在德安镖局抢劫之外，王掌柜还把霍厉之前威胁他在城中强买强卖的事给抖了出来。

这消息在长安城不胫而走，有王掌柜牵头，几家受害者也纷纷站出来，将这起事件彻底捅到了明处。这案子虽没有涉及人命，但霍厉行事之恶劣令人发指，再加上他口口声声地说自己有靠山更是引得民怨沸腾，要大理寺将幕后之人揪出来的呼声甚高。

这些日子长安城的百姓自发在街头游行，给我们日常的巡视带来了不小的麻烦。

真是一个傻霍厉，带崩一城治安。

与此同时，大理寺也在抓紧时间进行审讯，王掌柜和几个受害者极其配合，我们本以为霍厉会顽固不化，但也不知道他是真的以为自己的靠山坚不可摧，还是觉得死也要拉一个垫背的在黄泉路上不寂寞，祝清欢只是例行了询问，霍厉就把什么都招了。

我从西三街巡视完绕回大理寺已是午后，门口停着几辆马车，大理寺几位掌事的官员一个接着一个地上去，谢湛和祝清欢一前一后地从门里出来，俱是神情清肃。

谢湛看到了我，迈开步子走了过来："父皇召见大理寺的相关官员，你也跟着来吧！"

"我？我不过是大理寺少丞，我就不去了吧！"

"没事儿，听我的。"谢湛没什么耐心，抓着我的手就往前走。这么多人在呢，我有些不好意思地缩回手，他就干脆掰开我的手直到将我送上马车。

"万一让人看见可咋办，你怎么一点儿也不避讳？"

上了马车我贴着角落坐好，企图离他远一点儿。

可谢湛却挨着我坐下，隔着厚重的衣衫，我都能感受到他腿部的温度。

"也没什么可避讳的，让他们都知道也好，省得日后撞见了再惊讶。"

皇上极少有这种召一部主管官员面圣的时候，可想而知这次事件的严重性。

可为何谢湛会执意让我跟着去？

"我让你跟着来自然有我的道理。"谢湛像是看穿了我内心的疑惑，搓了搓我有些微凉的手，道："待会儿不用紧张，也不用避讳什么，想说什么就说，说错了也不要紧，凡事都有我呢！"

我轻轻地应了一声，看着他认真的眉眼，不禁扬起脸亲在了他的眼角处。

以前我经常跟着我爹娘入宫出席各种宴会，对皇宫内院还算熟悉。

可时隔四年，我的身份有变，如今我不仅仅只是武安侯府的小姐，还是君王之臣，这时的心境比以往要沉重得多，跟着谢湛去御书房觐见的一路上我的脚步都比寻常沉了些。

被引进御书房，一行人齐齐下跪，叩首高呼万岁。

“众卿平身吧！”上首的声音虽苍老，但隐含威严，我站起侧身立在一边，这才注意到御书房内还有旁人，都是兵部相关的要员，四皇子谢清溢、左侍郎宋寓、右侍郎夏离。

“这几日长安城中关于霍厉案件流言四起，大理寺抓捕霍厉后已经问出了其所谓的后台。冀王，你来说。”

谢湛应声而出，恭恭敬敬地道：“回父皇，霍厉被少丞沈媥抓回大理寺后，交由审讯师祝清欢进行审问。据霍厉供述，他在长安城肆无忌惮地抢劫钱财是有人授意的。霍厉不过是个莽撞无知的匹夫，看给他撑腰的是朝中要员就自觉平安无事，这才闹得满城风雨。祝大人——”

祝清欢闻声抬手一揖，接话道：“经过臣的审问，霍厉已经将事情始末如实供出，他背后的主谋便是兵部左侍郎宋寓宋大人。”

此言一出，虽说碍于皇上在此四下没什么异样的动静，但我能感觉到周围气氛猛地一凝。

兵部……兵部……

我看着立在我前面的谢湛，心里隐隐约约地有些明白过来，但却不敢确定。

“宋爱卿，你可有什么辩解的？”皇上的声音听不出喜怒，却依旧威严得令人心颤。

宋寓撩开袍子，端端正正地跪在正中央。虽说我四哥总在我面前提起宋寓，但宋寓此人不太爱跟人往来，我这是第一次见到他本人。

论长相他自然比不过我四哥，只算得上眉目俊朗，但周身那股气质很是招人青睐，如竹如松，挺拔得让人难以忽视。

“确实是臣指使霍厉在城中敛财，臣无话可辩解。”

谁也没有料到宋寓会这般轻易地就认了罪，这话音刚落，殿中几个人都不由得抬眼看向他。

“啪”的一声，上首的茶盏摔到宋寓的身上，滚烫的茶水溅开，宋寓的右脸颊都被烫红了，可他像是毫无知觉一般，整个人仍旧岿然不动。

“朕自问待你不薄，你为何敢背弃朕对你的信任，做出如此丧尽天良之事？！”

一屋子人噤若寒蝉，连外面屋檐上的积雪融化、滴落成水的声音都能听清晰可闻。

宋寓的脊骨不见任何弯曲，反而挺得更直，他抬起眼，不避不躲，一字一句，铿锵有力。

“臣是皇上之臣，是大晋之臣，臣有错，也认错，但臣之所为尽皆出于本心，就算因此丢了官位，没了性命也无怨无悔。”

“大胆！”

殿中人齐刷刷地跪下，宋寓犹如没感觉到天子之怒，淡然地继续道：“臣记得当年中进士，皇上设天子宴时对臣等说，‘为我大晋之臣，需为民所想，为社稷所想，先国后君，先民后己。’霍厉敛收的财物臣没有私自贪分毫，全都积攒起来，准备在兵部调拨置办西北军营粮草的银两时略尽绵薄之力，让为我大晋付出所有的将士们能多一个人吃饱，多一个人穿暖。”

我攥紧拳头，指甲抠得掌心出了月牙的白印，眼眶瞬间热了起来。

“宋大人这是何意？拨调去西北的军需粮草每月都是按时送去的，你不必指使人抢钱敛财找个这么正义凛然的借口。”四皇子谢清溢脸色凛然，转而向上首道：“父皇，宋寓是儿臣掌管兵部的下属官员，如今他做了这等事，还巧言令色地为自己辩解，实在是罪无可赦。儿臣既掌兵部，有失察之过，还请父皇给儿臣一个戴罪立功的机会，将宋寓交给儿臣来审，儿臣……”

“就算是死，下官也想将心里话向皇上禀明之后再死，四殿下又何必这么着急。”宋寓嘴角溢出不屑的笑，当真是一副将生死置之度外的模样。

一直默默地立在一旁没说过话的夏离这时也开口道："四殿下稍安毋躁。"

皇上的视线在谢清溢身上一转，脸上的怒色已经敛下："都平身吧！宋寓，你继续说，倘若有一字一句不实，朕便治你个欺君罔上之罪，立刻推出午门斩首。"

"是。"

众人起身站到两侧，这一次谢湛和我并排站在一起，宽大的官服袖口相接，旁人看不出来什么，只有我能感觉得到他探过手来，小心地拨开我凌虐自己掌心的指甲，又握了握才放开。

"臣入兵部三年，一路升至左侍郎之位，这段时间臣一直掌管大晋各府州衙的兵将调动。每季度发放到各地的军需粮草是由户部调拨，再由兵部派人运送的，这跟臣所掌管之事没有任何交集，臣便一直没有察觉。直到年前臣听说一件事，说如今大理寺少丞沈媔沈大人昔年在西北做将军时带着人去各处山头剿匪，放走人质拿些酬谢的赎金才能养活军营的将士。沈大人能如此做，也就说明送到西北的军需粮草有问题，臣私下查过兵部的账目，上面没有任何纰漏，臣问过四殿下，甚至问过掌管军需的兵部掌事，但得到的都是敷衍之词。

长安歌舞升平，西北却是苦寒之地，尤其冬春交接之际，若无棉衣裹身会将人活活地冻死。臣想尽快解西北的燃眉之急，但家中清贫，这些年的俸禄积攒下来也没多少，这才会想出如此下策。"

"竟有如此之事？"皇上整张脸铁青，与方才的怒色完全两样。

城中纷扰不过是一个恶霸闹事而已，而西北缺少粮草却是动摇大晋根本的大事。

"今日沈大人也在此，皇上问沈大人便是。"

我暗自深呼一口气，擦过谢湛的肩膀时稍稍顿住才继续向前，直至和宋寓站到一处。

我上一次见皇上还是临去西北之前，皇上对我如同寻常人家的长辈一般温和。如今他因病脸颊瘦得凹陷，面容有些不太正常的红润，只有那双眼依旧明亮，我看一眼鼻子便发酸，也忘了场合，直接落下了眼泪。

皇上那肃着的脸顿时松动下来，语气很是温和地道："婳婳，别哭了，有话慢慢地跟皇伯伯说。"

我抹了抹泪，稳了稳声音，才道："臣到西北军营后，军需粮草便不能按时送来，臣问过营中的将士，他们说这样的情况已经持续有小半年了。派去长安城的催粮官去了几拨，每次都是无功而返，将士们吃不好穿不暖，冬日常有冻死人的事情发生。臣实在是看不了那般凄凉的境况，这才想出了去剿匪的主意。"

"那你为何不将此事禀告于朕？"

"臣有写过奏折呈上，但没有任何回音……皇上不知此事，想来臣的奏折也没有送到皇上这里儿。"

这件事一直是我的心结，回到长安之后我也不是没有想过要去查，但此事牵连甚广，若没有个万全之策也是不敢轻举妄动的。我本来和沈及商议，等他与惠安公主大婚时让公主向皇上讨个赏，将边关将士的俸禄津贴增加一些，先让他们稍微能过好一点儿，剩下的再从长计议。可我没想到，霍厉的落网居然会把西北一事揪出来。

"兵部的账目无错，这分明是有人中饱私囊，拿我大晋边关将士的性命来敛收钱财。查！给朕查！传朕旨意，将兵部、户部所有涉及粮草调拨的官员全都监管起来，挨个盘查。但凡涉案者，一律从严处置！冀王——"

"儿臣在。"

"此案交由你主审，朕许你特权，只要问出实话，查明案情，无论官位多高，地位多尊你都不必顾忌，尽管放手去查。"

"是。"

"至于你——"皇上话锋一转，看向仍旧跪着的宋寓，"朕许你协助冀王一同查清此案，将功补过。"

元庆五十二年，冬日将逝，寒风依旧凛冽。

谢湛他们一行离宫，皇上留我陪他去了迁安殿。此时，他浑身的威严气势全都消散，慈爱地笑着摸着我的头顶：“几年不见，沈家的小丫头出落得这么标致，沈青山那家伙倒是有福气的很。”

说话间内侍总管归墟端过来几盘点心，比宫外的要精致太多，我看一眼就忍不住咽口水。

“这是御膳房新做的几样点心，皇上琢磨着八小姐你爱吃特意备下的。”

我拿着一块放进嘴里，表皮酥脆，内里是用赤豆红枣做的馅儿泥，清甜不腻人。

“真好吃，多谢皇伯伯。”

“好吃，待会儿走的时候带一些回去吃。”皇上坐了一会儿身子有些疲软，靠在靠枕上，满脸堆笑地看着我。

我抿抿唇，开口道：“前几日我见我娘在自己屋里哭，我甚少见到我娘那样便在门外听了一会儿……皇伯伯，您龙体要紧，怎么能用那些道士练的丹药，那药里——”

“皇伯伯都知道。”他伸出手拍拍我的肩膀，疲惫地阖上眼，“可若是不吃那些药，朕便会整日困于榻间，长安城怎能允许一位皇帝长久地缠绵病榻？若是那样，朕恐怕连善终都难。”

“不会的，皇伯伯是一代明君，必定会寿与天齐的。”

皇上睁开眼，笑意朦胧：“你和阿梨的性情还真是像，永远的小丫头脾气。哪有人能寿与天齐？皇伯伯没多少时日了，为了大晋江山社稷稳固，朕要抓住这不多的时日来料理烦琐之事，这样，朕才能安心地去见先帝。”

为大晋耗尽毕生心力的帝王，此刻竟然也如寻常老者那样。我心中一酸，眼眶又开始泛红。

“快别哭了，你娘若是知道你见朕哭成这样，到时候又要跑来找朕闹脾气了。”皇上笑着拍拍我的手道，“老五那孩子，朕亏欠他太多。有的朕能弥补，但有的，朕已经来不及去弥补了。婳婳，你替皇伯伯多弥补一些，可好？”

我方才心中那点儿酸涩立时不见，脸腾地一下红了起来：“我，我不知道皇伯伯在说什么。”

“方才在御书房，老五不知道看了你多少遍。”

我的脸涨得通红，我没想到皇上连这个也注意到了，不由得在心里把谢湛骂个千儿八百遍，就不知道收敛些？

“朕看得出来他是真的紧张你，等惠安的婚事了了，朕叫人选个好日子，把你们的也办了。”

“皇伯伯，我还没想过这些……我觉得太快了。”我脑袋低垂着，实在是羞涩难当。

其实我也不是不乐意，只是谢湛自己还没提起过，皇上直接赐婚像是我抢亲一样。

“皇伯伯也不强迫你，随着你心意。”皇上说着放开我，身子又靠了回去，“朕有些乏了，小八你先回去吧！”

我站起身，看着阖上眼的皇上，轻声道：“皇伯伯保重。”

“嗯，去吧……”

这般一折腾，出了迁安殿已经是日落时分。

往宫门方向走，路过一处闲阁，旁边的凉亭中赫然站着一个人，来送我的内侍见状躬身一礼便退了下去。他的鼻尖和耳朵冻得通红，显然是站了许久了。

我揉了揉眼睛，确定没有眼花：“你不是已经出宫了？”

“不太放心你，等着你一起出宫，走吧！”他说着伸手要拉我的手，我往后一缩，眼睛瞪着他，“你日后给我收敛一点儿！不然我生气了！”

谢湛失笑道：“你最近脾气倒是比以前大了，总要跟我生气。”

“谁总生气了，上一次若不是你在大理寺……”我想起某些不可描述的旖旎画面，硬生生地将剩下的一半话咽将下去，瞥见谢湛似笑非笑的脸，一甩袖子就往外走。谢湛跟了上来，还不羞不臊地道：“上次在大理寺怎么了？我怎么想不起来了？”

我捂着耳朵，脚下走得更快。

我假装什么都听不见。可他的脚步跟得更紧了，声音循着指缝而入，因挡了一层更显得暧昧不明：“不过是在榻上躺了一会儿，做了一点儿事情而已，还有别的吗？”

做了一点儿？

那“一点儿”的内容也太多了吧！

我气得放下一只手去捶他，他闷闷地挨了一拳心里却美滋滋的，手直接按上去抓住牵在身侧，“一开始就让我牵着多好，就不必如今这么气鼓鼓的了。”

“你——”

“我领你从小路出去，那儿没什么人，不会有谁注意到的。”

我咬着牙鼓着腮帮子跟着他走，所谓的小路不过是宫墙和樟树间一条稍宽的缝隙，只能容得下一个人走。谢湛在前面，手背到后面来牵着我，两人一前一后，步履缓慢。

“你怎么会知道这种路？”

谢湛牵着我的手一紧，随后道：“年幼时想见父皇，却又没人通传不能觐见，我便偷偷地从这条小路钻到迁安殿附近，窝在那儿，只远远地看父皇一眼。”

他语气轻松，不知道是难过了多少次才能到如此麻木的地步。

我想起之前皇上跟我说的话，轻声道：“你是皇上的儿子，他心里肯定也是在意你的。”

谢湛的脚步顿住，转过身看着我，远处有红艳的霞光穿过繁多的枯枝，镀在他的脸侧，他笑了笑，道：“我娘，不过是父皇喝醉后当成他心上人的替身，这么多年我也习惯了，有些事情是改变不了的。如今我有你，以后我也有你，只要你在我身边，老天爷再给我多少磨难我都会笑着去面对。”

他这段真挚似表白的话，沉甸甸地砸在我心尖，砸得我浑身一震。

我掩饰般垂下头看着履尖，声音轻飘飘地道：“你，你还走不走了……

再不走，待会儿宫门要下钥了。”

谢湛笑了笑，手蹭了蹭我的脸颊松开，却直接在我面前蹲下：“路滑，我背着你走。”

他的背不算结实，但也让我心安无比。

我口是心非地摇头说不用，身体却真实地往他背上爬。这段路并不长，他却走得格外缓慢。

我伏在谢湛的肩膀上，看见他白皙若皎玉的肌肤上起了一层薄汗，笑着戳他耳垂：“怎么样，后悔背我了吧，我可比普通的姑娘结实多了。”

“确实是，毕竟是‘战百郎’，岂是寻常人可比？”

听着这个有些久违的绰号，我张嘴一口咬在他的耳朵上，谢湛很明显地身形一震，随后我唇齿间的耳垂便越来越滚烫。

“婳婳，我的定力没你想象的那般好。”

他声音略带沙哑，意有所指地说了这么一句，我立时反应过来赶紧放开，轻咳一声才道：“谁让你叫我‘战百郎’的？不过这个称呼我还挺怀念的，好想回西北去，打满山的桂花，再日日夜夜无拘无束地跑出去玩。”

“等日后有机会，我陪你去西北住上一段时间。”

一提起西北，我就不由得想起兵部的那件事，拍了拍他的胛骨：“宋寓那件事到底是怎么回事？你应该清楚吧！”

西北离长安千里之遥，沈及虽然看着不着调，但行事是最有分寸的，这些话他是不会说的。宋寓能对西北的种种情形了如指掌，必定是有人授意。

“我只是把消息放给了他而已，宋寓这个人是忠臣、良臣，他若是察觉自己日日所在的兵部出了这么大的疏漏，也不用我费劲儿，他自然会一查到底，绝不妥协。”谢湛说完双手托着我的臀往上颠了颠，这有些亲密的动作让我红了脸，好在他是背对着我的。

“所以宋寓只是知道了西北的情况就出手设了这么一个局？倒是没看出来，这宋大人还有这份谋略。”

先是弄出个霍厉搅得满城风雨，在大理寺抓捕霍厉后立马供出自己，事关朝廷大员大理寺一定会奏报给皇上，到时候宋寓再在皇上面前来这么一出引皇上下令彻查……这环环相扣心思缜密，还真是精妙。

若是宋寓不做官，去写话本子的话，我娘可就要多一个强大的竞争对手了。

说话间出了小路，谢湛将我放下来，看向宫门方向："你觉得宋大人像是会谋算这些的人吗？"

我："不大像。"

"那你大可以猜一下是谁，猜对了本王有赏，猜不对本王就要罚你。"

我亦步亦趋地跟着谢湛，脑中灵光一闪，脱口而出道："沈及？"

谢湛抿开唇笑了笑，然后摇摇头。

"难道是纪南方？"

谢湛的笑凝在唇边，脸色也跟着阴了两分。

我见势不好立刻呵呵笑着转移目标："祝清欢？"

把身边人都猜了一遍，谢湛扶着我上了马车，自己也跟着钻了进来："都不是。"

"那是谁呀？"

"我。"谢湛斜睨着看我一脸狰狞，欲擒故纵地道，"沈大人猜错了，本王要罚你。"

这是套路啊！

"谁让你方才撩我的……"不知何时谢湛整个人都欺过来，声音沙哑的，靛蓝的眸底泛出异样的色彩，"沈大人想在哪儿领罚？马车上，或者还是大理寺……"

他尾音刻意地拖长，磨得我一颗心狂跳不止，我一只手撑在他胸口前，另一只手推着他越凑越近的脸："你，你正常些！"

"怎么不正常了？我喜欢的姑娘在我跟前，还含着我耳垂，我这样，不是再正常不过了？"

他这副样子让我立刻想到大理寺那软榻上的形情，如果躲不过，像之前那样，怎么着也好过在马车上。

“不选咱们便就近吧！”他说着手往我胸口处探了过来，他不害臊我还害臊呢！我牙齿打着战急急地道：“回大理寺，回去的！”

谢湛眉眼弯弯地亲了亲我的脸颊便坐了回去，一路上嘴角都是翘着的，我总感觉他打量着我的那表情蕴含深意，就像狐狸按住了一只小白兔，端详着要红烧还是清蒸，或者干脆一口生吞。

想到这，我就浑身哆嗦。

从前谢湛总是云里雾里的跟我绕圈子，不管是行事还是感情，等到后来我们相亲相爱了，我就想，以后总算能扬眉吐气的，毕竟是他先看上我的，而我会喜欢他，完全属于礼尚往来。

以后他要是再试图欺负人，那我有的是手段让他闹心。

然而事实证明，我真的是想多了。

智商能碾压别人的人，无论在什么情况下，都是永不言败的。

# 第十三章 没有人能欺负你

“沈大人能承受多重的惩罚？”

“沈大人热不热？要不要本王帮你？”

“沈大人……”

“你能不能别说话！”我紧紧地攥着胸前的衣衫，瞪着正伏在我身上，口中正经询问，动作却非常不正经的人。

谢湛双臂撑着翻到了里侧，与我相对着，手捏着我的手搭在他腰际，脸沿着我脖颈儿往下滑。我一低头就看见个毛茸茸的大脑袋埋在我胸前，我的手顺着落在他的手臂上。

“沈大人不知，这结实也有结实的好处。”

我愤愤地拍着他后脖颈儿：“你当啃猪脚呢……”

“好，我轻一些……”他松开，忙里偷闲地说上一句，又继续动作。我脸颊绯红，还是有些扛不住这貌美小狐狸突变流氓大灰狼的事实，自从上次尝到甜头，他寻着时间便要来蹭一蹭，摸一摸，我蹙着眉推着他的脑袋道：“你是不是，看了什么不该看的东西？”

不然怎么会开窍得这么快？

他的发髻已经散开许多，长长卷卷的头发随着动作起伏着，闻言那起伏的波浪一顿，他人跟着移上来，气息灼热得烫人：“西北时在你营帐里看过几本话本子，看着还挺有意思，回来我便差人也去找了些来看，之前一直放着也没时间看，前些日子偶然翻出来……”

“你看了什么……”

谢湛鼻尖在我颈项边蹭了蹭，气息滚烫：“好像叫……《绝情王爷钟情妃》？”

若是让人知道堂堂冀王殿下看这样一本庸俗的话本子，会是怎样的震惊。

“话本子都是编的，你不能盲目地相信，更不能学习。”

“那话本子上说如此会让女子舒服，莫不是，婳婳你不觉得舒服？”他说着手顺着方才已经松散的衣襟往里探，谢湛眼尾上挑，唇细细密密地在我脸上亲着，最后贴在我唇边，一开口双唇便若有似无地相碰。

我虽然外表看着豪放，可“战百郎”，内心还是十分害羞的。

“时候不到，我不会把你如何的，我说过了，只是想借婳婳的手用一用。”

我愣了愣，旋即反应过来，脑中轰地一下有烟花炸开：“你，你，你，你不害臊！”

“为什么要害臊？只要有你，我什么都不怕。”谢湛又露出那种魅惑的笑容，明媚若三月春光，眉心舒展，眸底带光。

我有瞬间的怔忪，随后手就被按在他的胸膛。

手下的肌肤灼热，心跳声如擂鼓，一下又一下的触碰到我的掌心。

“婳婳，你还记得我们第一次见面吗？”

我抿着唇点头：“记得，在剿李四山头的时候。”

我去释放关在那儿的人质，推开门，旁人鱼贯而出，坐在角落的谢湛抬起眼。

那日天光大好，他眸底靛蓝，如水无波。

“你把我当成小姑娘，拉着我的手说我生得可爱……我还是第一次碰到有人这么说我，我当时心念一动，没有解释没有反驳，就静静地注视着你。我从很小的时候就会掩藏情绪，看着你笑得肆意，我很羡慕。我那时的心跳，就和现在一样这么剧烈。婳婳……”

“嗯？”

“可爱并不长久，爱你才是。”

我眼睫颤得极快，一颗心快要跳到舌尖上一般。谢湛就在我整个人发蒙的时候，勾唇一笑，按着我的手越往越下……等到我回过神来，已经欲哭无泪。再之后，手酸得像是连着打了一整日的猎，我非常坚定且倔强地三日没有和谢湛说过话。

而这三日，大理寺针对兵部一干官员的调查一直在继续着。

由于皇上之前放出话来，让大理寺放开手脚去彻查这个案子，于是这次审讯就显得比以前残暴得多。祝清欢每日一身清爽地进审讯室，再一身血腥气地出来，老远看过去跟阎罗殿派出来的使者差不离。我在大理寺看见她都嫌弃地躲一边，也就只有沈遇好像味觉失灵一样凑过去递个帕子，递把锥子，递一盒银针……

我看得浑身都起鸡皮疙瘩，这两人真是丧心病狂啊！

如此毫无人性地审讯下来，总算是有人吐出了点儿真东西，是兵部的库部员外郎——常焕。

库部员外郎的官职不大，却是总管兵部府库登记造册的官员。

据常焕供述，上头吩咐他做假账，不管调拨去西北的粮草缺多少，账目上不能留有任何破绽。

“下官一开始也不想做这等事，可之前兵部主事王大人就是因为窥得了一点儿事情原委还不肯听话，在回家的路上掉进护城河淹死了。”常焕身上倒不见什么明显的外伤，只是脸色发青，有气无力地说道，“我也是没有办法，我若是不听话只会死得更惨，王大人便是前车之鉴。人在江湖，身不由己啊！”

“你所说的吩咐，你做事的‘上头’，具体指的是谁？”祝清欢眯着眼，我默默地离她远一些，生怕她疯起来连我都打。

沈遇轻哼一声，默默地将我推到一边，眼观鼻，鼻观心地站在祝清欢旁边的最佳位置。

常焕面露痛苦之色地挣扎着，沈遇从袖中掏出样东西递给祝清欢，和匕首的模样差不多，最前端却是呈弯钩状，刀身布满细密的小倒钩：“将这个从他左侧腰腹刺进去，往深里刺，停一会儿，再用力一勾……真是残忍。”

祝清欢捏着就要上去，常焕急急地道：“我说，我说，是……兵部右侍郎。”

我眼睛倏地睁大，声音不自觉地拔高：“是夏离？”

谢湛站在一边，幽幽地看了过来：“沈大人怎的如此激动？”

我怎么闻到一股西湖醋鱼的味儿，还大得很。

“不是如今的夏大人，是，是之前的兵部右侍郎，秦世安秦大人。”

“秦世安如今在哪儿？”

“在户部任尚书，还是四殿下举荐的……”祝清欢的声音越来越低，已经反应过来这里面的关窍，猛地转过头。

户部掌管国库，如今兵部内里出了这么大的银钱纰漏，这位兵部出身的户部尚书可以说是牵连起两部之间联系的纽带。

一旦这事情坐实，便是自皇上登基以来最严重的一起官员结党谋私贪腐案。

谢湛敛着眉眼，扬声道：“立刻派两拨人，去户部以及秦世安的家里，务必要把秦世安尽快带到大理寺来！”

“我带着何进他们去户部吧！”

这三日以来我是第一次跟谢湛说话，他不算太好的脸色瞬间缓和，点点头，对着我叮嘱道：“注意安全。”

为了不引人注目，我未穿官服，只做寻常打扮，带着何进、郑千山、莫屿三个人去户部。

何进自不必说，郑千山擅长撬锁，莫屿轻功超群。

当年皇上赐给我的这一队禁军各个身怀绝技，相比而言何进只会讲段子还是显得弱了些。

到了户部衙门外，我让莫屿先进去打探，跟何进、郑千山一起在对面的茶楼里等消息。

郑千山朴实敦厚，笑起来眼睛眯成一条缝，上一次我在四方楼差点儿出事，若不是郑千山，这个“差点儿”就要变成“一定”了，所以我对这个下属很是喜欢。

“听何进说，你家娘子刚生了个女娃娃？”

郑千山不好意思地点点头，我从怀里摸出个小金锁，道：“我昨日买的，算是贺礼了。”

“大人这太贵重了……”

“给你，你就拿着。”何进手肘杵了杵郑千山，“咱大人家有的是钱，你还怕收个礼大人就穷了啊！”

这话说得真痛心，我不想告诉他们，你们大人家里有钱和你们大人完全没有什么关系。

不过脸上我还是大方地笑着点头：“就是这个道理，快拿着吧！”

说话间莫屿身若蹁跹蝴蝶，直接从窗子翻了进来，微喘着，道：“大人，秦世安今日没有到户部衙门来。”

今日休沐，秦世安没上早朝居然也没来户部……

我眼一凛：“走，去秦家！”

越往秦家走我的心跳得越是厉害，走到半路就碰上急匆匆从秦家出来的大理寺护卫，脸色十分凝重。

“沈大人，秦世安死了。”

“什么？”

很快，大理寺一行人便赶到了秦家。

秦世安的父母妻儿全都在老家，只他一个人在长安独住，这府上也只有几个仆人。昨日秦世安进书房时嘱咐下人不要打扰他，之后就再也没出来。

秦世安之前也经常会有把自己锁在书房许久不出来，府上的下人也就没怎么在意。

直到方才大理寺的护卫奉冀王之命来传唤秦世安，叫门无人应，众人才觉得事有蹊跷。

护卫踹开房门，就见秦世安躺在地上，他的身边放着一个铜盆，手腕上的脉被割开，血淌了一地，淌进铜盆中的血被灰烬染黑。

沈遇验尸，祝清欢审问府中下人，其余大理寺一干人等也各有事儿做，我从书房退了出来，在府中四下巡视。

我也实在是没想到，秦世安作为户部尚书，还是此次贪污案目前官职最大的参与者，家中居然如此清贫。三进三出的院子，几乎没什么装饰，屋子里的家具摆设也很陈旧，不值什么钱。

“这贪官贪的钱自己不享受，那还贪得有什么意思？”

“财不外露，才能留得长久。”

月门外有人闪进来，我轻哼一声不想理他。耳畔听他一声低叹，人跟着绕到我前面：“听人说但凡女子都爱生气，我原本以为我们‘战百郎’跟那些庸俗的女子不一样，可没想到——”

他欲言又止，停顿得十分有心机，让我心里明白他这是给我下套，但也忍不住不往里面钻，恨得咬牙切齿道：“我才不是那样的人！”

“那……别生气了？都三日没跟我说话，沈大人这惩罚真的太重了，我日日忙着大理寺的事情，还要分神来为你着急上火的。你看这两日我都瘦了，你就不心疼我吗？”

因着户部一案，谢湛确实是没怎么好好休息过。眼睑有些发青，看得我心里十分不好受，也觉得自己有些闹得过分了。

我别开脸，只留个后脑勺给他：“这次就饶了你。”

虽没回头，但我能感觉到谢湛在笑，手顺着就要来牵我的手，恰在此时，门口女声响起，那探出来的手停顿在半空：“殿下……哦，下官什么也没看见，下官有事先过去了。”

祝清欢跑得飞快，我伸腿踩了谢湛一脚，捂着脸逃也似的跑开了。

完了，这次是怎么也说不清了，没脸见人了。

经沈遇验尸，秦世安的死亡时间在昨夜辰时，是割腕导致血流尽而亡，初步判定是自杀，而且是在铜盆里烧的东西燃尽成灰之后才自杀的。

秦家上下没找到什么有用的东西，估计都被秦世安给烧了。

祝清欢那儿倒是问出了一点儿眉目，秦家的管家拿出了一封家书，是秦世安临死前一天交给他，让他带回老家湖州交给老夫人的。

“我家大人是出了名的孝子，之前也经常寄家书回去，可谁能想到……”

管家抹着泪，将家书交到祝清欢手里。

那封家书和往常没什么两样，问候母亲身体康健，问候妻儿平安，而自己身上所发生的所有秦世安只字未提，甚至还说等今年入夏接一家老小来长安小住。

谢湛将家书拿在手中，蹙着眉看着祝清欢：“你想和本王说的只有这些？”

祝清欢道：“王爷且仔细地看一下这信笺。”

这信笺比寻常的宣纸看起来厚一些，上面烫金，印有暗花，是皇家专用的，而秦世安不过一个户部的官吏，是没有资格领这种信笺使用的。

谢湛紧蹙的眉头一松，唇边浮出了些许笑意。

我看着屋中的陈设，这书房虽简陋，但那摆放书卷的书架却是上等的楠木制成的。

这个秦世安如此珍视书籍，想必当初入仕时也曾意气风发，不畏所有。可这世上人人皆有弱点，我仿佛能看见那夜秦世安伏在桌上，满眼绝望，却又笑着写下那封家书的场景。

登高与家中同庆，跌落则独自承受。

秦世安虽死，却把整个户部都牵连进来。两部一起查，大理寺忙得人仰马翻，皇上下旨让刑部也从旁协助。

户部和兵部出事，长安城不知多少人夜不能寐，都盯着此事的进展。但显然，这不能寐的人家不包括武安侯府。

是夜我翻墙去找沈及，他正睡得四仰八叉的，还发出轻微的鼾声，我踹了他好几脚他才睁开眼。

“你白日干吗了，睡成这样？”

沈及打了个哈欠，没骨头一般靠在榻上：“婚期将至，总得忙活忙活，哪像你这种没家没口的，整日闲得脑袋上长草。”

自从他婚期定下之后，话里话外透出的嘚瑟劲儿真是欠揍得很。

“你找我干吗？”

我挨着他坐在塌边，低下头抠着手指。

“怎么了？”沈及这才严肃起来，凑近我，“和冀王……分手了？”

“你才分手了！会不会说话！”我捏着拳头往他英挺的鼻梁子上怼，沈及腰身一低往后躲开，“姑娘家家的这么暴力可不好，没分手的话是怎么了？案子查得不顺利？不能够啊，什么都让冀王算准了，怎么会查得不顺利？”

“秦世安死了，他写给家中的家书虽说能证明有皇家子弟跟他有往来，但也欠缺说服力。秦世安一把火将所有的证据都烧了，显然是想以一死将此事全都了了，再想挖出什么就费劲儿了。”

沈及随意地点头应着，我戚戚地又道：“如果已经死了的秦世安又活过来，那就有意思了。”

我刚说完，脑袋上就被沈及屈指弹了一下：“哥哥就喜欢你这机灵的小模样，不过你对这事儿还挺上心的，从前很少看见你动这种歪脑筋。”

听他这话我就知道他愿意帮忙了，了了一桩心事，我心情顿时轻松下来，人往身后一倒，躺进被子里。

“我离开西北之前和李常他们说，我会想办法解决西北军营的困局，这是其一。其二……”我眼前闪过那双靛蓝的眼眸，脸上泛起我自己都感觉不到的温柔笑意，“我想尽心帮一帮谢湛，他最近太累了，我想替他分担一些，毕竟日后还是要在一块儿的，把他累出什么毛病来该如何是好？”

沈及跟着躺下，手揉了揉我的额头：“行吧，你开心就好。”

“你被人调包了？你还是我四哥吗？”居然没拿话怼我，这太不像沈及了！

安静了片刻，我衣领子被沈及拎起来，像拎着小鸡崽儿一样拎到门外，再“砰”的一声关上门，差点儿砸到我的鼻子。

行吧，这一会儿又是沈及本人了。

不过只要能帮我，砸一下我也心甘情愿。

我四哥的行动力极强，也就两三日的光景，长安城中已经有几拨人，说自己夜晚好像看见从秦家出来个人。头上戴着斗笠，一身黑衣，脸看不真切，有些驼背佝偻，而那刚死的秦世安便是这个身形。

这日一大早我去大理寺时，碰上几位同僚说起此事，主事温故一脸的正色道：“这鬼怪之说纯属无稽之谈，我们读书人要明理，切不可听信谣传，盲目迷信。”

这话说得没一点儿错。

但当听说放在大理寺的秦世安的尸体不翼而飞后，那不信鬼怪温故小哥的脸顿时变得刷白，嘴上还在坚持着，“不要迷信！”后来我看见他对着院子东南角，双手合十念念有词道：“下官就是一时胡言乱语的，秦大人千万莫怪，千万莫怪。”

秦世安死后，户部一干人等便从大理寺放回家中去了，谢清溢身为皇子，在大理寺审讯期间也是单独住一个院子，并未受过什么苛待。例行询问后，他是第一个离开大理寺的，得知秦世安尸体丢失后，他也是第一个回大理寺的。

“你们大理寺是做什么的？连具尸体都看不住？”谢清溢怒气冲冲地进来，左右护卫也没人拦得住。

谢湛今日不在大理寺，听见外头吵吵嚷嚷的，我便出去看了看：“四殿下体恤下属的心下官明白，但事已至此，四殿下着急也没用。冀王已经着人四处搜查，一具尸体也不是什么小东西，藏是怎么也藏不住的。”

我笑着走近他，像突然想到了什么一般喃喃了一句：“不过若是他自己走的，那可就难找了。”

“胡说八道什么！一具尸体如何能自己走？这分明是你们大理寺想推卸责任，才找诸多借口。老五呢！叫老五出来见我！”谢清溢后槽牙咬得死紧，一副今日不把这事情料理清楚决不罢休的模样，不知道的还以为秦世安是他远方亲戚呢！

“冀王今日不在大理寺，一大早大理寺接到人密报，说在千南山山脚下见到了秦世安的身影，冀王亲自带人去找了。”

谢清溢长眸微眯：“千南山？”

“是啊，那地方可真是古怪得很，几次三番的出事，我上一次也差点儿将小命交待在那儿。”我说着叹了一口气，若有所思地道，“可能那地方阴气太重，才吸引秦世安这样枉死的人过去吧！哎，这外头冷得很，四殿下进去坐一会儿，喝杯茶暖暖身子吧！”

谢清溢牙关一松：“不必了。”

我看着他拂袖而去的背影，想起昨日我与沈及的对话。

“就三言两语的，他会上当？”

沈及笑得胸有成竹：“你越是说得离奇古怪，他就越觉得秦世安真有可能活着。如今户部、兵部什么也没查到，所有的物证都被秦世安烧没了，秦世安一死，大家高枕无忧。但只要他活着，谁都别想好过。但凡有万分之一的可能性，他都不会轻易地放过，你等着看好了。”

谢湛带着人在千南山山脚下转悠，我则在长安城中等消息，一旦有意外发生，谢湛会以烟花为信号告诉我。

守在城门前的巡防营每隔半个时辰就会来报，并没有四皇子府中的人出城，倒是兵部右侍郎夏离驾着马车出了城。

年后夏离从巡防营调回兵部，没再守城门。

我在院中绕着树一圈一圈地转着，总觉得哪里不对劲儿，夏离和谢清溢……

我想起上一次在御书房时，谢清溢的怒气被夏离的一句话抚平，我那时没有往深处想。如今想来，倒是古怪得很。

夏离刚调回长安城不久，和谢清溢还是上下级关系，没道理谢清溢会听他的。

我正琢磨得一个头四个大的时候，一阵火光冲天而起，炸成一个大大的“帅”字。

“出事了！”

我这队禁军早已集结完毕，一直在旁候着等待命令。我稳了稳心神，扬了扬手：“出发，去千南山！”

“是！”

我自西北回到长安，来千南山的这几回，回回都没什么好事，但每一回都会化险为夷。

驾着马疾奔过去的路上，我自我安慰地想：这回谢湛也不会有事，绝对不会。

日近黄昏，我拼了命地夹紧马肚子，一路过去雪地里都是脚印，不止是有人的脚印，还有马蹄印。

谢湛是带护卫走过去的，并没有骑马。

所以这马蹄印不是他们的。

再往前走，空气中除了泥土的味道，还隐隐能闻到一股烧焦的味道。我眯着眼往上瞧，山林间似是有火光闪动。

我翻身下马，施展轻功飞身而过，只见千南山山脚下的枯木燃着火焰，而且是呈合围之势向上蔓延，在远处看没发现，离近了看这火焰已经蹿到了山腰，山脚周围只有几匹马和一辆马车，但并没有看见人影。

“谢湛！谢湛！”

我喊了几声，回声阵阵，却没人应答。

“谢……唔……”一只手捂住我的嘴，触感熟悉得一触我就知道是谁。

“嘘……”他放开我，招呼何进他们也跟过来，拉着我向下走。

这下面是一条挖好的工事沟壑，上面用板子挡住，又盖上一层土，一般人路过都不会注意到。

下去之后我贴在土壁上，谢湛蹲坐在我身前，用身体给我隔出了一个小独间。我能感觉到无数道目光向我扫射过来，我的脸瞬间就红了。

“如今是什么情况？”

“四皇兄带着人上了山，那几个人除了夏离之外都是高手，我没有什么胜算才叫你带着禁军过来的。”

说到“夏离”这个名字时他很明显地顿了一会儿，我早就有准备，倒也没觉得多难以接受。

夏离现在虽说不在巡防营，可凭往日的情分城门的守卫也不会对他多加盘查，谢清溢因此无声无息地混出城来就可以说得通了。

“四皇子何必这么冒险，居然亲自过来？”

“他是算准了所有可能性，若是秦世安没死，就立刻除掉他。若是秦世安真的死了，而这是个圈套，他有高手保护也能顺利逃走。只要人活着，就还有东山再起的机会，毕竟我们没什么确凿的证据。”谢湛伸手拂了拂我肩膀蹭上的土，又道，“我之前让人在山脚周围倒了火油，等他找秦世安无果后再想下来就费劲儿了。”

我一惊：“你，你打算烧死他们？”

谢湛勾了勾唇，我抬眼，这才注意到他靛蓝眸底的一片阴鸷：“从一开始我就没打算让他活，那几个人里言树也在，他们差点儿害你死在这儿，如今我不过是原样奉还给他们罢了。我说过，我不会再让你受伤害。那些伤害你的人，我一个都不会放过。”

“不行，你不能这样。”我抓着他的衣袖，声音压得极低，道：“谢清溢再怎么说也是你的兄长，今日之事在场这么多人都看见了，但凡有人说出去，你这样弑兄灭亲会被人戳着脊梁骨骂。那到时候你要怎么办，还要杀光我们所有人吗？”

这最后一句话声音有些发颤，我是知道谢湛的心性的，但我没想到他会做到如此程度。

“你觉得我做得不对吗？婳婳，我为你无论做什么，你都觉得我做得不对，是吗？”

我努力压住想要与他争吵的情绪，也不顾现场有多少人，伸出手臂环住他的脖颈儿，轻声细语地顺着他看不见的，却已经奓开的毛：“你为我做什么我都开心，我知道你一直对千南山之事耿耿于怀，你这么护着我，我很感动。我也想护着你，不舍得有人在背后骂你。”

“我不在乎。”他的话有些冷硬，可身上的戾气却消散了不少。

我将头搭在他颈窝处，抬眼就对着那一张张震惊的脸。看见我看过去，他们齐刷刷地背过身去，装模作样地抠手抠脚。

我顿时不知所措，谢湛，等回到长安城，看我怎么跟你闹！

我心里这样想着，开口说出的话却柔和得像一汪水：“可是我在乎，阿湛，收手吧！犯了错皇上自然会惩罚，只要他们受到了惩罚，你就算给我报仇了，可好？”

他抿着嘴不说话，安静的山林间突然传来嘈杂的惊呼声，想来是谢清溢他们发现山间着了火。

我心里着急，偏过头就胡乱地在他颈窝处蹭，每蹭一下就撒娇似地问上一句：“好不好？”

“安久！”

半晌谢湛终于开了口，叫安久的那护卫应声站了起来：“王爷有何吩咐？”

“带着大理寺所有护卫，到护城河去运水过来。”

“是！”

我嘻嘻笑着，脑袋从他颈窝处移开，手捧着他的脸：“今日的冀王殿下非常帅气，我喜欢。”

他的脸终于由阴郁转向阳光，嘴角向上翘着问道：“就只是今日？”

“从出生帅到现在，一日比一日帅。”

他这会儿总算是满意了，唇压在我唇间飞快地亲了一下：“走吧，先上去。”

与山脚下相比，山上可以说是非常地热闹。

那火烧到半山腰，几个暗卫护在谢清溢的身前，脱下身上的衣衫去扑火，试图给自家主子扑出一条生路来。夏离面色淡然地站在谢清溢身后，仿佛这种种都跟他没有关系一般。

谢湛将我拽到他身后，这个很自然的动作挺让人暖心。

这是我差点儿没了性命的地方，他一直没提，但心里却无比在意。

安久一行人回来得很快，用木桶装了几车水。此时，山上的人已经注意到了山脚下的动静，有人开口道：“山下的可是冀王殿下？”

千南山不算高，这声音听得很清晰，是言树。

何进半拢着手放到嘴边喊道：“正是冀王殿下，冀王发现千南山起火，命我等运水过来灭火。”

话是这么说，可几车的水只是摆在那儿，并没有去灭火。山上的人沉默片刻，谢清溢喊出了声：“谢湛，你到底想怎样？”

当看见谢湛的瞬间，谢清溢就已经反应过来自己是被坑进来的。与其浪费时间，不如开门见山，才能争取一线生机。

再晚一会儿，就要变成烤人干了。

“兵部派往西北粮草出的纰漏，以及秦世安在户部所做的种种，还请四皇兄能如实交代。”谢湛仰着头，字字句句在山林间回荡，“四皇兄如若能说实话，臣弟立刻将皇兄救下来。”

“我若是不说呢？你敢放任这火烧起来，可你敢让父皇知道你弑兄而对你寒心吗？谢湛，你骗得了别人，可你骗不了我，你一早就有夺嫡的心思，你有顾忌，就不能为所欲为。今日你救也得救，不救也得救。”

“四皇兄今日若是葬身火海，那父皇膝下就只剩我和六弟两个皇子。六弟从小体弱多病，就算父皇再如何对我寒心，也没有更好的人选。”谢湛几句话让人心惊，我也陡然明白过来，若是谢清溢死了，对谢湛并没有什么实质性的坏处，反而能让夺嫡形势彻底明朗化。

可他还是听了我的话……我更紧地握住他的手，他食指抬起轻轻地敲了敲我的手背。

在西北时我们学的手语，在这一刻派上了用场，他是让我安心。

一阵沉默之后，谢清溢为顾及性命，几番斟酌后颓然地道了句：“只要你救得了我，我便会如实相告。”

谢湛下巴轻抬，安久带着人扛着水桶往上去。

地上都是雪水，这火是靠火油才烧起来的。安久他们便拎着水只沿着一个地方向上，只要能开出一条小路让谢清溢几个人下来便可。

我每次见谢清溢，他都是一身华服，丝毫挑不出任何纰漏的贵气姿态，如今被言树几人护着下来时却衣衫不整，脸上也蹭了几道黑，狼狈不堪。

他也自知形象都没了，看谢湛的眼神是再也不用掩藏的恨意。

夏离走在最后，眼睛在我身上定了片刻又若无其事地移开。

谢湛松开我的手，上前一步：“四皇兄受苦了，方才臣弟问的话四皇兄可还记得？”

谢清溢冷笑一声道：“什么话？我可不记得我曾说过什么话。”

“你这人怎么这么不要脸啊！”

谢湛转过头，叱责了一句：“不要多话！”

我闭上嘴，心头火比千南山上的火烧得还旺。在谢清溢这个位置上的人，我还真没见过比他更不要脸的人了。

“武安侯到底是武将，这教出来的女儿真是好生的没教养。”谢清溢拿着帕子，擦了擦脸，“今日多谢五弟相救了，他日父皇面前四哥我一定为你请功，天色也不早了，为兄我先行一步回城了。”

谢湛能放一把火烧山，假装不知谢清溢在山上，就算是谢清溢被烧死了，他也不过是坐视不理的过失。

可若是如今再杀他，那就是故意为之了，先不说言树等那几个高手有多难缠，这么多双眼睛看着，光天化日之下谁敢如此。

谢清溢是摸准了这一点，才有恃无恐。

只不过他还是不大了解他这个五弟……就像谢湛不了解他这个四哥的脸皮厚度一样。

我看见谢湛垂在身侧的右手攥了攥拳，急忙过去一手抓住。谢湛身形微怔，侧过脸来看我，我轻轻地摇了摇头。

谢湛喉结上下滚动，右脸颊抿出个酒窝，他特别高兴或者特别生气时才会露出来。

谢清溢冷冷一哼，带着人便要走。

“四殿下方才答应过冀王要如实回答的，殿下若是忘了，下官可以提醒您。”男声清清冷冷，却让谢清溢的脚步猛地一顿，不敢置信地看着说话的人。

夏离笑了笑道：“看这样子，殿下怕是连事情都忘了吧，那便由下官提点一二。元庆四十六年，太子谢乾被废，他所掌管的兵部落在四殿下手中。从元庆四十七年开始，殿下命秦世安在派往西北的粮草中克扣银钱，并将账目抹平，之后殿下担心户部的账目与兵部的有出入，便推举秦世安入户部，之后两部彻底勾结在一起……”

“你胡说！”谢清溢抽出言树腰间佩剑便要朝着夏离挥过来，情急之下我拽过夏离，一脚虚虚地踹在谢清溢的腰间，言树立时扑过来，和我过了几招，我自知不是他的对手，几下跳到后面，禁军列队而出，两方呈对立姿势。

“下官可以胡说，但废太子府东苑地窖中存放的账本以及这些年的粮饷不会胡说，对吧四殿下？”

谢清溢彻底失控，一双眼猩红如血，恨不得将夏离千刀万剐：“你，你这个叛徒！你对得起大哥对你的栽培吗？我要杀了你，杀了你！你们，给我杀了他！”

言树一行十来个人顿时跳将出来，手执长刀与禁军和大理寺护卫缠斗在一起，言树几次要越过来杀夏离。

我拉着夏离左右躲闪，言树飞身而起，手中的刀擦着我的脸颊而过，蹭出一道血印。他落了地，刀锋却陡然一转，朝着我方才站的方向而去。

那里只有谢湛一个人！

我顿时慌了神，伸手胡乱地去抓言树，扯到了他的衣摆。言树回手刀便刺了过来，不远处传来近乎要撕破晴空的喊声：“不要！”

我脑中一片空白，眼看着寒刃折着天地间的最后一缕光，晃进我的眼中，我听见刀剑入肉的声音，却不是刺进我的身体里，我被一道突然而来的大力推开之后，寒刃刺进了夏离的胸口，再拔出来。

我看见血，大片大片的血从他的胸膛涌出来，将他身下的那片白雪染成了红色。

有大理寺的护卫围过来，隔出了一片安全的区域，谢湛跟着过来，神色紧张地看着我，我看见他嘴巴一张一合的，可我一个字都听不见。

夏离颤巍巍地抬起手，抚着我的眼角：“小婳，别哭了……我不值得你哭……”

眼前水雾弥漫，我已泪流满面。

我吐了一口浊气，才找回自己的声音：“你干吗，你为什么要为我挡这一刀……就算你这样做我还是不会原谅你的，你不能死，你死了我该找谁去补偿我？”

“那只有下辈子，你再来找我偿了……”他扯开嘴角，眼底泛着泪光，“我本该随着废太子一起走，是武安侯因你才保了我一命……我这个人最自私，我想让你永远记得我，好也罢，坏也罢，都要深刻进骨髓，这样才不枉我在这人世间走一遭。你恨我吧……但不要忘了我……小婳，你过来一些，我有话跟你说……”

我低下头，听他断断续续地说了五个字，还没等我回过神来去细想，那声音便戛然而止。

他的呼吸变得虚无，指尖自我的眼角骤然而落，滑过脸颊的短短瞬间，半生的纠葛因此而落幕。

我眼前天旋地转，在这纷乱中失了神智。

一片黑暗里，他提着一盏宫灯走近，照亮了前方：“这条路还很长，我不能陪你走了，不过幸好有人陪着你，我就放心了。”

他将宫灯塞进我的手中，伸手揉了揉我的脸颊，转身一步一步地向前走。

迷蒙里，我叫出了年少时才会叫的称呼：“小夏哥哥……”

他转回头，笑若朗月，身影一点儿一点儿模糊，直至消失不见。

我昏睡了一日一夜才醒过来，脑子昏昏沉沉的，眼睛看人还有些模糊，缓了一会儿才看清守在床边的是谁。

“娘……”

“你醒了，有哪里不舒服？”

我摇摇头，声音嘶哑得厉害：“其他人呢？”

“冀王将你送回来，昨晚守了你一宿，早上才走的。夏离……”我娘叹了一口气道，“他无父无母，可到底是我看着长大的孩子，你爹又曾将他当义子，自然是不能让他死后魂魄在外游荡。你爹已经去置办了，就葬在我们沈家陵墓旁边。”

我点了点头。

“生死有命，你现在还看不开，到为娘的这个年纪，见过风浪了后才能看得透吧！”

我娘端了碗热粥过来，我喝了一半后又躺下睡了半日才算是彻底活过来。

在我昏过去后，言树在争斗中被长矛戳进心肺当场就死了，几经缠斗之下谢清溢及手下被禁军与大理寺护卫擒住，押送回长安城。

因谢清溢身份特殊，谢湛带着他直接进宫面圣。何进他们在扭送谢清溢的暗卫进大理寺大牢后，赶去废太子谢乾原来的府邸，将早已破败成荒园的东苑翻了个底朝天，找到了存放冰块的地窖，大口的箱子码了一地，里面装满银锭，大致估测有上千万银两，户部、兵部两部所有与西北调拨粮饷有关的真实账本也都存放在这里。

从元庆四十七年至今已有六年，这件大晋开朝以来时间最长、贪污银两数目最多、涉及官员地位最尊、影响最为恶劣深远的大案终是得以真相大白。

就像雪终会化，春终会来。

真相永远不会被掩埋。

# 第十四章 世间就只一个你

谢清溢一案牵连甚广，他本身是皇子，又是当朝丞相佟吾的亲外甥，虽说谢清溢的母妃琪贵妃曾因戕害妃嫔之子被贬黜废位，但有佟吾在，谢清溢还是一路无阻地到了现在。

如今谢清溢做下如此大案，佟吾是否参与、是否知情，这些还需日后再细细地盘查。

在调查清楚之前皇上就下旨，将谢清溢关进大理寺大牢。

一般皇亲国戚犯错都是关在宗人府，皇上如此显然是动了大怒。

即使在长安城情势如此动荡的情况下，惠安公主谢皎皎和沈及的婚事还是如火如荼地准备着。大理寺也没我太多的事，我跟谢湛说我这些日子先不过去了，谢湛欲言又止地看了我半晌，最后抚了抚我的脸颊，许我留在家里帮忙。

按例公主下嫁需在宫外建公主府，给公主与驸马居住。但皇上特许惠安公主到侯府居住，不必再在外头另建府衙。

皇上虽然没明说，但我见我娘那眉开眼笑的模样就知道，肯定是她去找皇上讨的恩典。

扯红绸，挂红灯笼，贴喜字，侯府上下热闹非凡，我大哥他们几个都赶了回来。眼下我四哥一只脚勾住屋檐，两只手拿着匾额正往新房的房梁上挂："歪了吗？"

"向左一点儿！"

"左太多了，再向右！"

"再向左！"

……

沈及额角青筋突突地跳，转过头破口大骂道："沈小七你是不是欠揍了？"

我七哥沈愿嘴巴一抿，手掐了掐自己的肉，随后十分乖巧地摇头："皮还没紧，还不到欠揍的时候。"

"哈哈哈……"人群一阵爆笑，沈及挂好匾额跳下来，捏着拳头就去追沈愿，两人一阵风似的跑没了影儿。

“若是平时老四可没这么好的耐心去听旁人的意见，这到底是要做新郎官的人了。”乔穗依在我大哥身边，看了看我，又笑眯眯地打趣道：“连老四都要定心了，什么时候轮到咱们小八妹妹呀？”

她一开口，几个人都齐刷刷地看向我，看得我硬生生地后退一步，摆摆手道：“不急不急，我还小呢！你们先聊着，我突然想起我还有点儿事要去办。”

说完也不管他们什么反应，我身形一跃就翻墙回自己院子里了。

大龄未嫁姑娘人生两大过不去的坎儿：被逼着相亲，被逼着成婚。

之前我还总想着这事儿，可自千南山一事后，我心里总是七上八下的忐忑难安，连我自己也不知道在怕啥。

再过三日便是沈及的大婚，侯府中一切都安排妥当，皇上十分宠爱这位惠安公主，特下旨许外省封疆大吏回长安城同庆，这在之前是没有的特例。

晚饭自然是热热闹闹的，我爹跟七个哥哥围坐一桌，一杯接着一杯的给沈及灌酒。沈及眼角眉梢都是喜色，豪迈得拍着桌子道：“喝倒可以，但每人得说一句祝福话。”

这话一出口谁还能放过他，眼看着最后我爹也喝得醉醺醺的，我才敢凑过去：“四哥，祝您老当益壮，早日生个侄儿。”

平时一说他老，沈及都能活撕了我，但这次听到后半句他十分开怀，一连喝了好几杯才算完。

这酒醇厚，细品之下味道甘甜，我自己又喝了几杯，没想到后劲儿大得厉害，从花厅出来我头有些晕，便翻到房顶去吹吹风。

“不冷吗？”

有人从后面爬上来，挨着我身边坐下。

我摇摇头。

“怎么喝这么多？当心明日头疼。”

“我四哥终于娶到他心上人了，我心里高兴就多喝了几杯。”

身边人沉默了一会儿，绕过来一只手捏住我的下巴，将我的脸扳过去对着他，说道："你怎么了？"

我迷蒙着眼，笑了笑问："什么怎么了？"

"你躲了我好几日了，如若不是我今日守在墙后怕也还见不到你。你有什么心事就告诉我，别让我整日悬心。"

他这么一说，说得我头更晕了，拂开他的手，脑袋蹭过去搭在他肩膀上："没躲着你，是府中忙不过来我才没去找你的。"

谢湛似是叹了一口气，手指抵在我的额角缓缓地揉着："你说没躲就没躲吧！"

他絮絮叨叨地说着话，将这些日子做的事情一件一件地说给我听，听得我耳朵都要长出茧子了，头搭在他肩膀上昏昏欲睡。

"婳婳。"

"嗯？"我近乎无意识地应了一声，谢湛揽着我的腰身紧了紧，透露出一丝紧张："等兵部的案子了了，我想向父皇请旨赐婚。"

我半垂的眼皮立刻睁开，人也随着这句话清醒过来。

"这些时日我晚上睡觉总做梦，梦见你一身红嫁衣坐在榻边对着我笑，每天醒来我都是笑醒的。我不想只在梦里笑，只在梦里看见你穿嫁衣。我想名正言顺地抱着你，亲着你，我想跟你一辈子相守。婳婳，我会对你好的。"

我心里酸酸涩涩的，又泛着甜，半晌没应声，他的手伸过来，抹去我脸上不知何时落下的泪道："哭什么？你若不愿意我不会逼你的，别哭了。"

话是这么说，可他紧绷的语气我怎么会听不出来？

"我是愿意的。"我直起腰身，看见他眸中乍现的光彩。

"婳婳？"

"只是现在还不是时候，大理寺这会儿忙得人仰马翻，宫中又正在筹备惠安公主的婚事，等忙过这一阵又是春猎，总要缓一缓从长计议才行。"我弯弯眼笑开，道，"就算你肯草草地办了婚事，我也不肯。我这辈子只成这么一次婚，当然要风光大嫁，不能有丝毫将就。哪像你们男人，日后不一定会娶多少个，还有的是机会。”

我不过是打个比方，没想到谢湛却当了真，看向我的眼底，认真地道：“不管日后如何，我可以向你保证，我今生今世只会娶你一个。”

我借着那些微的酒劲儿，比平日里要放得开些，看他这副俊俏模样心痒痒得很，一个饿虎扑食似的便将他压在身下，有几片瓦承了两个人的体重被压得碎开，发出“咔嚓”的声响。

谢湛一点儿也不慌张，双臂枕在脑后，好整以暇地看着骑在他身上的我：“‘战百郎’要将小生如何？来吧，小生予取予求，绝不反抗。”

我俯下身子，唇近乎贴在他面颊上，若即若离，吐气如兰：“真的予取予求，我要什么都给？”

谢湛呼吸一滞，声音顿时嘶哑了三分：“真的，就算是要我的命，我也给你。”

得，调戏不成反被调戏，再这样下去闹出什么大动静来，明日我爹就要把我押到沈家祠堂，就地打断我的腿了。

我红着脸离他稍微远一点儿，抿抿唇道：“如果我没猜错，钟无羡是一直跟在我附近吧？”

谢湛眸色有瞬间的怔忪，随后“嗯”了一声：“他一直没离开长安城，我让他暗中保护你，不过不得近侯府，只在你来往大理寺的路上护着。我本意是不想让你觉得没自由，但不曾想会发生千南山那件事，若是当时钟无羡能看见你从侯府离开，可能也不会……”

这也不能怪他，实在是何进当时跟着我的事让我心里不舒服了许久，若是走了个何进，再换个人继续盯着我，那我真会给他表演个爆炸。

“不过你是怎么发现他的？”

“上次在德安镖局外面抓霍厉的时候，何进说有个看着比寻常人消瘦许多的人帮了他。你之前说过钟无羡算是你的人，他又是我见过的最像骷髅的人，应该就是他了。”我曲起腿支在两侧，虚虚地坐在他腰腹处，盯着他，“你明日让他在侯府后墙边上等我，我有些事想让他帮帮忙。”

“什么事？不告诉我就想让我的人给你办事？”

我使劲儿往下那么一坐，眼看着谢湛整张脸涨得通红，差点儿一口气没能喘得上来。

跟着一起没能上来的，是彻底被压碎成渣的瓦片，骨碌骨碌地往地上掉。

“这什么声啊？闹耗子？”

花厅那边有我六哥大嗓门的一声吼，吓得我扯过谢湛就往后边儿退。我喝了酒，手上没个轻重，谢湛也没防备，这一下竟然直接将他推了下去，“砰”的一声摔过后墙落了地。

我扒着房檐向下看：“阿湛，你怎么样？有没有事？”

“有事，很严重的事。”

是断了腿还是摔到了脑袋？

我被这猜想搅得一颗心揪起来，刚想翻身下去看看，就听他又道：“脸上划破了皮，本王这无瑕的皮囊终是被毁了。”

我现如今就好似话本子里写得那些恃宠而骄，有靠山就可以为所欲为的恶毒女配了，说不去大理寺就不去，说不去巡街就不去，谁要是问到我头上，我便道：“是冀王殿下吩咐的。”

谢湛离开侯府的第二日，我如愿见到了钟无羡。

这小哥挺着一张骷髅模样的脸，也没有丝毫的怯弱，非常自然地将我们从牌友转为上下级关系。

“沈大人有何事吩咐便是。”

“你不用再跟着我，去跟个别的人吧！若是有什么动静就来告诉我，或者直接告诉冀王。”我盯着后墙上的纹路，胸口压着的那块大石挪了挪，再次落下，压得更严实。

这石头从夏离死的那一日压在我胸口，不知道还要多久才能被挪开。

二月初二，天还未亮，整个武安侯府便热闹起来。

沈及算是我沈家这一辈颜值最高的，若不是谢湛占了个异域风情的卷发和蓝眸加分的话，说全长安城我四哥最帅没有人会反驳。

本就那般妖孽的长相，今日一身大红喜袍，头顶带着嵌金玉冠，嘴角扬起，春风得意，无人能及。

我笑嘻嘻地凑过去称赞道："今日允许你比冀王还帅。"

按照大晋宫里的规矩，沈及要在天初亮时到宫中接惠安公主，一起拜过帝后、后宫位阶尊贵的妃嫔之后，双双到送庆殿接恩旨，再经过许多烦琐的礼节之后才能离宫。基本上快午时才能回到侯府，再行拜堂。

这宴席倒是只在武安侯府办，我爹高兴，宴席大摆三日，遍请了朝中官员。

我爹低调了这么多年，总算是高调了一回。

除了跟着厨娘陈大娘去菜市口抢大白菜之外，我还是头一次见到长安城有这阵仗，人山人海，挤挤挨挨，席面坐不下的，就随便找了张桌子支在外头，还等得美滋滋的。

"这武安侯府的喜气，不沾一沾实在是心里难安。"有人如是说。

时辰还未到，有许多位朝中重臣都没露脸，到时候他们来了会更挤，想想还真是可怕。

快到午时，铺着十里的红毯之上，沈及骑着高头大马，缓缓地走在迎亲队伍的前面，后面一顶华丽的八人轿辇紧跟其后，再往后是看不到尽头的装彩礼的马车。

"感觉四哥娶了公主之后，瞬间就成为咱家最富有的人，我现在去巴结这位小嫂子还来得及吗？"我娘本来激动地在抹眼泪，听这话"噗"的一声笑出来。

可能是自身阴气太突出，这黑压压一群人里我一眼就看见钟无羡那张骷髅脸，我默默地向后退，在后墙根跟他见面。

"他去了大理寺的大牢。"

我攥了攥拳："冀王知道吗？"

"知道，冀王还让我告诉大人，今日恐有变故，要大人万事小心，不要去冒险，一切有他。"

沈及昨夜临睡前将我从榻上揪了起来，他手下的关系网一直在盯着最近长安城的动静，因着皇上准许外省各封疆大吏回长安城同庆天家喜事，这些日子以来城中多了许多外来的人。连谢南岸被贬黜后去两江的帝师陈立也回来了，还带了不少的贺礼，一行七八辆马车，重到车辙子都比旁人马车深一倍。

“若是真的敢在我娶公主过门这日搞出什么事来，我一定活劈了他们！”

眼下听钟无羡这话，我感觉今日沈及要表演活劈人了。

我也是很期待。

“钟大哥，看在咱们曾一起守过尸首打过马吊的情意上，你答应我件事儿吧！”

钟无羡被我这一声“大哥”叫得有些许的不自在，讪讪道：“妹子有什么事情只管开口，我一定办到。”

我仰头看了看蓝天白云，再看看钟无羡的眼，说道：“我希望无论发生什么事，请钟大哥守在冀王身边。我知道你有办法不露行迹，之前若不是出手制服霍厉也不会让何进看见。”

“可……”

“好了，就这么定了，我先到前边去了，回头喜糖给钟大哥留着。”我摆摆手，头也不回地翻墙而过。那厢新人在跨火盆，正堂里我爹娘已经端坐在上首了。

我深吸一口气，刚要提步过去，有个人比我更快，一路小跑着过去。

看不出来福伯这么大岁数，腿脚却是这般灵便。

他走到我爹身边附耳说了几句话，我爹脸色登时大变，起身就要走，被我娘一个眼神压下去：这么多客人在，还没拜堂你便要走，不是明摆着告诉大家出了事？

我爹只好继续坐着，一直撑到沈及与公主拜了天地送入洞房后才从正堂绕到后院。

我跟着他一路快步进了卧房，眼看着他在榻边按下一块凸起的雕花，塌边顿时陷下一个小坑，他拿出了一块巴掌大小的物件在手里。

“爹，可是出什么事了？”

我爹凝着眼，思忖片刻走到我跟前道：“宫中生变，但目前局势尚不明朗，为父要赶到城郊万柳营去调兵，你拿着这个，立刻去集结城中巡防营与禁军人马，先赶到宫里头去。不管发生什么，一切以皇上的安危为先，其余的可见机行事。”

调兵的兵符，在我爹退出朝堂时就交回到了皇上手中，如今居然出现在武安侯府，这倒是让我大吃一惊。

我将兵符小心收好，说道：“放心吧爹，我不会给您丢脸的。”

“我家婳婳从来没丢过爹的脸，爹相信你，去吧！”我爹难得地夸了我。

我先赶到大理寺，让何进和郑千山去找巡防营和禁军的统领过来见我。

事情紧急，兵符交给他人我不放心，为了节省时间也只能如此。

在等着人来之前我去了一趟大理寺一号大牢，守门的典狱官昏睡了一地。最里面的那间牢房房门大开着，关在里面的谢清溢不见了踪影。和他一起不见的，还有打人狂魔霍厉。

我耳畔响起夏离临死前跟我说的那句话—— 小心纪南方。

这话说得没头没脑，我一时也想不出了所以然，更是不敢相信纪南方会做出什么丧尽天良的事。在我眼里他虽然行为有点不正常，但一直都还算是个善良的人。他几次三番地帮我，在我眼里他就是一个家里挺有钱，年少又美颜的无忧无虑贵公子。

如果他不是真的这样，那就是装出来的，能装得这么自然，几乎瞒过所有人的眼，也真的令人脊背发凉。

钟无羡远远地盯着他，发现他这几日经常来往于大牢与放着卷宗的阁楼。

结果就是谢清溢与霍厉一起不见了踪影。

除了他们之外，消失的还有纪南方。

巡防营的人马集结得很快，但禁军统领裴缓却迟迟不见人影。

“大人，要属下再去催一催吗？”

我对着何进摇头，道：“不必了，要来早来了。”

禁军掌管宫禁要务，裴缓不来也就只有一个可能了—— 有人要谋逆逼宫。

我敛下心神，将巡防营与大理寺护卫整合，由何进几个人带队。他们毕竟是禁军出身，对皇宫比一般人要熟悉。

“估计此时皇宫门禁已经被人掌控，眼下会有一场硬仗要打，我希望诸位弟兄能携手并肩，助我大晋江山渡过此次难关。”

众人仰首挺胸，声震山河：“一切听从沈大人差遣！”

“那就——”

“大人。”莫屿上前一步打断我的话，“属下倒是知道一条小路可绕过守门的禁军直接进皇宫，是之前属下在宫中巡逻时……发现的。”

莫屿轻功超群，从小练轻功留下的强迫症，有事没事就要上个屋檐飞一下，不然难受。

这和习武之人一日不练功就浑身不自在大概是同一个道理。

只是皇宫之中岂能容他这般放肆，估计他是趁着没人时放纵的。

他能自爆来救急，也算得上是我大晋肱骨了。

莫屿说的小路，是在皇宫西北方向之外，这里十分偏僻荒凉，别说人，就连乌鸦都很少飞过来。

我记得这个方向大概是冷宫一带，皇宫的人都不想沾染晦气，再加上这些宫妃都弱柳扶风的没什么力气，连看管的人都很少，是以这儿藏着一条可通往宫外的小路都没被人发现。

说是小路，不过是挨着红墙挖的一个坑，这坑挖得还挺有技术的，只能容一个人通过，但有墙边的树做遮挡，如果不是像莫屿这样跑到无人的冷宫外飞到高处的话肯定是看不到的。

冷宫附近……谢湛曾住在冷宫附近的殿中多年，我想到千南山山脚下的那个工事沟壑，差不多就明白了。

我仿佛能看见小小的谢湛蹲在这里，偷偷地看外面的天地，或许也曾生出过想离开的念头，但次次被不甘心的情绪所压下。

我叹了一口气，示意众人安静，一个接着一个地跟着我钻进去。我刚爬到出口，抬眼就见到一双磨到边缘起毛的皂靴。

我的呼吸顿时一滞，直到仰起头才看清那人的脸，顿时松了一口气。

钟无羡将我拽出来："冀王殿下让我来接应沈大人。"

"他怎么知道我会到这儿来？"

钟无羡笑起来很瘆人："给沈大人的这队禁军都是皇上亲自一个一个挑选出来的，他们知道什么会什么全都在皇上的掌控之中。冀王殿下应该跟沈大人说过，我算是他的人，但准确一些说，我是皇上派给冀王的人。"

我心下一惊："你是说——"

"皇上用心良苦，冀王殿下倒也不负他所期望，这是大晋之福。"

真不愧是皇上身边的人，说起话来跟得道高僧一样，一套一套的。

在去太极殿的路上，钟无羡跟我简明扼要地说了一下方才所发生的事，概括起来就是：过气帝师觐见皇上乱发脾气，皇上宠溺不予治理，帝师不依不饶非要继续，皇上额角突突差点儿晕过去。

然而陈立的胡搅蛮缠并不止于此，在皇上龙颜不悦的时候他突然搬出圣贤大道理，为国良心计。

"老臣侍奉皇上四十三年，也曾教导淮王多年，他犯了错老臣自觉教导无方，无颜再见皇上。只是老臣放心不下皇上，担心皇上病中少思，被奸人所蒙蔽。臣在两江时听闻长安动荡，四皇子被指责贪污上千万两白银，一旦这罪名坐实，留他全尸都是皇上开恩。皇上当局者迷，老臣旁观者却清。淮王如何老臣不好多说，免得有维护之嫌。四皇子和老臣没有任何干系，可老臣也是自小看着他长大，四皇子人品贵重，不争不抢，怎么可能做这等荒唐的事情出来。先是淮王、齐王，再是四皇子，他们一个接着一个地倒下，这世上怎么会有如此巧合之事？老臣心有疑虑，为我大晋江山计，这些只能私下调查，果真是有人暗中动手脚，想蒙蔽皇上，夺嫡争位。”

“再之后陈立就叫了霍厉进太极殿，那霍厉也不知道中了什么邪，满口胡言乱语说是冀王指使他在城中闹事，也是冀王让他咬住宋寓不放。说冀王早就准备好了圈套，安排好了赃银让宋寓去找，就是想嫁祸给四皇子。”

走到御花园，再往前就是太极殿了。我停下脚步，冷笑一声：“堂堂一国帝师，居然连下药这种下三烂的事情都干得出来，他这是想晚节不保啊！”

我说完突然脑中白光一闪，猛地回头看一眼钟无羡：“冀王让你来接应我，你是说，冀王也在太极殿里？”

钟无羡点头，我顿时像皮肉下埋了炮仗一般，一路“噼里啪啦”地炸得我神思都有些混沌，迈开腿就要往里冲，被钟无羡一把拦住：“禁军就在殿外守着，沈大人一个人冲过去有何意义？”

我喘着粗气道：“那你说怎么办？”

钟无羡看着太极殿高耸的飞檐：“事已至此，一起冲进去吧！”

这真是个好主意。

我爹的意思我明白，他是想让我先行入宫拖延时间，等着他带人来。

禁军大部分肯定是部署在宫门周围，太极殿旁边人数不会很多，一旦打起来我有把握全胜。但怕就怕陈立他们狗急跳墙，直接对皇上下手。

陈立字字句句都是针对着谢湛，既然谢清溢被劫走，那陈立的打算不言而喻，就是在今日逼皇上退位，立“无辜”的谢清溢为帝。

一旦皇上稍微妥协，那为了永除后患，谢湛肯定是活不成的。

我可能太自私，只要一想着谢湛会出事，我什么都顾不上了。

我深深地呼吸几次，高声大喝道：“兄弟们，上！”

在西北剿匪的时候，大多都是有计划地进行，山匪门一见是军营的人，顿时腿就软了。说起来，这还是我第一次真正地带兵打仗。

虽然带的人不多，但冲出去的那一刻我热血沸腾，手脚都激动得打战，脑中也是一片空白，过后也就只影影绰绰地记得我带着弟兄们砍人，过程已经没什么太多的印象。

在冲进殿中时我才像是魂魄归位，剩下的十来个禁军拿着刀步步后退，将一众朝臣都挡在后面。

我拿着刀在殿中人身上一扫而过，落在上首高位之上。皇上面容沉稳，不见有什么慌张。谢湛在他旁边静静地立着，一身靛蓝色的华服，身上没有伤口，让我顿觉心安。

我傻兮兮地笑了笑，抹了一把眼角的泪。

“大理寺少丞沈婳未经宣召，私自带兵入宫，将保护皇上的禁军砍杀，形同谋逆！”陈立最先反应过来，高声喝道，“你们谁能杀了她就是为我大晋除去叛国弑君的奸佞！他日你们可加官晋爵，享后半生荣华风光！”

本来后退的禁军们被这话一刺激，咬着牙顿住脚步，随时准备着和我们来一场厮杀。

陈立这是想拖延时间，等着看守宫门的大批禁军过来。

我的视线越过他，谢湛正拢着宽大的袖口，两只手指敲了几下，依旧是千南山山脚下他对我比画过的那两个字：安心。

这时上首一直未曾说话的皇上开了口，声音平静没什么起伏，但一字一句蕴含了帝王的威严霸气，震得人心惊：“陈立，朕自觉待你不薄，你又为何今日会做出这种种？买通归墟盗走朕身边的兵符，指挥禁军围住皇宫内苑，大殿之上以命相要挟让朕杀冀王以正视听……你做出的这些事，有哪一件是你该为臣，为民所做的？”

兵符……我下意识地摸了摸怀中的那似虎似豹模样的东西，再对上谢湛的眼，他神色未变，只微微地点点头。

这时我才算是真正安心下来。

陈立虽已是满头鹤发，但精神矍铄，气度从容，他负手而立，道：“我大晋自建朝以来，每一位帝王皆是命定天子，尊贵无方。可是冀王本就是一个没名没分的舞姬所出，身份低微就算了，还是卷发蓝眼，身体里流着胡族的血。这等异族容貌的人若是将来做了帝王，日后我大晋代代帝王莫不如此，我大晋岂不是成了胡族的天下？皇上如今所为摆明了就是想让冀王为皇储，老臣虽无用，但不会眼睁睁地看着我大晋江山被如此血统不纯正的人掌握在手中！”

淮王之罪已经无法翻盘，陈立就算想拉他上位也难以服众。但四皇子如今还未定罪，如果能洗白他，倒是很好的选择。

此言一出，大殿之上的几位重臣纷纷出言附和。

方才侯府没见到的那几位朝廷大员倒是在这儿见到了，也不知道陈立到底有啥魅力，一个个像被灌了迷魂汤一样听话。

“本王的母亲是胡族人不假，可本王的父皇是当今天子，本王和其他皇子一样都是父皇的儿子。”谢湛敛了眉眼，沿着白玉台阶缓缓而下，“本王血统不纯，可本王未曾做过一件对不起大晋，对不起父皇的事情。而陈太傅认为的那些‘血统纯正’的皇子做过什么？淮王兄的幕僚作乱，齐王兄坑杀忠臣良将，而四皇兄，贪污上千万两白银，置西北上万为我大晋苦苦守关的将士于不顾！这样的人，陈太傅还不惜伪造兵符调遣禁军逼宫为其洗脱罪名，陈太傅自诩忠心，可你忠的不是父皇不是大晋，而是你自己的私心！”

我不承想谢湛这般性子的人也能有如此气势，震得陈立不由得后退了一步，却立刻反应过来谢湛话中的意思：“这兵符怎会有假，你们切不可听信冀王的满口胡言。冀王信口雌黄，不过是被老夫看破他的诡谲心思所走的下下之策。既然皇上被他蒙蔽，逆耳忠言，那就免不得老臣清君侧了，来人！”

“我看谁敢！”我手握长刀骤然划空，发出“铮”的一声，这一下使力使得太过，差点儿把我胳膊抡脱臼了。因忍着酸疼而咬着牙，反倒显得面部有些狰狞，“真的兵符在此，是武安侯沈青山亲自交到我手中的，你们有谁不信武安侯的，现在就可以站出来！”

我另一只手拿着兵符举到众人面前，陈立看了眼他执着的兵符，再看看我手里的，眼底寒光乍现：“她那是假的！当老夫不知道武安侯早就跟冀王沆瀣一气？就连沈婳也早已和冀王厮混在一起，她的话怎能作数？”

“那朕的话呢？”皇上撑着龙椅扶手站起，身形有些晃动，谢湛回身想去扶，被皇上挥手阻止，“朕一早将兵符交给了沈青山，迁安殿中放着的不过是个替代品，上面的铭文符字和真正的兵符相近，可又有些微的不同。大晋自高祖皇帝起，便有‘见兵符不见君王’的说法，你既然将所有希望都搭在这兵符之上，就应该早早觉察，朕为帝近五十载，怎么会这么不小心让你轻而易举地拿到这兵符？你若是沉下心细想，便会想出其中关窍，可二月初二惠安大婚，长安城人多眼杂，所有人的注意力都放在武安侯府，这是最好的行事时间。急功近利之下，你又怎么还会想到这些。”

陈立脸色铁青，还在做最后的挣扎，对那些已有动摇之心的禁军们道：“你们今日随我来，便已经没有退路，与其等死，还不如放手一搏。他日新帝登基，你们就是新朝的大功之臣。”

正在此时，禁军统领裴缓带着大队人马围在太极殿之外，陈立更加来了精神：“除掉谢湛和沈婳，清除皇上身边的奸佞，我大晋才能有太平日子过！裴统领——”

“清除掉你陈立，我大晋才有太平日子过才对！”浑厚的男声如惊雷般乍起，我转过头，就见裴缓一行禁军让开一条路，武安侯沈青山一身金光铠甲，手搭在腰间的佩剑上，步履沉而快，几大步便立在我身前，将兵符拿在手，高举过头，振臂呼道，“臣沈青山仰承皇上信任，保管我朝兵符数年。如今帝师陈立谋逆逼宫，禁军兄弟们被他的兵符所蒙蔽，经臣言明，禁军统领裴缓弃暗投明，其余顽固仍旧助纣为虐者已被万柳营的将士们就地格杀。”

此言一出，殿中的禁军面面相觑，接二连三地扔下兵器，跪在地上。

那些帮衬陈立的朝臣也感大势已去，跪倒在地，工部尚书左大人涕泪横流，言明是陈立捏着他们的把柄威胁他们到太极殿来，他们也是一时糊涂。

皇上因站立太久龙颜苍白如纸，谢湛连忙扶着他坐下，转头沉声道：

“陈太傅，事到如此，你还有什么话可说？”

“哈哈哈……”陈立一阵狂笑，笑到脸颊泛着红，疯狂得无可救药：“老夫对得起大晋高祖皇帝，老夫没有错，错的是你们！终有一日，你们会后悔的！”

他声音凄厉，在太极殿上空盘旋，随后戛然而止。

我看着他猛地一头撞向雕龙的金柱，随后无力地沿着金柱滑倒在地，那血迹也顺着精致的雕刻纹路蜿蜒而下。

“父皇，父皇！”上首皇上骤然昏厥，谢湛扬声而喊，“传太医！”

大晋元庆五十二年二月初二，帝师陈立挟假兵符调禁军逼宫企图谋逆，后阴谋被识破，畏罪自尽。四皇子谢清溢指使户部尚书秦世安克扣军饷，制造假账，贪污银钱上千万两，后从大理寺大牢逃匿，下落不明。

长安城门被封锁，巡防营的人挨家挨户去搜查，查了三日也没找到谢清溢和纪南方。

纪南方家建的望月楼早已人去楼空，我看着空荡荡的楼阁，还能想起那时他找大理寺同僚在这办欢迎会时的场景。大家玩的玩，笑的笑，谁也想不到如今会是这副光景。

“四皇子和纪南方能藏到哪儿去呢？”钟无羡从二楼下到大堂，道，“真是邪门得很。”

“你在这儿再找找，我有些饿了，出去买袋糖炒栗子。”

我转身出了酒楼的门，脚下却朝着相反的方向走，一路走到我来过无数次的巷子口。

和往日一样，这里停着许多辆马车，驾车的车夫个个看起来都是不好惹的壮汉。为了行事便利，每个人基本都是蒙面易容。

人在江湖，皮不由己。

我沿着马车缓步向前，一个沙哑的男声响起：“这位客官往哪儿去，可先说好我走一趟五百两。”

我心尖微颤，顿住脚，撩开车帘就钻了进去：“在城中转转吧，本姑娘有的是钱，你可以多绕路。”

他似是笑了笑，手上拎着缰绳驾着车，在长安城的大街小巷穿过。

一路上我们谁都没说话，马车渐渐地停下，我看向车外，是被查封的四方楼的后门。

一只修长的手撩开车帘，他人跟着上来，扯掉遮了半张脸的面纱，又撕掉那层人皮面具。分明还是我第一次见到的那张脸，温润俊朗，可那神色却和那时不大一样了。

“谢清溢被你藏在哪里了？只要你能如实说，我会尽我全力保你无事，毕竟这件事你没有沾手多少。”

纪南方摇头道：“冀王不是那么良善的人，他怎么可能放过我。”

“我可以向你保证，我会跟他好好说，他一定会听我的。”

纪南方笑了笑，笑容苦涩无边，道：“沈姑娘，你说这话就是存心往我伤口上撒盐。”

我不明所以，他身子向后靠在车壁之上：“我爹与陈立早就相识，贵和庄也一直是在淮王的庇护下风光到了如今。那时陈立跟我爹说让我入朝为官帮他们的忙，我是不想来的，我甚至不想接手贵和庄的生意。我只想一个人，干干净净地过下去。佛经上说，众生皆苦，众生皆有难，我原本是不信的，直到我来到长安城，遇到了沈姑娘。”

我明白他的意思，不敢置信地看着他，印象中那个总是行为不正常的纪大公子如今褪去所有伪装，眼底有温柔，也有隐忍的深情。

“我最终听了陈立的话来做官，但有一个条件—— 我只做大理寺的官。你若是想问我喜欢你什么，可能是因为从小到大跟在我身边的人都是一张见人说人话，见鬼说鬼话的脸，而你是第一个活得真实的人吧！大概是佛经看多了，我也没那么多所求的，我只是想和沈姑娘离得近一些，偶尔能和沈姑娘吃吃饭，说说话就好。虽然我是这么想的，不过后来撞见几次沈姑娘和冀王在一起，我还是难免有些失落。

“说来也不怕你笑话，我知道夏离跟我也是一样的状态，有一次喝多了酒去找他，想要跟他结盟来着……后来酒醒了我自己都在笑自己，我这样的人，有什么资格去强求你呢？”

我抿着唇一个字也说不出来，只怔愣地看着他。

纪南方叹了一口气，接着道：“我帮着陈立在大理寺存放的卷宗里找寻朝中几个重臣的把柄，我听他的话将谢清溢放出来，这些虽然都不是我的本意，但我也确实是这样做了，也没办法回头了。”他眼睫轻颤，再次对上我的眼，“或许这才是我总想看着你的原因，大概是羡慕你可以自由自在地想做什么就做什么，不用担心这个担心那个，就算有事还有武安侯府，有冀王替你担着。”

“我也不是想做什么就做什么的，老天是公平的，我有了弱点有了软肋，就也不能像之前那样为所欲为了。”

纪南方眼神微变，直起腰身倾向我，我下意识地后退，他顿了顿便又坐了回去：“本来还想着抱一抱沈姑娘，唉，不是我的姑娘，抱了会被打断胳膊的吧！”他释然地笑开，将马鞭塞给了我，“送我去大理寺自首，我给你两千两。”

这话跟我初见他时一模一样，只是那一次是装模作样，这一次是真的。

人生就是如此，偶尔有时光重叠，妙不可言。

我心念一动，往他身边凑了凑，在他诧异的目光中抱住他僵硬的身体。

手掌运了力，在他后脖颈儿猛地一敲，怀中僵硬的人顿时软下去。

我轻轻地道：“恕不接单。”

我托我四哥想办法送纪南方离开长安城，他走的时候我也没去送他。

反正巷子口，马车里，我们初见又分离，这样就最好了。

纪南方清醒过来之后也认了命，他告诉沈及谢清溢的藏身之处，还给我捎了一句话——“希望你自由自在的，不被高墙困住，也别成为他人平衡的棋子。”

他看得比谁都透彻，也就是这么一句话，把我这些时日所有的忐忑不安全都勾了出来，让我深夜辗转反侧，怎么也不能安然入睡。

我烦躁地掀开被子翻身下榻，寂静的深夜被匆忙的脚步声踩碎。

我那一向精明能干的娘少见的慌了神色，伸手就来拉我：“快跟我进宫，皇上……怕是不行了。”

谢清溢在废太子那个地窖里被发现的时候，已经因窒息身亡。

本来纪南方是让他在这儿等着，但谢清溢心魔作祟，对自己曾经可敌国的财富难以割舍，没有做任何防备就下了地窖。地窖里长年封闭，越往下空气越稀薄。

谢清溢并非死在夺嫡的争斗中，而是被欲望一点儿一点儿地吞噬，最后与暗色深渊融为一体。

本就奄奄一息的皇上在听闻这个消息后，吐了一大摊血，太医院的院正说皇上常年服用丹药，毒性已深，又心力交瘁多时，便是华佗转世也难救。

迁安殿的殿门开着，我赶过去的时候就见谢湛失了魂魄一般摇晃着往下走，见到我娘便吩咐下边人领她进去，失魂落魄道：“父皇想见夫人最后一面，夫人快进去吧！”

他说完径直往前走，眼里像是什么也看不见。

这个时候他自然是什么也不想说，我便远远地跟在他身后。

这时夜月弯弯，月光稀薄到分辨不出人脸上的悲喜。只在庭下走了一会儿，我隐隐地听到从迁安殿里传出女子痛极若小兽的哭声：“哥哥！！”

前面的谢湛脚步猛地一顿，我抖着唇几步跑过去，紧紧地环住他的腰身，眼泪汹涌而出。

“父皇跟我说，他自小冷淡我，赐死那个伺候我的小太监，是想让我远离长安，远离争斗，他想保我一命，让我好好地活着。

“父皇跟我说，他想让争斗尽量平和，让自己的儿女都得善终。我的所作所为出乎他的意料之外，他的五儿子，比他想象的还要好。

“父皇跟我说，他从来都没有不爱我，他曾偷偷地来看过我很多次，他说我跟他很像，日后也一定会跟他一样，爱民如子，勤勉政事……”

谢湛在我怀里转过身，用力地将我抱紧，紧到勒进血肉骨骼里。我颈窝处温热，是他落下的泪，再是强大若谢湛，在这一刻也不过是失了父亲的孩子。

“婳婳，从此以后，这世间我只有你一个人了。”

大晋元庆五十二年二月初六，宣昭帝驾崩，传位于第五子，冀王谢湛，改年号为“启泰”。

# 第十五章 陌上花开缓缓归

国丧之后，新帝登基。

这不过旬月的光景，大晋就变了个天地。

因着几位皇子争斗多年，不光是户部和兵部，其余各部皆有牵涉，谢湛登基之后，忙得焦头烂额。

但跟之前许多人猜测的有出入的，是谢清溢的亲舅舅，丞相佟吾。

谢湛并未再让人去查佟吾，这么大的风波丞相全身而退，依旧在朝堂之上屹立不倒，其余的涉案人员都按律处置。

这些日子谢湛忙得焦头烂额，我再次见到他时已是两个月后的事了。

春日已至，皇宫桃园的花开得正好，远远地看过去，白色的如玉，粉色的如霞，天心阁就坐落在这一片玉和霞之间。

谢湛立在窗前，虽是一身常服，那胸襟处用金线绣了暗花龙纹，头上戴着九龙金冠，气度犹胜从前了。

我暗自叹了一口气被迎进门，谢湛走过来一把握住我的手，神色些许紧张道："这些日子实在是抽不开身，婳婳，你不会生我的气吧？"

我摇摇头："怎么会，皇上朝政要紧。"

谢湛瞬间被我的话噎住，拉着我将我按在靠椅里，自己也挨着我坐了下来，这座椅宽敞，但两个人坐还是拥挤了些，距离在瞬间拉近，连对方的呼吸都能听得到。

他侧过脸亲了亲我的额头："都叫我'皇上'了，看来是气得不轻，我日后一定不这样，再怎么忙也会抽时间去见你，婳婳，你就饶了我这一回吧，别生气了，嗯？"

"我真没生气，如今你身份不一样了，我也不好再放肆。"

"没事，咱们还像从前那样，你什么也不用顾忌。"谢湛松了一口气，将我拥入怀中，手轻轻地摩挲着我的后背，"今日上朝时有人上奏，说中宫未定对社稷稳固无益，我也是这样想的。你之前说等忙完大理寺的案子和惠安大婚之后再说，如今一切安定下来，婳婳，我让钦天监去找个黄道吉日就迎你为后，可好？"

我心口发闷，堵得说不出来话，谢湛却并未发觉，依旧声音轻快地道："这样我们就能日日都见到了，不必再忍相思之苦。以后不管有什么事，一切都以皇后娘娘说的为准，朕都听你的，绝不敢有二话。等到夏日咱们一起去江南避暑，过了秋我陪你回西北住些时日，去跑马，去摘桂花……"

"我想回西北。"

谢湛一下一下地捋着我的长发，动作轻柔，温声道："我不是说了入秋陪你去？"

"我现在就想去。"

他的手顿了顿，又若无其事地继续："现在不行，朝上还有许多事，我走不开，等入秋……"

我咬着牙推开他站了起来，谢湛眉宇蹙了蹙，脸上笑意犹在："你这是怎么了？又为了什么生气？不管什么都是我的不对，别生气了。"

他说着伸出手想揽我，我坚定地后退一步，面无表情地跟他对视着："我现在就要去西北，我一个人去。"

他缓缓地收起脸上的笑，眸色沉沉地看着我："你一个人去我怎么能放心，再说近日要举办立后大典，听话，你这个时候不能去。"

谢湛脸上没什么表情的时候，其实是有些吓人的，我强撑着没有软下来，语气更加生硬地顶回去："没有什么立后大典，我不想进宫做皇后，我也不想再留在长安城了。"

他微眯着眸子，仍是坐着，可气势却比我这个站着的还大，语气已经有些冷意："婳婳，你跟我闹什么？什么都可以依你，但立后大典是一定要的，你若是实在想去西北，等立后之后我放下所有事务陪你去。"

我咬着牙摇头："我不想做皇后，我不想嫁进宫。"

这一句话终将他隐忍的脾气引得彻底爆发，谢湛"霍"地站起身，只一步就走到我跟前，双手掐着我的肩膀，悻然道："朕是大晋的皇帝，朕要立你做皇后你便要做，轮不到你说想不想！"

他掐得我太疼了，疼得我直想哭，可我还是忍着，仰头看着他怒气勃发的脸孔："就算皇上立了我做皇后，日后逮到机会，我还是会走，再也不会回来。”

谢湛恨恨地盯着我，怒到极处反而笑了，笑得轻轻柔柔，让人毛骨悚然：“那你也得能走得了才行，婳婳。”他一只手松开，手背温柔地蹭了蹭我的脸颊，“朕有办法让你再也走不开，今日就打断你的腿，将你锁在迁安殿好不好？让你每天只看朕一个人，白日看着朕批奏章，夜晚将铁链挂在龙榻边，朕抱着你睡，好不好？”

我咬紧牙根不言不语，任由他发狂。

我知道他再怎么偏执，也不会把我怎么样，不过是说些狠话罢了。他想让我服软，想让我留下。从前无往而不利的套路，这次我强忍着才没去戳穿他，可我还是没出息地流了泪，顺着脸颊向下，滴在他的手背上。

他像是被烫到了一样骤然回过神，那狰狞扭曲的表情瞬间柔和下来，极其无奈又极其疲惫地环住我，唇落在我脸上胡乱地亲着吮着泪：“别哭了，我都是吓唬你的。别哭了，婳婳，婳婳……你要我怎么样呢婳婳，你想怎样都行，只要你别离开我……”

我的手抵在他胸前，没用什么力气，但这推拒的动作还是让他身形一怔。

“先帝有遗旨，还请皇上遵先帝遗旨行事。”我从怀中摸出一张明黄色的烫金宣纸，上面写着一行娟秀的簪花小楷，末尾盖着大红的玉玺印章。

“新帝登基后，放沈婳独回西北。”谢湛一字一顿地念着那行字，本就白若皎玉的脸一瞬间更加青白。

先帝驾崩之前最后一个见的人是我娘，那夜之后回到侯府，我娘便给了我一张盖着玉玺印章的空白圣旨。

“婳婳跟着老五，日后若是受委屈也好有个依仗，让她想做什么就做什么。”

先帝的本意是怕我婚后受委屈，但他又是皇帝，我无法讨公道。

可他没想到，我往空白圣旨上写得是离开。

我想离开长安，离开谢湛。

谢湛沉默了许久，再抬头看我，眼圈已经泛起了红：“婳婳，你别走，我只有你了，我求求你，你别走……”

“我不喜欢皇宫的生活，我不想我后半辈子像坐牢一样的过。如果在你身边要让我忍受这种生活，我宁可离开。阿湛，如果我问你，你愿不愿意放弃皇位跟我去西北生活，你会如何回答？”

他额角青筋凸出来，手颤颤地想要抓我的手腕，却停在半空不进不退。

“你看，己所不欲，勿施于人，这么简单的道理你肯定会懂。如果你真心喜欢我，就放我走吧！”

我觉得我如今的形象，一定是骗了俊美情郎一颗心后就放肆蹂躏人家真情的坏女子。

来日我娘再写新的话本子，我一定是恶毒女配的原形了。

谢湛的痛和难过都刻在脸上，刻在眉眼间，靛蓝的眸子散了光芒，眼底一片灰暗，眼角还有一滴泪要坠不坠。我看一眼就忍不住想扑进他怀里，想抱着他安慰他。

可事到如今，我没有回头路了。

我等了半晌，等到时间像是就此凝结，他才懵懵懂懂地点了点头，呼吸由轻变重，目光由蒙昧变凌厉，指着门的方向道：“明日就走，给朕滚出长安！没朕的允许不许再回来！你既然喜欢那儿，就一辈子待在那儿！武安侯府的人谁也不许擅离长安，有违者一律按欺君之罪论处！”

我心里绞痛难当，明明最好的春日，我却浑身冰凉如在寒冬腊月。我吸了吸鼻子，“扑通”一声跪在地上，道：“臣沈婳，多谢皇上恩典。”

我再次参军去西北的那日，天像是为了配合离别的愁绪下起了蒙蒙细雨。

长安城门口，我站在城外，我爹娘和我几个在长安的哥嫂站在城里，因为谢湛那个独断的君王不让他们出城。

“我家婳婳这觉悟真不是一般俗人可以比拟的，真不愧是我沈家的好女儿！”我爹憨笑着，不住地鼓掌。

我娘猛地一巴掌拍在他的脑门儿上让他老实点儿，再看向我幽幽地叹了一口气：“你这孩子，真不知道该说你什么好。”

“娘你可以夸我美丽大方，天真善良。”我笑嘻嘻地道，引得沈愿扶着墙一阵干呕，那架势像是快要把心肺都呕出来了。

沈及倒是少见的肃着一张脸，冲着我点点头：“放心吧，我会好好地照顾爹娘。我已经给大哥飞鸽传书，我出不了城去看你，就让他和大嫂常去。”

所谓上有圣意，下有对策。我沈家别的没有，就是人多，谢湛如果反应过来大概会气到跳脚。

不久，沈一和乔穗到西北来看我，只带了许多跌打损伤的药物，没有话本子，也没有好吃的。

因为我大哥说那玩意儿不健康，不适合我这种女孩子看。

乔穗在一旁嘟囔着：“也不知道是谁当初看得那么欢。”

我眨眨眼，一脸洗耳恭听地凑近：“大嫂，请说出你们的故事。”

乔穗黑白分明的大眼睛一转，道：“小八啊，你这次又是为什么要来西北参军的？”

……

故事讲到熟悉的这里又顿住了，比一年前黑了一圈又胖了一圈的副将李常仍是执着地追问道：“将军怎么又不讲了，这次是为啥呢？”

进入八月，初秋的风清清凉凉，携着桂花的清香在鼻尖萦绕。我深深地嗅了一口花香，又呼出一口气，才道：“大概是矫情吧，《倾倾皇妃似我心》告诉我，每一个遇到的可能会和自己家里出现矛盾的真爱，上辈子都是折了翅膀的花蜜蜂，被蜇上一口那真叫疼，还是早点儿离他远点儿比较好。”

李常了悟般点点头，又开始了十万个为什么：“那将军的真爱是谁啊？”

我抿起唇，回手捶了他一拳：“话这么多你很闲？这么半天了还没查清楚对面山头窝着的是谁，我要你这副将有何用？”

李常挨了一拳顿时闭了嘴，从山林里跳出去，亲自去打探消息了。

我刚从长安回到西北的时候，李常他们惊得下巴都快掉了，震惊过后是狂喜，欢迎的篝火大会一连开了七日，开到我一闻到烧火的味儿就有点儿反胃。

我离开这儿不到一年的时间，西北军营由李常代为掌管。谢湛心里难受，也不想让我过得太痛快，他这次只给了我一个百夫长的职位。

但我是什么人，我可是威名响彻西北的“战百郎”，我这些兄弟对我那是忠心不二。李常严肃地在军营中道：“只要沈将军在我西北军营一日，将军就只有她一个人！”

众位兄弟热烈鼓掌表示赞同，我站在一旁差点儿热泪盈眶。

真是兄弟情深啊！

西北的日子比以前要好上太多，也用不着再去剿匪拿人质的谢礼过生活了，再说西北的山头早已没有匪可剿了。

我就这么无所事事地整日带着兄弟们比划着，远离长安的喧嚣，过着老大爷的安逸生活。

这样的逍遥日子过了四个月，前两日李常突然向我汇报，说有个山头来了伙山匪，不仅占山为王，而且态度嚣张，放话说若是“战百郎”敢亲自过去剿他们，他们就敢立刻劫了她！

哟呵，敢挑战我的威严，这我就不能忍了。

竖日一大早我就带着兄弟们过去，本想着知己知彼，百战不殆，但一连派了好几拨人去查探消息，每一拨人都是有去无回。

这次李常去了大半个时辰还是没有动静，我心痒痒得很，不信那个邪，手一扬：“不管了，兄弟们给我直接上！”

我带着人马冲到山上，一路都没看见人。到了山顶我看见眼前景象，不由得目瞪口呆。

山上搭着的院子里可以说是一派和谐，我的下属们围坐在一桌，正跟另外几个人勾肩搭背，称兄道弟地喝着酒。

而旁边那桌，坐着几个人在打马吊。

这场景诡异又熟悉。

诡异的是他们做的事，熟悉的……我眯着眼睛看着侧坐着打马吊的那位，那不是钟无羡？

这哪儿是来了伙山匪，这明明是来了伙禁军侍卫。

我的视线在周围转了一圈，却没看到那个人。也是，他一个皇帝怎么会来这种地方，我真是想多了。

“咱们要是去剿了他们明日就可以找根绳子自尽了，走吧，走吧，回去吧！”我没回头，赶苍蝇一样赶着身后的兄弟们，准备撤退。

手摆了几下后突然被人抓住，那触感熟悉得让我心惊肉跳。

我怔怔地转过头，视线里映入一张熟悉的脸，微卷的长发半拢半放，眸底靛蓝，唇红齿白，正歪着头看着我。

“你，你，你……”我惊得上下唇直打战，使劲儿闭上眼再睁开，眼前还是这个人，这不是梦，这是真的人。

谢湛面无表情，定定地看了我半晌，突然俯身抱住我的腿用力将我扛上肩头，大步流星地往院子里走。我脸顿时通红，挣扎着喊道：“李常，李常！快来救本将军！”

李常放下酒杯站起来，我感动到泪奔：这才是好兄弟啊！

可我的好兄弟却没来解救我，而是对着院子里其他人招招手：“时间还早，咱们下去切磋一下功夫。”

钟无羡几个人顿时应和着，一行人推推搡搡地走远，屋门“啪”的一声合上，我被扔到了榻上。谢湛一边死死地盯着我，一边扯开外袍随手扔到一边，随后一步一步地走了过来，直到被他压在身下我才反应过来，扯着胸前衣襟顽强守卫我的清白：“你，你，你，你要干什么？你扯我衣服干什么……你不害臊！”

“沈婳。”这两个字重得像是咬在他唇齿间，瞬间扰乱了我的神智。以他的眼为镜，我看见一张略显慌乱的脸，额间的发丝乱糟糟的，唇不自觉地微张。

下一刻那微张的唇便被人含住，辗转反侧，急切到像要被他吞下去一般。我听见自己的喉咙里发出“呜呜”的声音，我想挣扎，却没出息地瞬间就软在了他的怀里。

这几个月，在西北这般寒冷的夜晚，我都在怀念他温暖的怀抱。

不知不觉间我和他身上的衣衫都不见了踪影，视线触碰到他赤裸的胸膛，我的脸烫得吓人，推着他又欺身压下的肩头：“不行，你不能这样。”

“为什么不行？我当初就不该忍着，让我想了这么久。”

他另一只手游移着要向下，我急急地喊了出来：“谢湛！你忘了你答应过我什么？”

“我答应放你回西北，但没答应放你多久，四个月已经够久了，你在那遗诏上不也没写多长时间吗？”

我睁开眼，委屈地看着他不说话。他的唇复又贴上来，温存怜惜着，模模糊糊地诱哄着……

“若是‘战百郎’敢亲自过去剿他们，他们就敢立刻劫了她！”

事后，我浑身酸疼到像被一辆大马车碾过，我才算是真正理解到这句话的精髓。

确实是被劫了，还是劫了色。

我累到筋疲力尽地睡过去，等再醒过来已是下午了。

我艰难地下了榻，捡起地上的衣衫套在身上，刚穿好肚兜亵裤，谢湛便推门进来，我一把将外衫挡在胸前，愤愤地瞪着他。

“醒了？我让人煮了些粥，你睡了大半日没吃东西，肯定饿了。”他将粥碗随手放在一边的桌子上，极其自然地将我手中的外衫扯出来，仔细地给我穿好，末了手勾了勾我胸前，“长得结实果真是好处多。”

他这话内涵太深，我拍开他的手，捧着碗一步一蹭地走出去，坐到了方才钟无羡他们玩马吊的那张桌子前，沉默地喝着粥。

不一会儿谢湛便跟着过来，坐在了对面。

顶着他灼热的目光喝粥真是一件很艰难的事，我才喝了大半就已经有些喝不下去了，可又没吃饱，正纠结时谢湛开了口，给了我一个放下汤匙的理由。

“我自诩冷静理智，可一旦碰上你，就会失了冷静没了理智，那日你从皇宫离开之后，我发了一通脾气，砸得天心阁没剩下什么囫囵的物件，可后来缓过劲儿来就想明白了，你若是真的不想做我皇后，因为这个理由就要离开，那从一开始你就不会跟着我回长安。你啊，是吃准了我的个性，我气急了说放你走，你就立刻走了。”他抬眸看了看我，我立马别开眼去看满山的桂花。

谢湛随即起身，搬来板凳坐到我旁边，伸手搭上我的腰轻轻地揉着，那股酸疼随之缓解了不少：“是不是坐着疼？那我们进屋去躺着说。”

被他戳中心事，我更加不好意思，可躺着……还是算了吧！

我红着脸摇摇头，道：“没，没事。”

“不过我也不是什么都能猜得中，尤其是你的心思。我也是想了许多日才大概想了个明白，你不对劲儿是从我登基前后开始的，那段时日武安侯勤王保驾，又立奇功。你是怕我日后狡兔死，走狗烹。婳婳，有你在，我怎么会向武安侯府下手？你就这么不相信我？”

我下意识地反驳道：“我没有这么想，我没有不相信你，我只是害怕……”

陈立已死，朝中不可能任佟吾一人独大，谢湛一定会拉个人平衡佟吾的势力，这个人只会是我爹，武安侯沈青山。

纪南方说不想我成为平衡之下的棋子，是因为这样的平衡之策不过只是权宜，等到他日谢湛羽翼丰满，平衡被打破，哪一方曾经最风光，下场就会更凄惨。

我如果做皇后，能暂时增我武安侯府荣耀不假，却也是将我一家推入水深火热之中。

我害怕，我一直都害怕我会拖累我全家，曾经犹豫不决不敢靠近谢湛是这样，如今狠心离开长安离开谢湛也是这样。

“不怕，有我在什么也不用怕。”我什么也没说破，但他像是什么都懂。他双臂勾着我的膝盖窝，将我抱起坐在他腿上，酸疼的腰身一挨着他，立马就软下来，更服帖地靠着。

他亲了亲我的脸颊，失笑道："可真是个傻姑娘，你想到在父皇留给你的空白圣旨上写下让我放你走，你怎么没想到在上面写：无论何事武安侯府沈家免罪。"

"还好我当时没一生气就把那遗诏给撕了，待会儿你自己再写一行字上去。朕最是孝顺，先帝的旨意朕一定遵从的。"他结实的手臂环住我，像哄小孩子一样轻轻地晃着。

我一颗心像是被揉成了一摊泥，那泥又被捏成一只蝴蝶，在左胸口那里不住地扑腾着，想要去见光，想要去采蜜，想要去和它所有喜欢的美好相遇。

我抿抿唇，好半晌才找回自己的声音："那你为何不早些告诉我？"

"你心里憋着一股气，出来散散心也好。不然我强留你在长安，你也不见得能有多开心。"他说着手撩开我的袖子，指尖轻轻地拂着绑在我腕间的那颗杏核儿，随后下移，十指相扣。他的声音柔和，若刚化开的雪水，"婳婳，跟我回家吧！"

日落月升，清风拂来，恍惚又是一年秋。

时光予人温柔的手，摘下一捧金色的桂花，花蕊装进香囊，花瓣晒干存放。

此后年年，香犹在，人犹在。

与我岁岁长相伴。

## 后记

敲下“正文完”三个字的时候，已经是凌晨一点了，在赶稿的这些天，几乎都要写到这个时候。好不容易写完总算能松一口气，却又立刻难过起来。这三个月的日思夜想里，不管是谢湛、沈婳、“长安七煞”，还是苦逼兮兮的炮灰团成员们，每一个都鲜活地存放在我的脑海里。就好像真的有那么一个大晋，有那么一个武安侯府，有那样一群可爱的人每天欢欢笑笑，吵吵闹闹地过着日子。

在开始写这本书的时候，刚好是我写文以来最大的瓶颈期。我已经写了两年的短篇，短篇写多了会让人有倦怠的感觉，有时候我因为没有灵感会抓狂，会焦虑。而身边的基友早就踏上了写长篇的道路，只有我一直在短篇的舒适区里不敢去转型。痛苦纠结了很久，我终于还是决定改变思路来写长篇了。作为第一本出版的书，我按照我最习惯的文风和节奏来写，可能有很多的不足之处，但我投注了我所有的热情，也希望看到的读者们能感觉得到，然后说上一句：还不算太难看。

这本书里谢湛和沈婳也好，沈及和惠安公主也好，几对 CP 的感情线都是很顺利地走下来的。两个男配也没对我家五殿下产生什么威胁，毕竟人生已经很苦涩了，写书看书还是要多吃点儿糖，甜一甜才行啊！

为了能不分心地写这本书，我搬回了家里住，然后被我妈喂食喂得胖了有十斤。不过能和我家五殿下好好地相遇，好好地告别，胖一点儿也甘愿。

很感谢从短篇就开始喜欢我，到现在还在看我长篇的读者，每一次看见你们微博私信说喜欢我的稿子，我都有动力也有勇气继续下去，写故事给你们看。很感谢一直鼓励着我的朋友们，感谢从短篇到长篇一直陪着我，支持我的责编冬菇。写文是我的梦想，化用文中沈婳曾说过的一段话，就是——

“谢谢你们曾来到我的生命里，让我还可以有梦再做好多年。”

幸甚相遇，不胜欢喜。